CW01521191

**Saskia Louis** lernte durch ihre älteren Brüder bereits früh, dass es sich gegen körperlich Stärkere meistens nur lohnt, mit Worten zu kämpfen. Auch wenn eine gut gesetzte Faust hier und da nicht zu unterschätzen ist ... Seit der vierten Klasse nutzt sie jedoch ihre Bücher, um sich Freiräume zu schaffen, Tagträumen nachzuhängen und den Alltag einfach mal zu vergessen.

S A S K I A   L O U I S

# Mordsmäßig verkorkst

**L O U I S A   M A N U S
N E U N T E R   F A L L**

Erstausgabe Juni 2023

Copyright © 2023 dp Verlag, ein Imprint der
dp DIGITAL PUBLISHERS GmbH
Made in Stuttgart with ♥
Alle Rechte vorbehalten

# Mordsmäßig verkorkst

ISBN 978-3-98778-474-3
E-Book-ISBN 978-3-98778-141-4
Hörbuch-ISBN: 978-3-98778-275-6

Covergestaltung: ARTC.ore Design
Umschlaggestaltung: ARTC.ore Design

Unter Verwendung von Abbildungen von
shutterstock.com: © revers, © ulrich missbach, © PixiArt525
Lektorat: Janina Klinck

Satz: dp DIGITAL PUBLISHERS GmbH
Druck und Bindung: Books on Demand GmbH, Norderstedt

*Für meine Cousinen Dörte und Svenja, weil sie wissen,
dass Lous und Rispos verrückte Familien überhaupt nicht
unrealistisch sind! Wir haben Beweise.*

# Kapitel 1

„Keinen Schritt weiter, sonst stirbst du!"

Ich hielt ruckartig inne und mein Herz sprang mir in den Hals. „Können wir nicht darüber reden?", fragte ich sanft und hob langsam die Hände.

„Nein! Ich hab genug geredet. Du bist es, die nicht zuhört."

„Ich höre zu. Aber ... was du sagst, ergibt keinen Sinn. Wenn ich also einfach ..."

Ich hob langsam den Fuß.

„Nein!"

„Bitte ..."

„*Nein!* Gott, Lou, ich schwöre dir, wenn du noch an einer einzigen weiteren Blume riechst, bringe ich dich um!" Emily richtete warnend den Finger auf mich. „Du hast dann immer Pollen an der Nase und siehst aus, als hättest du Chipskrümel geschnupft."

Hm. Hatten Chips wohl weniger Kalorien, wenn man sie durch die Nase zu sich nahm? Nein, vermutlich nicht. Es hörte sich auch etwas schmerzhaft an. Egal!

„Du bist absolut albern", unterrichtete ich meine Schwester und verdrehte die Augen. „Ich darf riechen, an was ich will!"

„Ich finde, Emily hat recht", gab Trudi ihren Senf dazu. Sie war meine ehemalige Ü-70-Angestellte, die den Körper eines Schlauchboots hatte, dem die Luft

ausgegangen war, aber den Geist einer Kindergar-
tentruppe ohne Aufsicht. „Louisa: Du bist Blumenver-
käuferin ...“

„Blumenladeninhaberin!“

„... du kannst den lieben langen Tag an Pflanzen
schnüffeln. Also gönne deinem Riechkolben mal eine
Pause. Ach und übrigens, du darfst *nicht* riechen, wo-
ran du willst.“ Neunmalklug sah sie mich an. „Ich zum
Beispiel wurde letztens darauf aufmerksam gemacht,
dass es sich nicht ziemen würde, am Hintern eines
fremden Hundes zu schnüffeln. Auch wenn ich finde,
dass es nur fair war, da er dasselbe ja bei mir gemacht
hat.“ Ich seufzte und trat vom Blumenbeet zurück. Dagegen konnte und wollte ich nicht argumentieren, also
gab ich einfach auf. Damit fuhr man bei den beiden ohnehin besser.

„Ist ja schon gut!“ Ich hob kapitulierend die Hände.
„Ich rieche nicht mehr an Blumen.“ Auch wenn das ein
hervorragender Zeitvertreib war und wir sicher noch
zehn Minuten totschlagen mussten, bevor mein Neu-
Verlobter Josh hier auftauchte. Der hatte mir nämlich
vor ein paar Minuten eine liebevolle Drei-Wort-Nach-
richt geschickt.

*Verspäte mich. Warte!*

Dahinter hing ein ernst aussehender Smiley mit
grimmigem Mund.

Ich war ein unfassbar ungeduldiger Mensch und verbrannte mir regelmäßig beim Essen die Zunge, weil ich
aß, bevor es kalt geworden war. Warten war also wirklich nicht meine Stärke. Aber Josh benutzte sonst nie so

„*albernen Emoji-Mist*" (seine Worte, nicht meine. Meiner Meinung nach verhielt es sich mit Emojis nämlich wie mit Schokolade: Je mehr, desto besser!), deswegen musste es ihm ernst sein.

Also standen wir noch immer in dieser pompösen, mit rotem Klinkerstein gepflasterten Einfahrt direkt vor dem großen Banner, das zwischen zwei Bäume über ein eisernes Tor gespannt war und auf dem zu lesen war: *Der Weinkönig: Wein, aber fein – tretet doch ein!*

Über die Reimkunst des ansässigen Weinguts konnte man streiten. Über seine Schönheit nicht. Das große Fachwerkhaus, das hinter dem Tor in den Himmel ragte, war übersät mit saftig grünen Weinranken. Ein glänzender Traktor stand vor einer angrenzenden alten Scheune, deren riesiges Eichenportal in den berühmten Weinkeller führen musste, der laut Google „Ein Schmaus für Augen wie auch Geschmacksknospen" war.

Links unter dem Banner, neben einer überdimensionalen Weinflasche, stand ein großes Schild, das in kunstvoller Schreibschrift eine Weinprobe für den folgenden Nachmittag ankündigte. Zu unserer Rechten, direkt anliegend an das Eisentor, befand sich ein etwas mitgenommen aussehender Schuppen mit kleinem runden Türmchen obenauf, der bei dem kleinsten Windhauch knarzte und ächzte, als würde er jede seiner fehlenden Latten spüren. Er klang ein bisschen wie Trudi, wenn sie das Gewicht auf ihrer kaputten Hüfte verlagerte. Nur eine Spur gesünder.

Der Rest des Anwesens war mit einem massiven metallenen Zaun umgeben, sodass man nur durch das Tor hineinkam. Doch ich hätte allein in der Einfahrt Stunden verbringen können. Denn rings um uns herum blühten Dutzende Blumen in runden Beeten, die mein Floristinnenherz höherschlagen ließen. Narzissen, Hyazinthen, Tulpen ... Ein Meer aus Frühblühern, das bald sterben würde, da wir schon Mitte Mai hatten. Es war ein Verbrechen, nicht an jeder Einzelnen zu riechen, aber wenn meine Schwester sich diese Last aufs Gewissen laden wollte, dann nur zu.

Ich hatte das Weingut im Internet gefunden, als ich die Suchmaschine mit *Hochzeitslocations Köln* gefüttert hatte. Josh und mir war klar, dass wir spät dran waren, denn eigentlich wollten wir schon im Herbst heiraten. Allerdings hatte ich zwar unfassbar lang auf einen Antrag von Joshua Rispo gewartet, doch irgendwie nie darüber nachgedacht, dass auf eine Verlobung ja auch eine Hochzeit folgte ... die jemand organisieren musste. Traditionellerweise das Brautpaar. Also wir. Der Mann, der sich seiner Halbautomatik näher fühlte als seinen Emotionen, beruflich Mördern nachjagte und das Romantikgefühl einer erloschenen Kerze besaß. Und ich, die Frau, die nicht-beruflich und völlig illegalerweise Mördern nachjagte und das Schlagwort *Romantik* noch vor drei Tagen bei Google eingegeben hatte. Allerdings hatte das Internet mir nur Bilder von Caspar David Friedrich sowie Artikel mit dem Titel *10 Tipps für Sex mit mehr Leidenschaft* ausgespuckt. Ersteres hatte ich bereits in der Schule durchgekaut und als langweilig befunden, Letzteres war keine der vielen Problemstellen in meinem Leben. Wirklich geholfen hatte es mir also nicht. Was schade war, denn ich hätte die Hilfe wirklich gebrauchen können. Ich las zwar gern Liebesromane, die unrealistische Erwartungen an Männer in mir weckten, aber noch kein Buch hatte bei mir realistische Erwartungen an eine Hochzeit geweckt. Ich war keine dieser Frauen, die, seit sie ein kleines Mädchen waren, von ihrer Hochzeit träumten und den besonderen Tag seit Jahrzehnten bis zu den eierschalenfarbenen Tischläufern planten. Nein, ich war die Art von Frau, die sich über das Wort *eierschalenfarben* aufregte, denn eine Eierschale kam in hunderttausend Farben, die Definition ließ also zu wünschen übrig. Überhaupt: Weiß war Weiß und wer brauchte Tischläufer? Die würde ich ohnehin nur bekleckern und somit den Zorn meiner Mutter auf mich ziehen.

Nein. Ich wusste nur, welchen Mann ich heiraten wollte, doch der ganze Rest? Keinen Schimmer. Deswegen hatte ich mir weibliche Unterstützung in Form von meiner besten Freundin Ariane suchen wollen. Leider musste sie jedoch arbeiten, weshalb ich gezwungenermaßen Trudi und meine Schwester Emily mitgenommen hatte, die zwar nicht immer sonderlich konstruktive Hilfe anboten, aber ein ehrwürdiger Ersatz waren.

„Lou, könntest du dich mal aus dem Wind stellen, du stinkst", stellte meine Schwester fest.

Vielleicht auch nicht ganz so ehrwürdig.

„Entschuldige?", erwiderte ich gereizt.

„Du *müffelst*", meinte sie betont langsam und deutlich, als sei ich schwer von Begriff. „Seit ich schwanger bin, rieche ich unfassbar gut. Finn meint, ich bin ein richtiger Bluthund geworden – weil ich immer rieche, wenn er Blutwurst in seinen Taschen hat."

Irritiert blinzelte ich sie an. „Warum hat Finn Blutwurst in seinen Taschen?"

„Sie waren im Angebot, Tragetüten aber nicht", erklärte sie ungeduldig. „Der Punkt ist, ich kann krass gut riechen und du müffelst, also, Lou: Würdest du dich bitte nicht in den Wind stellen? Oder zumindest den Wind in eine andere Richtung leiten? Damit er mich nicht im Gesicht trifft?"

„Du überschätzt meine Macht über die Luft", entgegnete ich säuerlich. „Und ich stinke überhaupt nicht! Ich hab erst vor zwei Stunden geduscht."

„Mhm." Emily rümpfte die Nase und trat so nah an mich heran, dass ein katholischer Pastor schockiert die Luft eingesogen hätte. „Ich glaube, das ist das Problem."

„Das Problem ist, dass ich mich gewaschen habe?"

„Ja, du hast dein Shampoo gewechselt, oder?" Stirnrunzelnd schnüffelte sie an meinen Haaren. „Ernsthaft, Lou? Hibiskusblüte? Du bist doch kein Hippie! Was war falsch an Grüner Apfel?"

Ungläubig weitete ich die Augen. „Ich ... ich wollte mal was anderes probieren", erwiderte ich perplex.

„Nun, es ist grässlich, also lass es."

„Das kannst du *riechen*?"

„Ich hab doch gesagt, ich bin ein Bluthund!"

Ja, aber ich hatte ihr nicht geglaubt. „Wow, das ist beeindruckend", gab ich zu. „Aber ich verschwende kein frisch gekauftes Shampoo. Damit musst du jetzt leben."

Kopfschüttelnd und mit einer gehörigen Portion Verachtung sah Emily mich an. „Familie wird bei dir auch mit kleinem f geschrieben, oder? Erst lädst du mich auf ein Weingut ein, obwohl du weißt, dass ich nicht trinken darf, und jetzt willst du für deine einzige Schwester, die gerade Leben erschafft, dein Shampoo nicht wechseln?"

„Du wolltest unbedingt mitkommen", erinnerte ich sie.

„Ja, weil Finn heute arbeiten muss. Aber es macht keinen Spaß, ein Weingut zu besuchen, wenn man nicht trinken kann."

„Wir haben *alle* noch nichts getrunken."

„Und wessen Schuld ist das?", meinte Trudi spitz. „Ich wollte Champagner trinken."

Nein, Trudi hatte eine Champagner*dusche* nehmen wollen, während ich sie dabei filmte, wie sie sinnlich ihre stahlgrauen Locken schwenkte und sich in der Sonne räkelte. Für Manfred, ihren frischangetrauten Ehemann. Das war ein Unterschied.

Ich hatte schon eine Menge mitgemacht. Unter anderem hatte ich an einem illegalen Autorennen teilgenommen, war in einem Badezimmerfenster stecken geblieben und hatte mich für meine Nichten als Pu der Bär verkleidet. Aber selbst ich hatte meine Grenzen. Auch wenn sie dehnbar waren. Und trotzdem sahen meine beiden Begleiterinnen mich jetzt an, als hätte ich soeben ein Gesetz erlassen, das Spaß verbot.

Oh Mann. Ich hatte wirklich geglaubt, dass ich als baldige Braut eine Sonderbehandlung von ihnen bekommen würde. Doch dieses ungeschriebene Gesetz trat wohl nur am Hochzeitstag in Kraft. Wo zur Hölle war Josh? Ich brauchte Unterstützung bei meiner Unterstützung.

*Wo steckst du?*

schrieb ich ihm hastig.

*Bin sofort da*

kam die prompte Antwort.

Ich verdrehte die Augen und tippte zurück:

*Schlag sofort mal im Lexikon nach! Und du sollst nicht tippen und fahren.*

*Dann hör auf, mich im Fünf-Minuten-Takt zu fragen, wo ich bin.*

*Dann sei du vor dem nächsten Fünf-Minuten-Takt hier.*

Darauf antwortete er nicht mehr. Wahrscheinlich, weil er Polizist war und wirklich nicht am Steuer auf sein Handy sehen sollte. Oder weil er genervt von mir war. Ersteres. Ganz sicher Ersteres!

Ich steckte das Handy weg und legte den Kopf in den Nacken. Die Maisonne schien in unsere Gesichter – oder in Trudis Fall auf einen monumentalen Sonnenhut mit breiter Krempe, der selbst den verrückten Hutmacher eingeschüchtert hätte – und einen Moment lang genoss ich einfach nur die Wärme und die Gewissheit, dass ich einen Mann hatte, der mich liebte und

mich heiraten wollte. Obwohl Kekse mein Hauptnah-
rungsmittel waren. Obwohl wir uns manchmal nerv-
ten. Obwohl Streiten unsere Religion war.

Und dann wurde ich von einem großen quadrati-
schen Beet direkt neben dem Schuppen abgelenkt.

„Uh, das ist ja cool. Sie haben ein Sukkulenten-Beet!",
sagte ich begeistert und lief hastig zu den grauen Stei-
nen, die das Beet von der Einfahrt abtrennten. „Das
müssen sie frisch gepflanzt haben, den Winter hätten
die hier draußen nicht überlebt." Neugierig beugte ich
mich vor und betrachtete die Reihen an kleinen Kakteen, die so angeordnet waren, dass sie ein stacheliges
Herz ergaben. Sie erinnerten mich irgendwie an Josh.

„Oh Mann. Dein Kopf ist gefüllt mit Pflanzen, oder?",
bemerkte Emmi griesgrämig, schlenderte jedoch in
meine Richtung.

„Deiner auch – mit Marihuana", gab ich zurück.

„Ey, das stimmt gar nicht mehr! Seit ich schwanger
bin, habe ich nicht einen einzigen Joint geraucht." Stolz
reckte sie ihre Brust.

„Ich wollte ja schon immer mal einen rauchen", verkündete Trudi, während sie meine andere Seite flankierte, und überraschte damit niemanden. Trudi
strebte ein Leben „voller Gefahren und Abenteuer" an
(ihre eigenen Worte) und Drogen entweder zu kaufen
oder – noch besser – sie zu dealen, stand noch auf ihrer
„Dinge, die ich tun will, bevor ich achtzig werde"-Liste.

„Ich würde dir davon abraten." Selbst wenn Trudi
stocknüchtern war, hielten die meisten Menschen sie
ja schon für eine Halluzination.

„Ja, das ist nichts für dich. Dein Blutdruck würde
wahrscheinlich abstürzen", stimmte mir Emmi zu. „Der

Kaktus da ist hübsch", bemerkte sie dann und deutete auf den größten Kaktus in der Mitte des Herzens. Er warf Falten, ganz ähnlich wie Trudis Gesicht, sodass es aussah, als habe man ein paar stachelige grüne Chips gestapelt und dann aufgefächert.

„Oh, das ist ein Pachycereus marginatus cristata", stellte ich überrascht fest. „Der ist sogar ziemlich selten. Ist ein Zaunkaktus. Kommt vor allem in Mexiko vor und ist außerdem der Kaktus des Jahres 2020."

Emily schnaubte und verdrehte die Augen. „Du schläfst mit einem Pflanzenbuch unterm Kissen, oder?"

Nein, meistens lag es daneben, bis Josh es seufzend aus dem Bett warf.

„Er ist faszinierend, okay?", wehrte ich sofort ab. „Er ..."

Doch die anderen beiden würden niemals erfahren, was so faszinierend am Pachycereus marginatus cristata war. Denn in diesem Augenblick erklang ein ohrenbetäubendes Reißen. Dachziegel flogen vom Schuppen auf das Beet ... und dann folgte etwas sehr viel Größeres. Ein schwarz-weißer Schemen rutschte vom Dach, segelte durch die Luft und landete mit einem fiesen Platschen und Knirschen auf den hübschen, jetzt zerquetschten Kakteen.

Keuchend schlug ich die Hände vor den Mund, während Emmi japsend einen Satz nach hinten machte und Trudi ein hohes „Oh" ausstieß. Dann gab keiner von uns einen Ton von sich. Wir waren zu sehr damit beschäftigt, das anzustarren, was gerade vom Himmel gefallen war.

Denn es war ein Mann. In schwarzer Hose und weißem Hemd. Und ich war mir ziemlich sicher, dass er

16

nicht mehr lebte. Was einerseits daran lag, dass er in ein Meer aus Kakteen gefallen war und keinen Schmerzenslaut von sich gegeben hatte – andererseits daran, dass ihm ein riesiger Korkenzieher im blutüberströmten Hals steckte.

„Ach du scheiße", rutschte es mir heraus, während mein eigenes Blut mir in den Ohren rauschte. Wo zur Hölle war der Kerl hergekommen?!

Meine Hände fingen an zu zittern, während mein Blick zum Dach des Schuppens glitt, dem einige Schindeln fehlten.

„Hm. Das hat der Wetterbericht aber nicht angesagt", bemerkte Trudi langsam.

„Ja", antwortete ich mit unnormal hoher Stimme. „Auf den ist einfach kein Verlass."

Emmi stieß einen hysterischen Lacher aus, der mir aus der Seele sprach. Sie hatte die Hände in den Haaren vergraben und starrte mit offenem Mund den Toten an. „Verbrannte Scheibe, das riecht übel!" Emily würgte mehrfach, bevor sie hastig an die Dutzend Schritte zurückmachte.

„Verbrannte Scheibe?", echote ich verwirrt.

Mir war klar, dass ich meine Lebensprioritäten noch einmal überdenken sollte. Denn *toter Mann im Kaktusfeld* kam definitiv vor den merkwürdigen Flüchen meiner Schwester, aber ... *verbrannte Scheibe?* Emily hatte mehr anstößige Beleidigungen erfunden, als Johannes Gutenberg Bücher gedruckt. Also wiederholte ich: „Warum verbrannte Scheibe?"

„Lou, das Baby hat jetzt Ohren!", erwiderte Emily ungläubig. „Wir müssen aufpassen, was wir sagen. Es soll erst im gehobenen Alter fluchen lernen. Mit sieben. So wie ich."

„Die Leiche ist nicht echt, oder?", schnitt Trudi ein. Die Einzige, die sich hier aufs Wesentliche zu konzentrieren schien.

Unglücklich sah ich sie an, die Lippen zusammengepresst. „Erfahrungsgemäß würde ich sagen: doch. Denn die meisten Leichen, die mir vor die Füße fallen, sind es leider."

„Hm, da hast du auch wieder recht. Aber das Blut sieht nicht real aus. Das auf seinem Hemd, meine ich. Das an seinem Hals schon."

Ich verengte die Augen und musste ihr recht geben. Viele Leute wären schreiend weggerannt, wäre ein toter Mann vor ihnen von einem Dach gefallen. Vor ein paar Jahren war ich auch noch *viele Leute* gewesen. Doch ein halbes Dutzend Tote später stand ich noch immer vor dem Kakteenbeet und beugte mich nun vorsichtig über den leblosen Körper. Dabei hielt ich den Atem an, denn Emilys Einschätzung von vorhin war ganz richtig: Die Leiche roch übel. Nicht nach Tod, sondern nach … Alkohol?

Stirnrunzelnd betrachtete ich das weiße Hemd des Toten, bevor ich zu seinem Hals und dann in sein Gesicht sah. Ich schätzte ihn auf Mitte vierzig. Er hatte eine Halbglatze und die Haare, die ihm noch nicht ausgefallen waren, hatten einen dunklen Braunton. Ja, sein Hals war übel zugerichtet, und auch wenn ich keine Expertin war, würde ich *Korkenzieher in Halsschlagader* als Todesursache bestimmen. Das Merkwürdige war nur, dass sein rotdurchtränkter Schulterbereich nicht zu der Farbe seines Blutes passte. Zusammen mit dem Alkoholgeruch bekam ich den Eindruck, dass sein Shirt nicht mit Blut, sondern mit Rotwein befleckt war. Überhaupt gab es erstaunlich wenig Blut. Die Wunde war sehr sauber. Nur ein paar verkrustete Striemen rannen den Hals hinab. Ein Mord mit einem so brutalen Gegenstand war normalerweise dreckiger. Gerade wenn die Halsschlagader involviert war.

Überrascht stellte ich fest, dass ich schon sehr viel schlimmere Leichen gesehen hatte! Die hier war geradezu harmlos. Ich wüsste nicht ...

„Lou", unterbrach Emily mit hoher, dünner Stimme meine Gedanken. „Sag mal ... fehlen dem Kerl die Finger?"

„Was?" Ich blinzelte hektisch, bevor mein Blick zu den Händen des Toten huschten.

Oh Gott. Meine Kehle zog sich enger. Ich nahm alles zurück. Denn Emmi hatte recht. Der Kerl hatte keine Finger mehr! Keinen einzigen. Und jetzt kam die Übelkeit doch. Ich wusste auch nicht, warum, aber abgetrennte Gliedmaßen trafen mich jedes Mal direkt in den Magen.

„Er wird nie wieder ein High Five geben können! Das ist mies vom Mörder", entrüstete sich Trudi.

„Trudi, er ist tot!", rief ich leicht hysterisch. „Er wird überhaupt gar nichts mehr tun können, außer dort zu liegen!"

„Na ja, klar, aber es erscheint mir schon unnötig brutal."

Damit zumindest lag sie richtig. Die Hand auf die Lippen gepresst trat ich zurück und atmete gezielt durch die Nase ein und durch den Mund wieder aus. Einen

Krankenwagen zu rufen, kam mir äußerst unnötig vor. Aber zumindest die Polizei wäre doch mal was. Mit zitternden Fingern zog ich mein Handy aus der Tasche, doch bevor ich die Nummer wählen konnte, hörte ich Schritte.

„Hey, ich bin da!", wehte eine atemlose Stimme über unsere Schultern. Josh. „Sorry für die Verspätung, ich …" Er brach ab. Ich hatte eine Vermutung, warum.

Einige endlose Sekunden lang herrschte absolute Stille, in der ich mich zu Josh umwandte und ihn hilflos ansah.

Schließlich seufzte er schwer und presste die Lippen zusammen. „Du konntest einfach nicht auf mich warten, oder?", murmelte er angespannt. „Du musstest allein mit der Kraft deiner Gedanken eine Leiche heraufbeschwören, um der Langeweile zu entkommen."

Ich lächelte gequält. „Nun, wir haben wohl wortwörtlich die Zeit totgeschlagen … Heißt das jetzt, wir werden das Weingut nicht besichtigen?"

# Kapitel 2

Ja, das hieß es.

Es dauerte keine halbe Stunde, da wimmelte es auf dem Hof von Uniformierten und kurz darauf folgten die ersten Schaulustigen vom Weingut. Es grenzte an ein Wunder, dass die Leute erst jetzt, da das Blaulicht zu sehen war, aus dem Fachwerkhaus strömten, um nachzusehen, was draußen vor sich ging. Denn Emily quiekte seit zwanzig Minuten mit hoher Stimme: „Oh Gott, mein Baby hat eine Leiche gesehen, mein Baby hat eine Leiche gesehen!"

Ich fand es irgendwie rührend, dass sie versuchte, ihrem ungeborenen Kind ein gutes Leben ohne Leichen und Schimpfwörter zu bieten. Vor allem wenn man bedachte, dass meine Schwester sonst eher zur unbekümmert rücksichtslosen Sorte Mensch gehörte. Doch es hatte einen Grund, dass meine Mutter unser Singstar-Spiel nach nur zwei Wochen aus Versehen im Restmüll verloren hatte. Denn Emmis Stimme bescherte mir eine Gänsehaut, wie keine Leiche es bisher hinbekommen hatte.

Trudi hingegen versuchte, sich an den Polizisten vorbei zurück zum Toten zu stehlen, weil sie *so schlechte Augen habe und somit die doppelte Leichenzeit wie wir bekommen sollte.*

Ich stand neben der singenden Emily, beide Hände auf meinen rumorenden Magen gepresst, und konzentrierte mich einfach nur aufs Atmen. Denn die Finger ... die abgetrennten Finger ...

„Du hyperventilierst mir hier gleich aber nicht, oder?", fragte Josh besorgt, der die letzten dreißig Minuten beim Absperren geholfen und sich Notizen in den kleinen Block gemacht hatte, den er überall mit sich herumtrug.

Ich schüttelte den Kopf.

„Und dir ist auch nicht übel?"

Wieder schüttelte ich den Kopf.

„Gut. Denn du weißt, was ich von Erbrochenem an meinem Tatort halte."

Ich nickte.

„Oh Mann", flüsterte er, bevor er die Arme um mich legte und mich kurz an sich zog. „Es macht mir Angst, wenn du so still bist. Ich dachte, du wärst mittlerweile abgehärtet, was Leichen angeht?"

„Die Finger, Josh ...", wisperte ich und presste mein Gesicht in seine Halsbeuge. „Die Hände sind nur zwei blutige Stümpfe! Wer ist so eiskalt, nicht nur einen, sondern *alle* Finger abzutrennen? Und *warum*? Ich möchte nur wissen, *warum*!"

Sofort spürte ich, wie Joshs Körper sich anspannte. „*Ich* werde herausfinden, warum", sagte er mit Nachdruck. „Ich kann es dir dann am Ende erzählen."

„Mhm", machte ich nur.

Er stöhnte. „Mir gefällt nicht, wohin diese Konversation führen wird, also beende ich sie", beschloss er, küsste mich auf den Schopf, löste sich von mir ... und zog die Augenbrauen zusammen. „Deine Haare riechen komisch", stellte er fest.

Ungläubig sah ich ihn an. „Nicht du auch noch."

„Ha!", machte Emily, die ihr gequietschtes Mantra sofort abgebrochen hatte, und deutete mit ihrem Finger auf mich. „Hab ich doch gesagt. Sie hat Hibiskusblüten-Shampoo ausprobiert, Josh. Ich glaube, nur um uns zu quälen."

„Hibiskusblüte?", sagte er irritiert. „Was war falsch an Grüner Apfel?"

Emily grinste. „Meine Worte."

Stöhnend legte ich mir eine Hand über die Augen. „Hallo, da vorn liegt ein Toter! Habt ihr nichts Besseres zu bereden?"

„Ah, doch. Jetzt, da du es sagst", meinte Josh gedehnt und sah sich unzufrieden auf dem Platz um, der sich langsam, aber sicher mit neugierigen Sensationsgaffern füllte. Allerdings hatte noch keiner schockiert aufgeschrien. Also kannten sie den Toten entweder nicht oder hatten ihm den Tod gewünscht.

Josh räusperte sich vernehmlich, bevor er laut rief: „Okay, alle, die nicht diesem Weingut angehören oder eine Uniform tragen, gehen jetzt. Und wer zur Hölle trägt hier die Verantwortung?"

„Ich wette auf sie dort", flüsterte ich und deutete auf eine groß gewachsene Frau mit grauem Bob und schwarz-weißem Businesskostüm, deren herrische Stimme sich jetzt zu dem Gewisper der Umherstehenden gesellte.

„Was in Gottes Namen ist hier los? Warum steht ihr hier alle herum? Emil, warum bist du nicht bei der Arbeit?"

„Alle sind nach draußen geströmt und die Polizei ist da, Frau König", antwortete ein junger Mann mit Mäusegesicht, der unter dem Banner stand und den Hals reckte, um über die Schultern der Polizisten zu sehen, die den Tatort umringten.

„Polizei?", echote sie.

„Mein Einsatz", murmelte Josh, bevor er sich durch die Menge in ihre Richtung drängte. Leider sprach er mit gesenkter Stimme, als er sie erreichte, sodass ich nicht hören konnte, was er sagte.

Doch die Frau wurde sichtlich blass und ihr Mitarbeiter starrte Josh mit offenem Mund an. Er trug ein weißes Hemd und eine schwarze Anzughose ... die gleiche Montur wie das Opfer.

War der tote Mitarbeiter hier gewesen?

„Je länger ich darüber nachdenke, Lou, desto mehr komme ich zu dem Schluss, dass wir gerade noch glimpflich davongekommen sind", quatschte mich Trudi aufgeregt von der Seite an.

„Wovon redest du?", fragte ich abwesend, noch immer auf das Gesicht von Frau König konzentriert, die jetzt zu den Polizisten hinübersah, die den Tatort absperrten und die Spurensicherung durchließen. Sie kannte den Toten, oder?

„Na ja, der blöde Tote hätte auf uns drauf fallen und uns ebenfalls umbringen können!", ergänzte Trudi.

Ich seufzte leise. „Ich bin mir sicher, dass er nicht absichtlich gefallen ist, Trudi", bemerkte ich. Ebenso wie ich mir sicher war, dass auch der oder die Mörderin nicht gewollt hatte, dass die Leiche von uns gefunden wurde.

Denn sie war versteckt gewesen. Hinter dem Türmchen auf dem Dach des Schuppens. Wir hätten sie übersehen, wenn sie uns nicht direkt vor unsere Füße gefallen wäre. Und ich konnte mir nicht vorstellen, dass der Täter es darauf angelegt hatte, einen Gast des Weinguts zu erschrecken. Nein, viel eher wirkte es, als habe er sie dort nur aufbewahrt. Bevor er ... was mit ihr tat?

Ich spürte ein vertrautes Kribbeln in meiner Brust, das manche mit Verliebtsein verglichen hätten oder auch dem Gefühl, das mit dem Release einer neuen Staffel ihrer Lieblingsserie einherging. Doch ich wusste es besser. Das Gefühl hatte nichts mit Josh oder Netflix zu tun. Das Gefühl bestand aus Adrenalin und Vorfreude. Pure, aufgeregte Erwartung. Weil sich ein neues Geheimnis vor mir auftat, das nur darauf wartete, gelüftet zu werden. Und es war definitiv besser als die beklemmende Enge, die ich spürte, wenn ich daran dachte, eine Hochzeit planen zu müssen.

Oje. Ich würde wieder versuchen, einen Mörder zu fangen. Und Josh würde wieder einen halben Herzinfarkt erleiden. Aber hey, er wusste, auf was er sich mit mir einließ!

„Ach, schon schade, dass wir nicht einmal das Innere des Weinguts gesehen haben", fuhr Trudi fort, so als führe sie Small Talk auf einer Geburtstagsparty, nicht an einem Tatort. „Ich wette, die Räumlichkeiten sind richtig hübsch. Die Bilder vom Weinkeller, die Herr Google mir gezeigt hat, waren beeindruckend!"

Ich nickte langsam und blickte zu dem Schild unter dem Banner, auf dem für morgen Nachmittag eine Weinprobe angekündigt wurde. „Na ja, nur weil wir die Räumlichkeiten heute nicht sehen, heißt das ja nicht, dass wir es *nie* tun werden", sagte ich vage und wippte auf meine Hacken zurück. „Ich meine: Die Location ist toll. Definitiv noch im Rennen für die Hochzeit."

„Obwohl jemand hier umgebracht wurde?", fragte Trudi nachdenklich.

„Ach, wenn ich keinen Platz mehr besuchen würde, an dem ich eine Leiche gefunden habe, könnte ich in Köln ja bald nirgendwo mehr hingehen", meinte ich leichthin und winkte ab.

„Auch wieder wahr." Verständnisvoll nickte Trudi, sodass ihr Sonnenhut auf ihrem Kopf wippte.

Ich stimmte in ihr Nicken mit ein, während ich Josh weiterhin auf der anderen Seite des Rondells beobachtete. Weitere Personen waren zu ihrer kleinen Gruppe hinzugestoßen. Ein etwas rundlicher Mann um die sechzig mit beeindruckendem schwarz-grauen Weihnachtsmannbart, der jetzt einen Arm um die kalkweiße Frau König legte. Dann ein gelegt aussehender junger Kerl im Anzug, der die Haare zurückgegelt hatte und im Lexikon sicherlich unter Klischee-BWLer abgebildet war. Und schließlich eine junge Frau Mitte zwanzig in hübschem Blumenkleid, die irritiert zwischen allen hin und her sah ... und dann in Tränen ausbrach.

Okay, jetzt stand außer Frage, dass sie den Toten gekannt hatten.

Leider war ich zu schlecht im Lippenlesen, um erkennen zu können, was sie sagten. Die junge Blumenkleid-Frau schluchzte mittlerweile hinter vorgehaltener Hand, der BWLer und Frau König hatten einen stoischen Gesichtsausdruck aufgesetzt, während der Weihnachtsmann panisch zwischen Rispo und Frau König hin- und hersah. Mäusegesicht, der so gekleidet war wie das Opfer, war so bleich, dass ich Angst hatte, er könne in Ohnmacht fallen. Aber was erzählten sie Rispo da? Konnten sie nicht ein wenig lauter sprechen?

Gott, das war frustrierend. Wenn ich sie in meinem Kopf weiter nur mit Spitznamen ansprach, baute ich mir bald noch mein eigenes Cluedo-Spiel.

*Der Kellner ermordet im Kakteenbeet mit einem Korkenzieher von Frau Blumenkleid.*

Ein paar Namen wären doch ganz nett, oder? Vielleicht konnte ich mich ja etwas näher heranschleichen?

Ich wollte mich gerade in Bewegung setzen, als Josh in Richtung des Hauses gestikulierte, die Gruppe nickte und dann den gewundenen Kiesweg zum Fachwerkgebäude hinauf verschwand.

Oh, Mist, sie sprachen drinnen weiter. Das war schlecht. Josh würde mich nicht beim Gespräch dabei sein lassen und allein mit ihnen sprechen konnte ich auch nicht ohne Vorwand.

*Aber du hast einen Vorwand*, flüsterte eine kleine, unschuldige Stimme in meinem Kopf, die mich an Emilys erinnerte. *Morgen Nachmittag. Die Weinprobe.*

Da hatte mein Unterbewusstsein natürlich recht! Und als Josh auf mich zukam, statt den anderen ins Haus zu folgen, setzte ich meine freundlichste, überhaupt nicht neugierige Miene auf.

„Was ist mit deinem Gesicht los?", wollte Josh skeptisch wissen. „Ist dir doch noch übel geworden?"

Okay, den Ausdruck musste ich zu Hause noch mal vorm Spiegel üben. „Nichts", sagte ich hastig und hob die Schultern. „Ich habe mich gerade nur gefragt ... Was sagst du zur Location?"

„Du meinst bis auf den Toten, der das Panorama zerstört?", wollte er trocken wissen.

Ich nickte. „Na, der wird ja hoffentlich entfernt. Und ich weiß, es ist jetzt wahrscheinlich nicht der richtige Zeitpunkt, aber wir sind ja eigentlich hier, um einen Ort zu finden, an dem unserer Hochzeit stattfinden kann ... und ich finde es hier echt hübsch. Ich hab gehört, sie machen die Trauung sogar hier draußen, wenn man will. Oder in ihrem Gewächshaus."

Josh verengte die Augen und sah mich misstrauisch an. „Warum redest du über unsere Hochzeit, obwohl ich genau weiß, dass du mich am liebsten mit Fragen zum Fall löchern würdest?"

Ach, scheiße. Manchmal vergaß ich, wie gut der fesche Kommissar Joshua Rispo mich kannte. „Na ja, ich ordne meine Prioritäten eben neu", meinte ich abwehrend.

Er schnaubte. „Deine erste Priorität ist es immer, deine Nase in fremde Angelegenheiten zu stecken. Dann kommt Schokolade, dann deine Familie und ich ... und dann, ganz weit hinten, kurz vor Fußball und Dart, kommen Hochzeitdetails."

Das hatte er akkurat zusammengefasst. „Blödsinn. Ich möchte, dass wir eine schöne Feier haben, und das Gewächshaus, das sie hier haben ..."

„Wir werden *nicht* in einem Gewächshaus heiraten!", unterbrach er mich sofort. „Dann können wir ja gleich unser Wohnzimmer nehmen."

Ich runzelte die Stirn. „Hm ..."

„Nein, Lou!"

„Aber das wäre günstig! Und wir könnten mehr Geld für den Kuchen ausgeben."

Josh schnaubte und ein Lächeln zog an seinen Mundwinkeln. „Du hast den Sinn von Romantik eines Wackelpuddings. Und das kommt von mir! Dem Kerl, der dir zum Valentinstag ein High Five geschenkt hat."

Ich grinste. „Das hat mir viel bedeutet. Du schlägst sonst mit niemandem außer deiner Hantel ein."

Er nickte und verengte wieder die Augen.

„Was ist?", wollte ich wissen.

„Ich warte."

„Worauf?"

„Darauf, dass du mir erklärst, dass du in diesem Mordfall recherchieren willst."

Ich spürte, wie mir das Blut in die Wangen stieg. „Na ja ... also, man muss jetzt kein Kriminalkommissar sein, um zu wissen, dass ich natürlich im Korkenzieher-Mord ermitteln werde."

„Och, scheiße, Lou, du hast schon einen Titel für den Mord?", sagte er genervt und rieb sich mit Daumen und Zeigefinger über die Augen.

„Josh, der Tote ist mir wortwörtlich vor die Füße gefallen! Er hat mich quasi angebettelt, seinen Fall zu übernehmen."

„Der Tote konnte überhaupt nichts von sich geben – denn er ist *tot!*"

„Es war mehr seine Körpersprache."

„Louisa ..."

„Ich bin wirklich gestresst, Josh. Dieses ganze Hochzeitszeug macht mich supernervös. Da wäre so eine Leiche eine nette Ablenkung."

„Die Hochzeitsvorbereitungen sind stressiger als das Leben eines Mordopfers zu durchwühlen?", rief er ungläubig.

„Na ja ..." Ich zuckte schuldbewusst die Achseln. „Irgendwie ist da was falsch verknüpft in meinem Kopf ... Das machen Leichen wohl mit dem Gehirn, wenn sie im halben Dutzend kommen."

„Oh, komm schon, Lou." Joshs Stimme wurde gefährlich leise. „Du magst den Nervenkitzel! Deswegen willst du wieder recherchieren."

Jaja, das auch. „Josh, weißt du, ich müsste ja nicht einmal allein ermitteln. Du könntest mir helfen."

Angesäuert sah er mich an. „Du meinst, *ich* kann dabei helfen, *meinen* Mordfall aufzuklären? Das ist aber großzügig von dir."

„Ich weiß", sagte ich rasch und lächelte. „Also, da vorne ist ein Schild, das zur Weinprobe einlädt. Wir könnten uns als verlobtes Pärchen ausgeben, das sich die Räumlichkeiten mal ansehen will, weil wir sie für unsere Hochzeit in Betracht ziehen."

„Lou", knurrte Josh. „Wir *sind* ein verlobtes Pärchen, das eine Location sucht."

„Oh, stimmt." Begeistert sah ich ihn an. „Dann ist das ja noch besser."

„Nein, ist es nicht! Denn du bist –"

„Keine Polizistin, jaja. Weißt du, manchmal habe ich das Gefühl, unsere Gespräche wiederholen sich."

„Du hast nicht nur das Gefühl", bemerkte er düster. „Also, pass auf, auf die Gefahr hin, mich auf ein Neues zu wiederholen: Es gibt ein *Wir*, wenn es um alles außer einen Mord geht. Aber sobald ein toter Mensch im Spiel ist, gibt es ein rationales Ich, das dir sagt, du solltest es lieber lassen, und ein durchgeknalltes Du, das mich ignoriert."

„Na, dann ist ja wenigstens unsere Rollenverteilung klar."

Er stöhnte leise. „Dir macht es ein bisschen Spaß, mich zur Weißglut zu bringen, oder?"

„Manchmal mehr als ein bisschen", gab ich zu und nahm seine Hand. Das besänftigte ihn beizeiten.

Er seufzte schwer, verflocht seine Finger jedoch mit meinen. „Gut, wir haben einen Deal. Du erinnerst dich?"

Oh ja. Wenn ich ermittelte, musste ich ihm Bescheid geben und ihn auf dem Laufenden halten.

„Okay, dann gebe ich dir jetzt Bescheid, dass ich vielleicht ein bisschen herumfragen werde."

„Wunderbar", sagte er, seine Stimme so trocken wie das Blut am Hals des Opfers.

„Was die Sache mit der Weinprobe angeht ...", fing ich an.

„Nein", sagte er hart. „Du wirst hier nicht abends allein mit einer Horde potenzieller Mörder herumhängen und deine überhaupt nicht subtilen, entnervenden Fragen stellen! Nicht ohne polizeiliche Aufsicht."

„Die Weinprobe ist nachmittags – und du willst nicht meine polizeiliche Aufsicht sein?", fragte ich unschuldig.

„Nein! Ich möchte überhaupt keine Aufsicht sein müssen. Außerdem wissen hier alle, dass ich Polizist bin, sie werden mir nicht mehr erzählen, nur weil ich ihren Wein probiere."

Mhm, da war was Wahres dran. Überhaupt erzählten Leute Rispo nur ungern mehr als sie mussten, da seine Ausstrahlung eher *Ich bin auch ein Korkenziehermörder!*

anstelle von *Ich bin ein freundlicher Kummerkasten* schrie.

Aber ich wollte zu dieser Weinprobe! Mich verbanden die Leute nicht mit der Polizei, mir erzählten sie gerne etwas. Weil ich eines dieser Gesichter hatte, das niemand als bedrohlich einstufte. Wie nannte meine Mutter es immer? Ach ja: durchschnittlich.

Die Wahrheit war simpel: Da lag eine Leiche. Sie war vom Leichengott für mich vorherbestimmt. Ich war gestresst und wollte etwas Besseres zu tun haben, als mir über Farbmuster und Blumenmädchenkleider Gedanken zu machen, mit denen meine Mutter mich seit Wochen nervte. Es war, als hätte der Himmel die Leiche geschickt. Und mir war die Ironie dessen bewusst, ja. Aber ich hatte es einfach im Gefühl, dass das hier mein Fall werden sollte. Ebenso wie ich im Gefühl hatte, dass mir die Weinprobe morgen dabei helfen könnte, mehr über den Toten und seinen Mord herauszufinden.

Aber Josh und ich hatten diese Abmachung und ich hatte ihm versprochen, nicht an Orten zu recherchieren, an denen er mir einen Riegel vorschob ...

Moment. Eigentlich hatte er gar keinen Riegel vorgeschoben. Viel eher hatte er die Tür nur angelehnt.

*Polizeiliche Aufsicht.* Ich durfte nicht ohne polizeiliche Aufsicht zur Weinprobe. Oh, Gott segne die Hintertürchen der deutschen Sprache!

„Schön", sagte ich freundlich. „Dann werden wir beide hier morgen eben nicht ermitteln. Ich glaube, dann fahre ich jetzt."

„Du kannst nicht fahren, wir brauchen deine Aussage", meinte er kopfschüttelnd. „Es ist, als wärst du noch nie in einen Tatort gestolpert."

Ich seufzte und strich mir die Haare aus der Stirn. „Ach ja. Ich vergaß. Okay. Wenn mich wer braucht, ich stehe da hinten." Ich deutete auf den Parkplatz, auf dem mein dunkelgrüner Passat deutlich zu erkennen war. Es war das einzige Auto, das eine rote Motorhaube besaß, die absolut nicht zum Rest des Wagens passte.

„Gut. Ich bin drinnen, Leute befragen." „In Ordnung." Ich drückte seine Finger. „Ich bleibe da stehen, warte auf einen Uniformierten, der meine Aussage aufnimmt, und mache nichts."

„Du warst noch nie so sexy", wisperte er ernst an meinem Ohr und küsste mich sacht dahinter, bevor er mich losließ und über die Einfahrt in Richtung des Hauses schritt.

Ich sah ihm einige Augenblicke lang nach, bevor ich zum Passat schlenderte und mich gegen die Motorhaube lehnte, um nachzudenken. Ich hatte die Wahrheit gesagt. Eigentlich tat ich nichts ... außer mir Worte zurechtzulegen. Denn ich hatte einen Plan. Ich würde mir eine polizeiliche Aufsichtsperson zulegen – und ich kannte auch schon genau den richtigen Kandidaten ...

# Kapitel 3

„Ich glaube nicht, Louisa."

„Komm schon. Sie kennen dich noch nicht, Marvin!",
flehte ich und ließ mich tiefer in die Couch sinken, woraufhin mein Kater Twinky, der neben mir lag, echauf-
fiert maunzte und sacht mit der Pfote nach mir schlug.

„Sie haben dein Gesicht nicht gesehen, weil du nicht
am Tatort warst, du ... Moment, warum warst du eigentlich nicht am Tatort?"

„Ähm, meine Mutter hat Geburtstag", antwortete er
schüchtern, und ich spürte die Hitze, die seine Wangen
in diesem Moment ausstrahlten, förmlich durch den
Hörer. „Rispo hat mir den Tag freigegeben und gemeint, ich könne Anfang der Woche in die Ermittlun-
gen einsteigen."

Marvin Held war seit einigen Jahren Joshs Partner. Eigentlich war Josh immer ein Einzelgänger gewesen,
was seine Vorgesetzten unglaublich aufgeregt hatte.
Als er dazu gezwungen worden war, sich endlich einen
Partner zu suchen, war seine Entscheidung auf Marvin
gefallen. Ganz einfach aus dem Grund, dass Marvin ihn
vergötterte und ein kategorischer Ja-Sager war. Er
würde nie auf die Idee kommen, Josh zu widersprechen

oder gar seine eigene Meinung zu äußern. Dafür hatte er zu viel Respekt und zu wenig Selbstvertrauen. Doch er war Polizist. Und ein Polizist, war alles, was ich brauchte.

„Das ist wirklich sehr nett von Josh, dir das Wochenende freizugeben", sagte ich überrascht.

„Ja", stimmte Marvin mir zu. „Und ich würde es ihm schlecht danken, indem ich ihm die Verlobte ausspanne!"

„Marvin", meinte ich augenverdrehend und kraulte Twinky hinter den Ohren, damit er sich beruhigte. Der Kater, nicht Marvin. „Du spannst mich ihm nicht aus. Du *spielst* meinen Verlobten nur. Weil Josh ...", *den Job nicht machen wollte,* „... ein zu schlechter Schauspieler ist!"

„Ein schlechter Schauspieler?", meinte Marvin überrascht. „Dabei hat er uns damals doch alle hinters Licht geführt, als er meinte, dass er dich nicht ausstehen kann."

Nun. Das war damals möglicherweise die Wahrheit gewesen. „Es ist ja auch egal", wehrte ich ab. „Der Punkt ist der, Marvin."

Geschäftsmäßig beugte ich mich vor, auch wenn Marvin das natürlich nicht sehen konnte. „Ich glaube, dass das eine gute Möglichkeit für dich wäre, über dich hinauszuwachsen. Professionell, privat – und mental. Du würdest praktisch eine Undercover-Operation leiten! Deinen Geist stärken."

„Aber wenn ich eine Undercover-Operation anberaumen würde, müsste ich Rispo davon erzählen."

„Wieso?", wollte ich scheinheilig wissen. „Er verlangt doch immer von dir, dass du mehr Initiative zeigst. Die Zügel in die Hand nimmst."

„Mhm", machte Marvin zweifelnd. „Ich glaube nicht, dass er so etwas gemeint hat. Ich fühle mich nicht wohl damit, etwas hinter seinem Rücken zu tun."

Nun, dann waren wir schon einer. „Wir machen es nicht hinter seinem Rücken, wir machen es unter seiner Nase."

Marvin rümpfte hörbar die seinige. „Ach, ich weiß nicht, Louisa. Ich würde eher den konventionellen Polizeiweg gehen. Joshua ist ein sehr guter Kriminalkommissar. Wir werden bestimmt auch auf seine Art und Weise zum Ziel kommen."

Ja, aber seine Art und Weise fand *ohne mich* statt. Mir war durchaus bewusst, dass Josh unfassbar gut in seinem Job war. Aber wie es der Zufall so wollte, war ich ebenso gut darin, über Hinweise zu stolpern und Mörder zur Weißglut und somit dazu zu treiben, einen Fehler zu begehen. Es wäre eine Verschwendung meiner Talente, mich nicht einzumischen.

Tief holte ich Luft. „Marvin, erinnerst du dich noch daran, dass du mich darum gebeten hast, dir Dating-Tipps zu geben?", wollte ich wissen. Denn Marvin sah zwar nicht schlecht aus, wenn man auf abgenagte Hühnchen mit freundlichem Gesicht stand, war aber hoffnungslos schüchtern und unfähig, seine Vorzüge hervorzuheben. Dabei hatte er einen Meistertitel in Taekwondo und spielte Schlagzeug. Menschen waren schon für weniger mit jemandem ins Bett gestiegen.

„Ja. Aber was hat denn das jetzt damit zu tun?"

„Wenn du meinen Verlobten spielst, bietet es mir die optimale Möglichkeit, dir zu zeigen, wie sich der perfekte Freund zu verhalten hat."

„Na ja, aber das könntest du mir doch auch einfach so erzählen, oder?"

Ich seufzte schwer. Okay, es wurde Zeit, die schweren Geschütze aufzufahren. „Marvin, wenn du mir morgen Nachmittag hilfst, werde ich dafür sorgen, dass Ariane mit dir auf ein Date geht."

Abrupte Stille war die Antwort.

Damit hatte ich gerechnet. Marvins Gesicht war in den letzten Monaten aufgeleuchtet wie ein Weihnachtsbaum ohne Energiesparlampen, wann immer er den blonden Engel, der sich meine beste Freundin nannte, gesehen hatte. Ariane war zwar zurzeit Single, allerdings nicht offiziell auf der Suche. Nun ja, das Date mit Marvin, das ich ihr aufschwatzen würde, wäre ja auch nicht wirklich offiziell. Es passte also ganz gut.

„Wie willst du dafür sorgen?", wollte Marvin skeptisch wissen.

„Ich tue das, was du die letzten Monate nicht getan hast: Ich frage sie."

„Aber was, wenn sie Nein sagt? Ich will nicht, dass sie etwas tut, was sie nicht möchte. Nein heißt nein, Lou."

Ich hoffte doch sehr, dass das in Marvins Fall nicht stimmte, denn er hatte bereits Nein dazu gesagt, morgen mit mir die Weinprobe zu besuchen. „Ich werde Ariane erzählen, was für ein toller Typ du bist, und sie dann fragen, ob sie nicht mal mit dir ausgehen will", erklärte ich geduldig. Dabei ließ ich bewusst aus, dass ich womöglich einen Gefallen von ihr einfordern musste. „Und morgen Nachmittag kann ich dir Tipps und

Tricks verraten, wie du ihr Herz gewinnst." Die würde ich mir nur noch ausdenken müssen.

„Das würdest du tun?" Marvin klang noch immer argwöhnisch.

„Marvin, du bist ein guter Fang!"

Das war die volle Wahrheit. Abgesehen davon, dass er sich von seiner Mutter in seine Garderobe und ... nun, *alles* reinreden ließ, war er echt ein toller Kerl. Loyal, freundlich, großherzig. Das Einzige, was ihm manchmal fehlte, war ein Rückgrat. Aber das konnte er bitte entwickeln, sobald er zugesagt hatte, mir zu helfen.

„Also, ich würde ja schon gerne mit Ariane ausgehen ...", sagte er langsam, kein Rückgrat in Sicht.

„Also haben wir einen Deal?", wollte ich hoffnungsvoll wissen.

Er stieß einen langen Schwall Luft aus. „Es wäre nur das eine Mal?"

„Ja, genau. Nur ein-, zweimal."

„Ein- oder zweimal, Louisa?", wollte er mit hoher Stimme wissen.

Ich hörte, wie sich jemand am Türschloss zu schaffen machte, und Twinky sprang sofort auf und lief zum Eingang, was nur eines bedeuten konnte: Sein Lieblingsmensch kam nach Hause. Der nicht mehr *Ich* war, seit Josh ihm mit einer Menge Leckerlis Kunststücke beibrachte und somit weiter in seinem Wahn bestärkte, ein Hund zu sein!

„Ich muss auflegen, Marvin", zischte ich und hielt mir die Hand vor den Mund, um den frechen Schall davon abzuhalten, unter der Tür durchzukriechen. „Aber du wirst deine Entscheidung nicht bereuen. Wir knacken

den Fall, ich erzähle dir, was Ariane mag, Rispo ist beeindruckt, Ari ist beeindruckt, ich bin beeindruckt.
Eine Win-Win-Win-Situation."

„Ach, ich weiß noch nicht so recht, vielleicht sollte ich
besser eine Nacht darüber –"

„Wir treffen uns morgen um fünf vor Ort. Danke,
Marvin. Happy Birthday an deine Mutter. Bis dann."
Hastig legte ich auf und ließ das Telefon sinken. Keine
Sekunde zu früh, denn in diesem Moment trat Josh in
die Wohnung.

Er hatte sein übliches griesgrämiges Gesicht aufgesetzt, das er immer dann zur Schau trug, wenn er den
ganzen Tag unkooperative Zeugen befragt hatte – und
seien wir ehrlich, in Rispos Augen war jeder unkoope-
rativ, der nicht „Ich bin der Mörder!" rief. Doch er lächelte, als Twinky sich kurz an seinem Bein rieb und er
mich und die Kölschflasche sah, die ich ihm entgegen-
streckte.

„Wie kriegt man Kaktusstacheln am besten aus einer
Leiche, Lou?", wollte er zur Begrüßung wissen, warf mit
dem Fuß die Tür ins Schloss, zog Jacke und Schuhe aus
und ließ sich schließlich ächzend neben mich sinken.

„Mit Leichen habe ich keine Erfahrung", gab ich zu.
„Aber bei lebendigen Menschen am besten, indem man
Uhu-Kleber auf die Haut aufträgt und eintrocknen
lässt. Dann kann man den Stachel einfach mit abzie-
hen, wenn man den Kleber wieder entfernt."

Josh seufzte. „Ich fürchte, wir können nicht den gesamten Toten mit Kleber zukleistern. Das könnte mög-
liche Spuren verwischen."

„Dann mit einer Pinzette und ... einer Menge Geduld?"

„Shit, ich will nicht der Obduktionsarzt sein", meinte er kopfschüttelnd und ließ sich mit geschlossenen Augen gegen die Lehne sinken, bevor er dankbar das Kölsch entgegennahm und nach einem tiefen Schluck hinzusetzte: „Der wird keine schöne Nacht haben."

Nein, vermutlich nicht. Ich hätte mir auch einen besseren Zeitvertreib vorstellen können, als einem Toten Stacheln aus der Haut zu ziehen, damit ich mir beim Aufschneiden seiner Brust nicht mehr wehtat.

„Sag mal, wie heißt der Tote eigentlich?", wollte ich beiläufig wissen.

„Netter Versuch."

„Aber er war Mitarbeiter des Weinguts König, oder?"

„Er war Mitarbeiter in deiner Traumfabrik."

Ich grinste. „Mir ist klar, dass du dich über mich lustig machst – aber was für ein cooler Job wäre das bitte? Und ich weiß, dass er Mitarbeiter dort war, das brauchst du mir nicht einmal zu bestätigen. Habt ihr die Finger des armen Kerls gefunden?"

Josh seufzte schwer, öffnete aber die Augen, um mich kritisch anzusehen. „Nein, aber vielleicht sollten wir einfach den Sperrmüll in ganz Köln durchwühlen. Ich hab gehört, manche haben da Glück."

Ich verdrehte die Augen. „Ich dachte, meine Mutter wäre die Einzige, die das nicht vergessen kann. Und du weißt genau, dass ich den Finger nicht *absichtlich* gefunden habe." Außerdem lag das Jahre zurück, auch wenn es sich anfühlte, als wäre es gestern gewesen … aber seine erste Leiche vergaß man wohl nicht.

„Nein, das stimmt wohl", sagte er unzufrieden. „Du findest Leichen nie absichtlich."

Klang er ernsthaft immer noch vorwurfsvoll?

Ich entschied, darüber hinwegzusehen. Denn Josh würde mir nicht mehr zum Mord erzählen, wenn ich ihn provozierte. „Habt ihr die Finger jetzt gefunden oder nicht?"

Gequält sah Josh mich an. „Wenn ich jetzt Nein sage, machst du dich gleich morgen auf die Suche, oder?"

Höchstwahrscheinlich. Ja. „Blödsinn."

Josh gähnte und rieb sich mit der Hand übers Gesicht. „Wusstest du, dass du jedes Mal blinzelst, wenn du lügst?"

„Ich hatte was im Auge."

„Ja. Schuldgefühle. Zu Recht. Aber pass auf: Ich gebe dir diese eine Info und dann reden wir über was anderes, okay?"

„Deal", sagte ich hastig. Denn ich wollte es wirklich wissen.

„Wir haben die Finger *nicht* gefunden. Wir haben das gesamte Gutshaus nach dem Tatort durchsucht, das ganze Grundstück ... Wir haben kein Blut, keine Kleidungsfetzen, keinerlei Hinweise auf den Mord gefunden. Nicht genug zumindest, um das Weingut auch nur einen weiteren Tag schließen zu lassen."

Oh, das war gut. Das hieß, die Weinprobe morgen fand statt.

„Der Mörder muss also sehr gut putzen können", murmelte ich.

„Oder die Leiche letzte Nacht von irgendwo anders herangeschleppt haben", ergänzte er. „Der Tote ..."

„Die Toten", korrigierte ich.

„Was?"

„Die Kakteen, Josh!"

Er schnaubte. „*Der* Tote", wiederholte er, „hatte anscheinend vor ein paar Tagen einen riesigen Streit mit einem Freund in irgendeinem Brauhaus. Wenn ich also Glück habe, finden die Kollegen den Typen und ich kann morgen schon einen Mörder verhaften. Du musst dir also gar keine Gedanken machen."

Stirnrunzelnd sah ich ihn an, bevor ich ihm die Flasche Kölsch aus der Hand zog und einen Schluck nahm. „Hm", murmelte ich. „Also, wenn ich mich mit dir streiten und dich im Affekt umbringen würde ... dann würde ich deine Finger dran lassen."

Joshs Kiefer knackte, doch er schwieg.

„Du gibst mir recht, oder? Die Finger irritieren dich auch."

Er seufzte schwer. „*Jeden* würde das Fehlen der Finger irritieren! Weißt du, ich dachte vielleicht, der Mörder hätte die Finger abgetrennt, damit wir das Opfer nicht identifizieren können. Aber *alle* auf dem Weingut kannten den Toten. Warum also die Finger abschneiden?"

„Rache? Blutdurst? Der Wunsch, eine Fingersammlung anzulegen?"

„Ja, vielleicht", meinte er nachdenklich, was ich ehrlich gesagt etwas beunruhigend fand, denn Letzteres war definitiv nur ein Witz gewesen. Einige Augenblicke lang starrte er nur aus der Fensterfront, die eine Wand unseres Wohnzimmers ausmachte, dann blinzelte er und schüttelte den Kopf. „Ist auch egal. Wir hören jetzt auf, darüber zu reden."

Ach, schade. Mordermittlungen waren sehr viel interessanter als das Zeug, über das wir eigentlich sprechen sollten.

„Schön", meinte ich dennoch seufzend. „Ich habe mir gedacht, dass wir zumindest ein paar Kleinigkeiten wegen der Hochzeit besprechen könnten."

Josh stöhnte leise. „Muss das heute sein?"

Ich schnaubte. „Möchtest du morgen derjenige sein, der beim Sonntagsbrunch auf alle Fragen, die meine Mutter zur Hochzeit stellen wird, nur: *„Keine Ahnung"*, antworten kann? Denn wenn das der Fall sein sollte, wird sie sich selbst der Planung annehmen. Und weißt du, wie eine von meiner Mutter geplante Hochzeit aussehen wird? Ich hab kein Geld für ein Streicherquartett und fünfhundert Gäste!"

„Ist ja schon gut", sagte Josh seufzend. „Du hattest mich bei ,*Brunch*' und ,meine Mutter'."

Ich nickte zufrieden. Joshs Reaktion sprach dafür, dass er genau der richtige Mann für mich war. Denn der sollte definitiv wissen, was das Wort *Sonntagsbrunch* in mir auslöste. Der Brunch war eine jahrelange Manu-Tradition, die den heiligen Status nur deshalb noch nicht erreicht hatte, weil meine Mutter nicht katholisch war. Jedes Familienmitglied hatte sich um Punkt 11:00 Uhr sonntags bei meinen Eltern einzufinden, um von meiner Mutter kategorisch über sein Leben ausgefragt und gründlich kritisiert zu werden. Nichterscheinen war nur zu vertreten, wenn man im Krankenhaus lag, weil man gerade ein Kind entband oder einen schlimmen Unfall gehabt hatte, der mindestens einen offenen Knochenbruch oder eine schwere Amnesie beinhaltete. Eine Mordermittlung war definitiv keine triftige Ausrede. Und seit Josh mein Verlobter war, galt diese Regelung auch für ihn.

„Was müssen wir denn noch klären?", wollte er wissen.

„Alles", stellte ich fest. „Aber wir könnten uns ja zu Beginn erst einmal auf die grundlegenden Fragen konzentrieren?"

Das sollte ja nicht so schwer sein, oder?

„Wir tanzen *nicht* zu den Jonas Brothers!"

„Aber du bist nun einmal ein *Sucker for me*. Es passt!"

„Lou, nein. Es ist schlimm genug, dass ich weiß, dass einer von ihnen Nick heißt und dein Liebling aus der Gruppe ist. Abgesehen davon weiß ich ohnehin nicht, ob ich überhaupt einen Eröffnungstanz haben will."

Mit geöffnetem Mund starrte ich ihn an. „Aber ich dachte, wir machen vielleicht einen Tanzkurs."

Josh sah mich so leidend an, dass ich mich instinktiv umdrehen wollte, um nach dem Zahnarzt Ausschau zu halten, der unweigerlich mit riesiger Zange in der Hand hinter mir stehen musste.

„Na schön, die Musik- und Tanzdiskussion vertagen wir", beschloss ich. „Kommen wir noch einmal kurz zur Zeremonie selbst. Trudi hat gefragt ..."

„Nein. Trudi wird die Trauung nicht durchführen", unterbrach Josh mich sofort.

Unwohl kratzte ich mir das Kinn. „Aber sie war so enthusiastisch, als sie das vorgeschlagen hat."

Ungläubig weitete Josh die Augen. „Das ist genau das Problem! Es ist ein Wunder, dass Trudis Enthusiasmus sie bisher nur eine Hüfte und nicht das Leben gekostet hat."

„Das ist jetzt ein bisschen gemein. Dasselbe könntest du über mich sagen."

„Dasselbe *sage* ich über dich", erklärte mir Josh geduldig. „Nur dass ich die Hüfte mit meinen Nerven er-
setze."

Ach, er übertrieb mal wieder maßlos. Das Einzige,
was Josh irgendwann mal meinetwegen verlieren
könnte, war seine Stimme. Aber jemand, der sein
Sprechorgan so oft, so intensiv einsetzte, war selbst
schuld.

„Es wäre bestimmt lustig, wenn Trudi ..."

„Nein", beharrte er. „So wie ich sie kenne, pustet sie
uns Glitzer ins Gesicht, sobald wir uns endlich küssen
dürfen – und wir können wirklich nicht noch mehr
Mikroplastik in den Ozeanen verantworten. Abgesehen davon möchte ich in unserer Hochzeitsnacht nur
dich in unserem Bett vorfinden und nicht drei Kilo pin-
kes Herzchenkonfetti oder noch besser: Trudi selbst,
die vorschlägt, uns zu filmen, damit wir für immer eine
Erinnerung an diesen besonderen Abend haben."

Ich biss mir auf die Unterlippe. Ein bisschen um mich
vom Lachen abzuhalten. Ein wenig aber auch, damit
ich Josh nicht laut zustimmte. Es war nie klug, ihn wissen zu lassen, wenn er absolut recht hatte. Das würde
er nur gegen mich verwenden. Tatsache war, dass ich
nicht ausschließen konnte, dass Trudi zumindest versuchen würde, die Hochzeitsnacht mit uns zu verbringen. Entweder aus purer Neugier oder aber auch, um
uns Tipps zu geben und uns an ihrem langjährigen Er-
fahrungsschatz teilhaben zu lassen. Seit sie vor ein
paar Monaten geheiratet hatte, erzählte sie mir andauernd, dass sie und ihr Ehemann Manfred Sexkurse geben sollten, damit die ganze Welt von ihrem Wissen
profitieren könne. Ich war mir ziemlich sicher, dass sie

nur noch keine anbot, weil sie das Internet nicht verstand und ständig fürchtete, es gelöscht zu haben, sobald sie ihren Browser schloss.

„Gut. Nicht Trudi", gab ich nach. „Dann eben irgendein langweiliger Standesbeamter. Oder wolltest du in der Kirche heiraten?"

Mir ging auf, dass ich ihn das nie gefragt hatte. Ich war davon ausgegangen, dass er ... „Gott, nein."... sagte.

„Du etwa?", fragte er mit gehobener Augenbraue.

Ich dachte einige Sekunden lang darüber nach, schüttelte jedoch schließlich den Kopf. „Nein. Ich habe ehrlich gesagt Angst, vom Blitz erschlagen zu werden, wenn ich den Fuß über die Schwelle einer Kirche setze. Mein Leben ist einfach zu sündig und meine Gedanken überhaupt nicht keusch."

Joshs Mundwinkel zuckten. „Wie gut, dass mir das überhaupt nichts ausmacht. Also Letzteres jetzt."

Ich verdrehte die Augen, musste aber lächeln. „Was ist mit der Gästeliste?", wollte ich wissen, zog meine Knie an und sank gegen Joshs Seite. „Ich hatte an so hundert Leute gedacht?"

Josh öffnete perplex den Mund. „Hundert? Ich dachte, wir wollten die Zeremonie klein halten."

„Das ist klein, Josh!"

„Nein. Klein wären wir beide und unsere Familie."

„Nur unsere Familie? Aber wer soll denn dann die dreistöckige Torte essen?"

„Dreistöckig?" Ungläubig sah er mich an. „Ich dachte, du wolltest dich bei der Torte zurückhalten."

Irritiert blickte ich ihn an. Das hatte ich. Meine Ursprungsidee waren fünf Stockwerke gewesen. „Ich werde wahrscheinlich nie wieder einen Grund haben, eine so riesige Torte zu bestellen. Das muss ich ausnutzen."

Josh seufzte schwer. „Eigentlich brauche ich überhaupt gar keine Torte, Lou. Ich esse den Mist doch sowieso nicht. Ich hatte gedacht, dass wir als Nachti–"

„Wenn du jetzt gleich das Wort Obstsalat in den Mund nimmst, trenne ich mich hier und jetzt von dir", unterbrach ich ihn im warnenden Tonfall.

Josh lachte leise. „Selbst, wenn es im Zusammenhang mit einem Schokoladenbrunnen fällt?"

Skeptisch verengte ich die Augen, bevor ich den Kopf von der einen auf die andere Seite wiegte. „Nein, das könnte dich womöglich retten. Aber eine dreistöckige Torte ersetzt es auch nicht."

„Dreistöckig ist zu viel", beharrte Rispo.

„Nein. Wenn man bedenkt, wie viele verschiedene Geschmacksrichtungen es gibt, sind drei Stockwerke sogar noch zu wenig!"

„Nie im Leben werden wir mit zwanzig Leuten einen so großen Kuchen essen können!"

„Wie gut, dass wir hundert sein werden."

Josh schnaubte. „Du wirst kiloweise Kuchen einfrieren müssen."

Oh, ich baute darauf.

„Wie wäre es mit einem Kompromiss und höchstens fünfzig Gästen?", schlug Josh vor.

Stöhnend ließ ich den Kopf über seinen Arm sinken, der auf der Rückenlehne lag. „Das ist zu wenig. Aber wir müssen ja ohnehin erst mal eine Location finden, um zu wissen, wie viele Leute wir überhaupt unterbringen können. Okay, pass auf. Lass uns kurz über etwas

Einfaches reden." Ich brauchte eine Atempause. „Wir behalten unsere Namen, richtig?"

Josh runzelte die Stirn. „Du willst *nicht* meinen Namen annehmen?"

Oh, Gott. Das konnte doch nicht wahr sein! Gab es denn überhaupt nichts, auf das wir uns problemlos einigen konnten? Ich öffnete den Mund, wusste nicht, was ich sagen konnte, ohne eine weitere Diskussion loszutreten – und kam schließlich zu dem Schluss, dass es unmöglich war. Stattdessen leerte ich das Kölsch, atmete tief durch und sagte genervt: „Ich weiß nicht, ob das hier wirklich besser ist, als weiter über den Mord zu reden."

Joshs Mundwinkel zuckten. „Von meinem Standpunkt aus schon. Aber hey, wenn du so gern über die Leiche quatschen willst ... Ich kann sie gerne morgen beim Sonntagsbrunch vor deiner Mutter erwähnen."

Düster sah ich ihn an. „Du bist der Teufel", stellte ich das Offensichtliche fest.

Denn das Einzige, was meine Mutter mehr aufregte als mein ständiger Kontakt zu toten Menschen, war meine Unfähigkeit, einen Salat zu essen, ohne dabei den Mund so weit aufzureißen, dass jeder mein Zäpfchen sehen konnte. Aber ganz ehrlich: *Wer* konnte das? Außer Josh jetzt, aber bei ihm hatte ich ja bereits etabliert, dass er der Teufel war.

Josh grinste nur, bevor er seine Hand ausstreckte und sachte mit dem Daumen über meine Wange fuhr. „Wir können gern einen Deal ausmachen: Du stellst mir keine Fragen mehr zum Toten und ich schweige morgen *wie* der Tote. Außer um deiner Mutter zu sagen, dass die Hochzeit eine Überraschung werden soll und sie sich keine Sorgen machen muss."

„Schön", kapitulierte ich und ließ mich in seine Berührung sinken.

Denn es wäre wirklich besser, wenn die Leiche morgen nicht zur Sprache kam ...

# Kapitel 4

„Meine Güte, Josh, was hast du da gestern für eine Leiche angeschleppt?", wollte mein Bruder Jannis kopfschüttelnd wissen und belegte sein Brötchen mit Mortadella. „Das ganze Präsidium hat von dem Kaktus-Mord geredet!"

Fünf Minuten. Wir hatten es fünf Minuten am Tisch ausgehalten, bevor die Leiche erwähnt worden war. Aber es war noch nicht zu spät, abzustreiten, dass wir irgendetwas mit ihr zu tun hatten. Klar, Jannis war Staatsanwalt und bekam öfter mal Gerede vom Polizeipräsidium mit. Aber es gab noch viel mehr Kriminalkommissare als Josh. Jeder hätte sich dem Fall annehmen ...

„Oh, Josh, es ist jetzt wirklich dein Fall?", fragte Emily mit gehobenen Augenbrauen. „Heißt das, Lou mischt wieder mit? Ich bin nämlich wirklich neugierig, wo die Finger der Leiche hin sind." Dann fügte sie an unseren Bruder gewandt hinzu: „Du bist übrigens sehr schlecht informiert. Es war ein Korkenzieher-Mord, die Kakteen waren nur der Kollateralschaden."

Aus den Augenwinkeln bekam ich mit, dass meine Mutter bleich wie eine erschrockene Wand wurde. Aber Emily war schwanger, auf sie konnte sie nicht wütend sein, wenn sie eine Leiche gefunden hatte. Solange

Mama also nicht erfuhr, dass ich dabei gewesen war, als ...

„Alter Falter." Jannis grinste breit und sah zu mir herüber. „Erzähl mir bitte, dass du die Leiche gefunden hast, Loubalou. Dann hätte ich nämlich zweihundert Euro gewonnen. Hab gewettet, dass es keine drei Monate bis zu deiner nächsten dauert."

Meine Wangen wurden so heiß, dass sich das Glas Milch, das ich vor mein Gesicht hielt, mit Sicherheit rosa färbte. „Ähm ...", machte ich nur und sah hektisch zu meiner Mutter, deren Lippen eine so dünne Linie formten, dass auch der beste Drahtseil-Artist Probleme gehabt hätte, darauf zu balancieren.

„Louisa Josephine Manu!", sagte sie laut und brachte die Milch in meinem Glas zum Erzittern. „Ist das wahr? Hast du schon wieder einen Toten gefunden?"

Meine Nichten, die mir gegenübersaßen, kicherten leise. „Ich mag es, wenn Oma wütend wird", verkündete Isabell, die jüngere von den beiden, die stolze sechs Altersringe zählte. „Ihre Stirn macht dann immer so lustige Sachen."

Ich lächelte gequält. Sie sprach mit Sicherheit von den zwei Adern, die auf Mamas Stirn tanzten, als hätten sie den Tanzkurs wahrgenommen, den Josh nicht machen wollte. „Mama, du hast wirklich keinen Grund, dich aufzuregen. Ich habe die Leiche nicht gefunden ... Die Leiche fand *mich*."

Josh verdrehte die Augen, schwieg jedoch wie versprochen. Dasselbe konnte ich von Emmi leider nicht behaupten.

„Da ist was Wahres dran", bemerkte sie. „Sie ist diesmal wortwörtlich vor Lous Füße gefallen."

Meine Mutter weitete ihre Augen. Und das musste sie. Sonst hätte es darin nicht genug Platz gegeben, um das volle Ausmaß des Entsetzens widerzuspiegeln, das mich mit der Wucht eines Korkens im Gesicht traf. „Was soll das heißen, sie ist ... *gefallen?*"

„Hat sie jemand aus einem Flugzeug geworfen?", wollte Nichte Nummer zwei, Lara, wissen und beugte sich neugierig vor.

„Vielleicht", meinte Emily verschwörerisch. „Ihr solltet also immer besser aufpassen, wohin ihr tretet, falls ..."

„Emily!", unterbrach Jannis sie verärgert. „Bereite ihnen keine Albträume! Das letzte Mal, als Lou ihnen eine Gruselgeschichte erzählt hat, haben sie eine Woche lang nicht richtig geschlafen."

„Es war keine Gruselgeschichte", verteidigte ich mich. „Es war lediglich die Antwort auf die Frage, wie mein Tag war! Hätte ich lügen und ihn verheimlichen sollen, dass ich gesehen habe, wie zwei Stricknadeln aus ..."

„Louisa!", unterbrach meine Mutter mich entrüstet.

Emily verdrehte derweil die Augen. „Ach, was! Ich wette, du übertreibst maßlos, Jannis. Ihr zwei seid alt genug für solche Geschichten, oder?"

Beide Mädchen nickten sofort hastig. „Wir sind super alt", verkündete Lara. „Ich hab mir letztens schon selbst Frühstück gemacht!"

„Ich würde ein Kilo Müsli auf dem Boden zu verstreuen, nicht als erfolgreiches Frühstück bezeichnen", klinkte sich meine Schwägerin Stephanie ein, bevor sie mit wissendem Lächeln im Gesicht an Emily gewandt hinzufügte: „Und du wirst schon noch früh genug erfahren, was es bedeutet, wenn dein Kind die ganze

Nacht nicht schlafen kann. Was mich daran erinnert: Ich hab die Erziehungsratgeber mitgebracht, um die du mich gebeten hast. Erinnere mich dran, sie dir später zu geben."

„Du willst einen Erziehungsratgeber lesen?", fragte ich und sah Emily beeindruckt an.

Sie zuckte nur die Achseln. „Es kann nicht schaden, oder?"

„Also wurde die Leiche nicht aus einem Flugzeug geworfen?", warf Isa ein, die zu meinem Leidwesen offenbar noch nicht dazu bereit war, das Thema fallen zu lassen.

Jannis seufzte. „Nein, Schatz. Leichen fallen nicht einfach so vom Himmel."

„Nur von Dächern", ergänzte Emily.

Isa machte große Augen. „Wie kommt eine Leiche auf ein Dach?"

Mhm. Jetzt, da ich darüber nachdachte, war das eine sehr gute Frage.

„Jemand hat sie mit einem Seil dort oben hochgezogen und dann festgezurrt", sagte Jannis geduldig. Wahrscheinlich, weil er wusste, dass seine Tochter nicht lockerlassen würde, bis sie eine Erklärung bekam.

„Ist das so?", fragte ich interessiert. „Erzähl mir mehr."

Josh stöhnte. Aber lange nicht so laut wie meine Mutter.

„Nein! Keine Leichengespräche bei Tisch!", sagte sie verärgert. „Und Louisa, das kann doch wirklich nicht dein Ernst sein, dass du schon wieder jemand Toten gefunden hast! Es ist, als würdest du es nur tun, um mich aufzuregen."

„Ja, Mama", sagte ich ernst und faltete die Hände auf dem Tisch. „Meine Ziele im Leben sind es, so viel Nutella wie möglich zu essen und dich unglücklich zu machen."

Aus den Augenwinkeln sah ich, wie Lara, meine neunjährige Nichte, besorgt das fast leere Nutellaglas zu sich heranzog. Meine Mutter hingegen machte sich offensichtlich keine Sorgen um die Nuss-Nugat-Creme, sondern nur um meinen Geisteszustand.

„Ich dachte, du hättest mit der Hochzeit genug zu tun, als dass du auch noch die Zeit hättest, Leichen aufzustöbern!", sagte sie bissig.

„Gitti", meinte mein Vater mit ruhiger, dunkler Stimme und tätschelte ihre Hand. „Louisa kann doch nichts dafür, dass sie so viele Leichen findet. Ihr macht es mit Sicherheit keinen Spaß."

Hm. Also das war jetzt eine komplizierte Aussage, die ich so nicht mit wasserfestem Stift vor einem Notar unterschrieben hätte.

Das Seufzen meiner Mutter hätte Berge versetzen können. „Ich bin wirklich sehr froh, dass du sie heiratest, Joshua. Ich weiß nicht, wer sie sonst mit diesem losen Mundwerk genommen hätte", meinte sie pikiert.

Wow.

„Ach, sie hat auch ein paar gute Seiten", sagte Josh leichthin.

Ich warf ihm einen düsteren Blick zu.

„Viele gute Seiten?", bot er langsam an.

Ich verdrehte die Augen und wollte gerade unter Beweis stellen, wie lose mein *Mundwerk* wirklich sein konnte, als meine Mutter mich unterbrach.

„Apropos Hochzeit! Wie laufen denn eure Vorbereitungen?" Es war offensichtlich, dass sie verzweifelt versuchte, das Thema zu wechseln.

„Läuft gut", sagte Josh, und ich war ehrlich gesagt beeindruckt, dass er nicht einmal ansatzweise rot bei dieser dicken Lüge wurde. Ich musste ihn bei Gelegenheit fragen, wie er das machte. Damit er mir dabei half, ihn während meiner Mordermittlungen überzeugender zu belügen. Äh, vor der Wahrheit zu schonen. Das meinte ich.

„Wirklich?", fragte meine Mutter skeptisch und sah mich mit verengten Augen an. Als wüsste sie genau, dass ich Josh diese Floskel in den Mund gelegt hatte.

Ich nickte nur. Denn ich wurde immer noch rot, wenn ich log, und meine Mutter suchte nach der verräterischen Farbe in meinem Gesicht, wie zu Weihnachten nach dem guten Geschirr.

„Habt ihr euch denn schon überlegt, wer eure Trauzeugen sein werden?"

Ich rechnete fest damit, dass Josh Nein sagte. Denn ein Mann, der so wenig über die Hochzeit nachgedacht hatte, dass er Obstsalat als Nachtisch noch immer für eine gute Idee hielt, konnte sich unmöglich schon überlegt haben, wer den Wisch unterschrieb, der ihn und mich für immer zusammenschweißen würde. Doch er überraschte mich.

„Ja, ich denke, ich werde meinen Partner fragen."

Verblüfft öffnete ich den Mund. „Marvin?"

Josh hob eine einzelne Augenbraue. „Habe ich noch einen anderen Partner?"

„Nein, aber … Es wundert mich nur."

„Warum?"

„Na ja ... Weil du ihn siezt!"

Ich hatte innerhalb der letzten Jahre nicht den Eindruck gewonnen, dass Josh und Marvin *Freunde* waren. Viel eher waren sie Susi und der böse Wolf. Rispo, der düster dreinblickende Rudelanführer, und Marvin, sein treu ergebener Schoßhund. Und ich war mir ziemlich sicher, dass das ein Disneyfilm war, den niemand sehen wollte. Schon gar nicht hundert – oder vielleicht auch nur fünfzig – geladene Hochzeitsgäste.

Irritiert zog er die Augenbrauen zusammen. „Na und? Natürlich sieze ich ihn. Er ist mein Kollege."

„Aber das spricht nicht für Vertrauen."

„Doch. Respektvolles Vertrauen."

„Aber du warst mit Marvin noch nicht einmal ein Bier trinken. Zumindest nicht allein."

Josh hob einen Mundwinkel. „Heißt das, ich muss mit meinem Trauzeugen auf mindestens einem Date gewesen sein?"

„Nun ... Ja!" Ich konnte Emily lachen hören, doch ließ mich nicht beirren. „Du solltest den Mann, der unterschreibt, dass er ernsthaft glaubt, dass wir auf ewig zusammenbleiben werden, besser kennen als ... na ja, den Typen von der Arbeit, der dir deine Tasche trägt."

„Marvin hat mir noch nie meine Tasche getragen."

„Ja, aber das liegt nicht daran, dass er es nicht versucht hätte!"

Josh seufzte schwer. „Lou, ich hab ein paar Freunde aus der Schule, die ich nur zweimal im Jahr sehe, einen ehemaligen besten Freund, der meine Ex-Verlobte gevögelt hat und von meiner jetzigen Verlobten niedergeschlagen wurde. Außerdem natürlich noch vier Brüder, die allesamt eifersüchtig sein werden, egal wen von ihnen ich auswähle. Und dann habe ich Marvin, der mich vergöttert, mich niemals hintergehen und sich eher vor einen Zug werfen als unsere Eheringe verlieren würde. Die Wahl ist wirklich nicht allzu schwer zu treffen."

Na ja, wenn er es so ausdrückte ... dann bekam ich ein richtig schlechtes Gewissen, Marvin korrumpiert zu haben. Aber das musste Josh ja nie erfahren! Er wollte meistens gar nicht wissen, woher ich meine Infos bekam. Okay, nein, das stimmte nicht. Er wollte es immer wissen. Aber ich war klug genug, es ihm vorzuenthalten. Um sein Herz zu schonen. Es war genau derselbe Grund, aus dem ich meiner Mutter nicht von der Leiche hatte erzählen wollen.

„Wer wird denn deine Brautjungfer, Lou?", wollte Stephanie wissen und hob fragend die Augenbrauen.

„Bitte sag nicht, dass es Trudi ist", rutschte es meiner Mutter heraus, bevor Schamesröte ihren Hals hinaufkletterte. „Ähm, ich meine, sie ist eine tolle Frau, aber ... sie wird dir die Show stehlen."

Oh, ich baute darauf, dass Trudi mir die Show stahl. Damit ich irgendwann meinen Enkelkindern eine coole Hochzeitsgeschichte erzählen konnte. Bisher hatte ich nämlich nur eine Menge abgetrennte Finger-Geschichten.

„Es ist nicht Trudi", beruhigte ich meine Mutter dennoch und mein Blick schweifte schuldbewusst zu Emily, die mich erwartungsvoll ansah. „Ich denke, Ariane", wisperte ich dann.

Emily schnaubte laut. „War so klar! Und das, obwohl ich dich und Josh praktisch zusammengebracht habe!"

„Hast du?", fragte ich überrascht.

„Na ja, ich hab dir am Anfang gesagt, dass er heiß ist, oder?"

Oh, bitte. Das war mir sehr schnell selbst klargeworden. „Ariane ist meine beste Freundin, Emmi", sagte ich entschuldigend. „Wir haben uns schon vor Jahren versprochen, dass wir unsere Trauzeuginnen sein werden – und jeder weiß, dass Josh heiß ist! Das hält er wahrlich nicht geheim."

„Oh Mann. Könnten wir bitte nicht darüber reden, wie heiß ich bin?", intervenierte Josh und zog eine Grimasse.

„Aber es ist so ein solides Gesprächsthema", bemerkte ich grinsend. „Ich könnte Stunden darüber reden. Und wenn du dabei bist, ist es fast noch witziger."

„Was bedeutet, Joshi ist *heiß*?", wollte Isa wissen und runzelte ihre kleine Stirn. „Er ist heiß wie ... ein Ofen?"

„Wenn ich ein Ofen wäre, würde deine Tante Lou mich nicht anfassen – erst recht nicht heiraten", murmelte Josh vielsagend.

Ich verdrehte die Augen. Auch wenn Letzteres die absolute Wahrheit war. Ein Ofen im Anzug würde auf den Hochzeitsbildern einfach merkwürdig aussehen. „Heiraten Nein, anfassen Ja", widersprach ich. „Ich hab nie genug Stauraum für meine Chipstüten und dafür wäre so ein Ofen schon praktisch."

Seine Mundwinkel zuckten. „Na, dann hätte ich wenigstens eine Aufgabe."

Stephanie seufzte. „*Heiß* bedeutet in dem Zusammenhang, dass deine Tante Lou Josh hübsch findet, Mäuschen."

Isa machte große Augen, bevor sie laut genug für alle wisperte: „Aber er ist voll alt ... und glitzert nicht."

Joshs zuckende Mundwinkel wurden zu einem breiten Lächeln. „Meine Rede. Ich habe die Bezeichnung nicht verdient."

Der Brunch dauerte noch eine weitere Stunde an, in der meine Mutter zur Abwechslung Emily und nicht mich löcherte. Meine Schwester hatte sich vor ein paar Wochen dazu durchgerungen, Mama davon zu erzählen, dass ein Samen in ihr spross. Sie hatte damals exakt diese Wortwahl benutzt, was unsere Mutter dazu verleitet hatte, Emily erst einmal in die Nase zu gucken, weil sie fürchtete, ihrer Tochter könne dort etwas hinauswachsen. Es wäre schließlich nicht das erste Mal. Emily war als Kind sehr experimentierfreudig gewesen. Doch als klar wurde, was Emmi meinte, war sie zuerst kalkweiß angelaufen und hatte dann freudig die Hände ineinander geklatscht. Es gefiel ihr zwar nicht, dass Emily Finn, den Vater des Samens, nicht heiraten wollte, weil viel zu enge Ringe am Finger alles kaputt machen würden – vielen Dank dafür –, aber letztendlich freute sie sich einfach über den Familienzuwachs. Und vielleicht auch etwas darüber, dass Emily gezwungenermaßen etwas erwachsener werden müsste, sobald sie ein Kind großzog. Auch wenn ich das mit eigenen Augen würde sehen müssen, um es zu glauben. Andererseits: Sie wollte freiwillig ein Buch lesen, dass nicht das Kamasutra war, und rauchte kein Marihuana mehr. Sie war also jetzt schon ein völlig neuer Mensch.

Josh und ich waren umweltfeindlich mit zwei Autos gekommen, weil er direkt von hier zum Präsidium weiterfuhr. Er musste Aussagen durchgehen, den besagten

Freund befragen, mit dem das Opfer sich gestritten hatte, und ich war mir ziemlich sicher, dass er mich nicht darum bitten würde, mitzukommen.

„Ich muss los", meinte er und zog seine Autoschlüssel aus der Jeanstasche. „Könnte spät werden heute."

Ja, ich hatte vollkommen richtig gelegen. Aber wie es der Zufall so wollte, musste ich mir ohnehin einen Plan für die Weinprobe zurechtlegen, hatte also selbst keine Zeit.

„Okay. Ich bin heute Abend sowieso unterwegs", sagte ich deshalb.

„Ja?" Er hob die Augenbrauen. „Was machst du?"

Okay, das war tricky. Wie log ich ihn nicht an, ohne ihm die Wahrheit zu erzählen? „Ähm, ich treffe mich mit Marvin", sagte ich schließlich langsam. „Will ihm Dating-Tipps geben."

Das hatte ich felsenfest vor. Er konnte sie gebrauchen, wenn er wirklich mit Ariane ausgehen würde. Mist, darum würde ich mich auch noch kümmern müssen.

Josh lachte trocken auf. „Viel Glück dabei."

„Hey, als wärst du so ein Flirtmeister!"

„Na ja, du willst mich heiraten, oder nicht? Wie schlecht kann ich da gewesen sein?"

Jetzt war es an mir, laut zu lachen. Wenn ich daran dachte, wie ich Josh kennengelernt hatte ... „Ich bin nur mit dir zusammen, weil du ein heißer Ofen bist. Das weißt du doch", sagte ich freundlich.

„Und das, obwohl ich so alt bin und nicht einmal glitzere", erwiderte er gespielt betreten, bevor er mit seinem Zeigefinger sacht mein Kinn anhob und mich küsste.

Ich seufzte dramatisch. „Wir müssen alle Abstriche machen. Viel Spaß beim Mörderfangen."

„Viel Spaß beim Nicht-Mörderfangen", gab er zurück, küsste mich noch ein letztes Mal, diesmal fester, und stieg dann in seinen Wagen.

Einige Sekunden lang sah ich noch seinen Rücklichtern nach, bevor ich mich seufzend in den Passat setzte, meinen einen Verlobten hinter mir ließ … und gespannt war, wie sich mein anderer heute Nachmittag wohl anstellen würde.

# Kapitel 5

Die Maisonne brannte auf mich herab, als ich um zwanzig vor fünf auf dem Parkplatz vor dem Rondell des Weinguts *Weinkönig* ankam. Nichts wies darauf hin, dass dieser Platz vor vierundzwanzig Stunden noch ein Tatort gewesen war. Was fast etwas seltsam war. Denn eigentlich brauchte die Polizei immer einige Tage, bis sie einen Tatort wieder freigab.

Doch ich wurde von dem Gedanken abgelenkt, als ich meinen Fake-Verlobten entdeckte, der langsam auf mich zustapfte, während ich aus dem Wagen stieg. Marvin hatte sich ordentlich in Schale geworfen. Und wenn ich Schale sagte, dann meinte ich Schale. Denn der Anzug, den er trug, schien aus ungewöhnlich hartem Stoff zu bestehen – und zu allem Überfluss ging Marvin darin unter wie die Titanic im Meer. Hatte sein Jackett Schulterpolster? Aus welchem Jahrhundert stammte es?

„Hey", sagte er etwas verlegen und zog die Schultern hoch. „Ich wusste nicht, was man zu einer Weinprobe anzieht." Offenbar hatte er meinen Blick richtig gedeutet.

„Ich glaube, ich würde es ohne Jackett probieren", schlug ich vor, zog es ihm rigoros von den Schultern und warf es auf meine Rückbank.

Ja, viel besser. Jetzt trug er ein weißes Hemd und Anzughose und sah eigentlich ganz süß aus. Klar, die Schulterpartie füllte er immer noch nicht aus, aber das Hemd war eben drei Nummern zu groß und für Dwayne „The Rock" Johnson bestimmt und nicht für Marvin „The mageres Brathähnchen" Held.

Dabei war ich mir fast sicher, dass Marvin Muskeln besaß. Ich hatte ihn schon mal dabei beobachtet, wie er problemlos einen Verdächtigen überwältigt und auf den Boden befördert hatte. Das war verdammt beeindruckend gewesen. Marvin wäre vielleicht sogar ein richtiger Hingucker, wenn er aufhörte, sich von seiner Mutter einkleiden zu lassen. Er hatte dichtes blondes Haar, auffällig helle blaue Augen, ein sehr freundliches Lächeln und insgesamt einen warmen Charakter. Er brauchte nur eine Spur mehr Selbstvertrauen, um mehr Erfolg beim anderen Geschlecht zu haben.

„Sehr schick, Marvin", betonte ich und nickte ihm anerkennend zu, in der Hoffnung, dass ein paar Komplimente seinem Ego guttun würden. „Und du bist sehr pünktlich."

„Natürlich bin ich pünktlich", sagte er überrascht. „Ich bin sogar schon seit zehn Minuten hier. Ich wollte mir noch mal den Leichenfundort ansehen." Er nickte zum Schuppen.

Oh, ja. Das war eine gute Idee. Ich schloss den Passat ab, verstaute den Schlüssel in meiner Handtasche und schlenderte an den Blumen vorbei zum zerstörten Kaktusfeld, das aussah, als ... nun, als wäre eine Leiche darauf gedonnert.

Doch kein Blut war zu entdecken, kein abgetrennter Finger, kein Hinweis auf den Toten. Mein Blick glitt langsam an dem Schuppen hinauf, von dem die Leiche gefallen war. Ich entdeckte ein paar gelöste Schindeln, die vermutlich der Grund dafür waren, dass der Körper vom Dach gerutscht war. Das Häuschen besaß eine schmale Regenrinne, die an einer Stelle eingedellt war. Es befand sich eine Kerbe darin, wie von einem metallenen Rohr oder aber einem Seil, das im Flaschenzugprinzip eine Leiche auf das Dach gehievt hatte. Wenn ich meinem Bruder Glauben schenken konnte, war es Letzteres.

Auch wenn ich nicht verstand, warum jemand es für eine gute Idee gehalten hatte, dort oben eine Leiche zu verstecken. Es musste äußerst anstrengend gewesen sein. Ich war mir ziemlich sicher, dass ich, die Frau die nur zwei halbe Liegestütze hinbekam, es nicht geschafft hätte. Andererseits war es überhaupt nicht schwer, stärker als ich zu sein, und der Flaschenzug erleichterte die Last. Außerdem hatte der Mann mit dem Korkenzieher im Hals nicht sonderlich schwer ausgesehen. Ich wollte eine weibliche Täterin also noch nicht ganz ausschließen.

„Es gibt nicht viel Blut hier, oder? Auf dem Dach auch nicht", murmelte ich, mehr zu mir selbst als zu irgendwem.

Umso überraschter war ich, als Marvin antwortete: „Ja, wir lassen das gerade noch in der Obduktion prüfen. Sind uns noch nicht sicher, ob der Korkenzieher verhindert hat, dass das Blut austritt, oder das Opfer an einem anderen Ort ausgeblutet ist."

Mit gehobenen Augenbrauen sah ich ihn an. Wieso konnte Josh nicht so gesprächig sein?

„Und ihr habt das komplette Anwesen und den Au-
ßenbereich abgesucht, aber nichts gefunden?"

Marvin schüttelte den Kopf, bevor er die Hände hin-
term Rücken verschränkte und sich räusperte. „Louisa,
ich habe noch etwas zu sagen. Ich denke nämlich, dass
wir, bevor wir zur Weinprobe gehen, noch ein paar Regeln festlegen sollten."

Ich seufzte. Die Polizei und ihre Regeln! „Natürlich.
Kein Problem", sagte ich dennoch. Denn das mit den
Regeln hatte Marvin sich definitiv von Josh abgeguckt
und es sah aus, als sei es ihm sehr wichtig, sich an seinem Vorbild zu orientieren.

„Gut. Also, als Erstes ist natürlich klar, dass ich diese
Operation leite. Da ich der Polizist bin." Suchend sah er
mir ins Gesicht, als erwarte er, dass ich ihm widersprach. Doch ich nickte nur. Erleichtert stieß er einen
Schwall Luft aus. „Wenn sich eine gefährliche Situation ergeben sollte, verlässt du sofort das Gebäude." Er
runzelte die Stirn. „Außer die gefährliche Situation hin-
dert dich daran."

„Ich halte eine Weinprobe nicht für sonderlich gefährlich", warf ich ein. „Außer für jemanden mit Alko-
holproblem vielleicht."

Marvin lächelte nervös, bevor er erklärte: „Rispo sagt
immer, dass man mit dir zusammen immer damit rechnen müsse, von seiner Waffe Gebrauch zu machen."

Ich konnte mich nur schwer davon abhalten, die Augen zu verdrehen. Damit hatte er nicht ganz unrecht,
doch das lag meistens daran, dass ich mich um Kopf
und Kragen redete und Mörder es nicht leiden konnten, wenn man sie vollquatschte. Nicht etwa daran,

dass die Situation an sich gefährlich gewesen wäre. „Du hast also eine Waffe dabei?"

Marvin nickte. „Aber ich will sie wirklich nicht benutzen."

Da waren wir schon zwei.

„Du wirst außerdem nicht allein losziehen, um das Haus auszukundschaften, okay?" Sein Blick war fast hoffnungsvoll, so als würde er nicht wirklich damit rechnen, dass ich auf ihn hörte, aber zumindest in Betracht ziehen, dass ich es eher tat, wenn er mich möglichst nett darum bat.

Ich lächelte. „In Ordnung, Marvin. Kein Problem." Hoffte ich. „Ich habe tatsächlich auch noch ein paar Fragen, die wir klären sollten, bevor wir hineingehen."

„Gerne."

„Was weißt du über den Laden hier, Marvin? Und über den Toten? Ich würde mich über einen Namen freuen. Über den des Freundes, mit dem er sich vor ein paar Tagen so heftig gezofft hat, übrigens auch. Hat sich der Streit als kalte Spur herausgestellt? Oder ist der Typ immer noch ein Verdächtiger? Und worüber haben sie sich überhaupt gestritten?"

Marvin öffnete den Mund und seine Ohren liefen rot an. „Huh", machte er dann. „Das sind eine Menge Fragen."

Ja, denn ich brauchte eine Menge Antworten. „Also?" Erwartungsvoll hob ich die Augenbrauen.

Ich konnte eine Schweißperle auf Marvins Stirn entdecken. „Ähm … also … Ich kann eigentlich nicht …"

„Marvin! Wir sind heute ein Team! Wie soll ich die richtigen Fragen stellen, wenn ich nichts über das Opfer weiß?"

„Das ist ein durchaus solider Punkt, Louisa", sagte er geduldig. „Aber ich darf dir trotzdem keine Informationen zum derzeitigen Ermittlungsstand geben. Die sind streng vertraulich."

„Also gibt es rein gar nichts, was du mir erzählen kannst?", wollte ich wissen und konnte nicht verhindern, dass meine Stimme leicht frustriert klang.

Er wiegte den Kopf hin und her und sah dabei aus wie eine Wackeldackel-Figur auf der Armatur eines Wagens, der über Pflasterstein fuhr. „Na ja, das Weingut ist ein Familienunternehmen", sagte er langsam.

Ja, das hatte ich bereits im Internet herausgefunden. Leider hatten sie auf ihrer Website jedoch keine Fotos von ihren Mitarbeitern.

„Sie haben nur zwei Mitarbeiter, die nicht den Namen König tragen", fuhr Marvin fort. „Und das sind Emil und Jörg. Jörg ist der Tote."

Jörg. Ja, der Name passte zu dem dürren Mann mit Halbglatze, den ich gestern gefunden hatte.

„Und den besagten Freund haben wir als Mörder ausschließen können, da er ein wasserdichtes Alibi hat. Kommissar Rispo geht derzeit davon aus, dass der Täter einer der Mitarbeiter vom Weingut ist."

Na, das war doch schon einmal etwas. „Gut", sagte ich und nickte. „Vielen Dank."

„Gerne." Er deutete eine Verbeugung an – und ich war mir nicht sicher, ob er es als Scherz oder ernst meinte. So oder so brachte es mich zum Lächeln.

„Sag mal, Marvin. Würdest du Josh als einen Freund bezeichnen?", fragte ich aus einem Impuls heraus.

Rispos Partner sah mich überrascht an. „Aber natürlich. Er ist ehrlich zu mir. Er hat mich schon einmal nach Hause gefahren. Er versucht, mich zu einem besseren Polizisten zu machen. Und er beauftragt mich manchmal damit, dass ich auf dich aufpasse – eine Aufgabe, die er wirklich nicht jedem Polizisten zutraut, da du etwas ... ähm ... eigen bist."

Ich hob belustigt die Augenbrauen. Ich war mir ziemlich sicher, dass Josh nicht das Wort *eigen* benutzt hatte. *Absolut verrückt* oder auch *scheiße noch mal unvorhersehbar* waren sehr viel wahrscheinlichere Ausdrücke. Aber es war nett von Marvin, mir die FSK-0-Version zu erzählen.

„Okay, na dann. Sollen wir reingehen?"

Marvin nickte, ich griff nach seiner Hand ... und Marvin zuckte zusammen.

„Was tust du?", fragte er schockiert.

„Wir sind miteinander verlobt, schon vergessen?"

„Ah, richtig. Aber Verlobte müssen doch nicht immer Händchenhalten, oder?"

„Nicht immer. Das stimmt. Aber ich dachte, es könnte nicht schaden, um miteinander warm zu werden."

Marvins glühendem Gesicht nach zu urteilen, war ihm bereits warm genug. „Okay", sagte er dennoch tapfer und drückte zögerlich meine Hand. Seine Finger fühlten sich ein wenig an, als würde ich einen leblosen Fisch halten. Sie waren verschwitzt und kalt und hingen so lose in meinen, dass es ein Wunder war, dass sie nicht hinausglitten.

„Marvin, du kannst schon etwas fester zupacken", erklärte ich ihm, während wir unter dem Banner hinweg auf das große hölzerne Portal zuliefen, das in die direkt an das Fachwerkhaus angrenzende Scheune führte.

„Ich will dir nicht wehtun."

„Du tust meinem Herzen weh, weil ich befürchte, dass du mich nicht genug magst, um vernünftig mit mir Händchen zu halten."

Marvin lächelte unsicher, verstärkte jedoch seinen Griff. Es war komisch, mit jemand anderem Händchen zu halten als mit Josh, aber da ich mich zu Marvin etwa so sexuell hingezogen fühlte wie zu einem Bund Spargel, war es halb so wild.

„Wann hast du das letzte Mal Händchen gehalten, Marvin?", wollte ich aus Neugier wissen.

„Oh, letzte Woche ..."

„Nicht mit deiner Mutter", unterbrach ich ihn.

„Ach so. Dann ist das schon einige Jahre her. Aber das verlernt man nicht, oder?" Beinahe besorgt sah er mich an. „Das ist wie Fahrradfahren."

Oje. Ich hoffte sehr, er trug immer einen Helm – denn Händchenhalten hatte er *offensichtlich* verlernt.

Marvin drückte die Klinke des Tores, das mit einem Quietschen aufschwang, ließ mir jedoch den Vortritt. Ich lächelte ihm zu und ließ seine Hand los, um in den Eingangsbereich zu treten.

Ich fühlte mich, als hätte ich ein Anwesen betreten, das sowohl als Geistervilla, aber auch als Herrenhaus für einen viktorianischen Liebesfilm hätte herhalten können. Der Boden bestand aus dunklem Holz, der mit reihenweise schweren Teppichen in der Farbe von Rotwein ausgelegt war. Rustikale Chesterfield-Sofas in verschiedenen Brauntönen, die mich die armen Leute bemitleiden ließ, die die schweren Teile hatten schleppen müssen, standen in einer großen Sitzgruppe zu unserer Rechten, neben der eine breite Steintreppe hinabführte. Wahrscheinlich in den berüchtigten Weinkeller. Darüber hingen alte Gemälde in protzigen goldenen Rahmen, während breite Weinfässer, mit runden Glasplatten belegt, als Stehtische fungierten, um die sich bereits einige Gäste gesammelt hatten.

Also entweder war die Familie König wirklich ein altes Adelsgeschlecht, so wie es ihr Name vermuten ließ, oder einfach nur sehr reich. Zumindest schien das Weingeschäft gut zu laufen.

Wir wandten uns nach links zu einer breiten Holztheke, die ein goldenes Schild als Rezeption auswies. Dahinter stand die Frau mit grauem Bob, die mir gestern schon aufgefallen war. Sie trug erneut ein Businesskostüm, das so makellos gebügelt war, dass es meiner Mutter Freudentränen in die Augen getrieben hätte. Ich sah an meinem eigenen zerknitterten dunkelblauen Kleid hinab. Ach, wen kümmerte es? Wer hatte seit Erfindung des Internets überhaupt noch Zeit zu bügeln?

„Hallo, wir würden uns gern für die Weinprobe anmelden", begrüßte ich die streng aussehende Frau, die ihren Lidstrich mit dem Lineal gezogen zu haben schien.

„Einen schönen Nachmittag", erwiderte sie lächelnd, auch wenn es eher gezwungen als freimütig wirkte. „Ich bin Eva-Maria, die Geschäftsführerin des Weinguts König, und freue mich sehr, Sie heute hier begrüßen zu dürfen."

Die Worte hörten sich einstudiert an, ein wenig so, als hätte jemand aufgeschrieben, was sie sagen könnte, um höflich zu wirken. Und ehrlich gesagt sah sie auch ein wenig so aus, als könne sie die Hilfe gebrauchen.

Aber vielleicht täuschte mein erster Eindruck, dass sie etwas frigide und mit ihr schlecht Kirschenessen war.

„Frau König, hier ist Ihr Kaffee", erklang eine Stimme zu unserer Rechten, und als ich mich umwandte, erkannte ich den jungen Mann mit Mäusegesicht von gestern, der auch heute die gleiche Kleidung wie der Tote, Jörg, trug. Ich schätzte ihn auf Anfang zwanzig.

„Der Kaffee, den ich vor einer halben Stunde bestellt habe, Emil?", erwiderte Frau König gereizt.

Ah, Emil. Der zweite Mitarbeiter, der nicht mit ihr verwandt war. Nach dem zu urteilen, was ich bisher beobachtet hatte, konnte er sich glücklich schätzen.

„Entschuldigen Sie, ich hatte mit den Vorbereitungen der Weinprobe zu tun", sagte er hastig. „Ich habe das ja alles noch nie gemacht und ..."

„... wir sind dennoch stets professionell", fügte sie mit Blick zu uns angespannt hinzu.

Emil sah erschrocken zu uns. „Oh, nat...natürlich", stotterte er hastig und ließ klappernd die Kaffeetasse auf die Theke sinken.

Frau König lächelte ihm gezwungen zu, nahm einen Schluck – und spuckte ihn sofort wieder in die Tasse. „Emil, zur Hölle! Was hast du hier reingetan? Kriegst du es noch nicht einmal hin, eine vernünftige Tasse Kaffee zuzubereiten?"

Der Mitarbeiter wurde kalkweiß und sah verunsichert in die Tasse. „Ich ... ich hab zwei Löffel Zucker ..."

„... mit Salz verwechselt!", sagte sie verärgert. „Mach mir einen neuen Kaffee." Mit zusammengepressten Lippen drückte sie ihm so energisch die Tasse in die Hand, dass etwas von der braunen Flüssigkeit über den

Rand schwappte und Emils blütenreines Hemd besprenkelte. „Und zieh dich um, bevor du Delia bei der Weinprobe assistierst", presste sie zwischen den Zähnen hindurch.

Emil ergriff hastig die Flucht, bevor Eva-Maria König sich mit ihrem hölzernen Lächeln wieder uns zuwandte. „Also, Sie sagten, dass Sie an der Weinprobe teilnehmen möchten? Haben Sie reserviert?"

Ich starrte sie mit leicht geöffnetem Mund an. Nein. Mein erster Eindruck täuschte nicht. Mit ihr war weder gut Kirschenessen noch gut Kaffeetrinken.

„Wir haben nicht reserviert", ergriff Marvin das Wort, der offenbar genauso perplex von der Interaktion zwischen Chefin und Angestelltem war wie ich.

„Wir hatten gehofft, trotzdem teilnehmen zu können?", fing ich mich hastig, griff erneut nach Marvins Hand und legte sie gut sichtbar auf den Holztresen. „Mein Verlobter und ich hatten gehofft, die Weinprobe heute nutzen zu können, um uns mit den Räumlichkeiten und dem Service vertraut zu machen. Wir überlegen nämlich, ihr Weingut als Örtlichkeit für unsere Hochzeitsfeier zu buchen. Das ist doch möglich, oder? Zumindest schreiben Sie das auf Ihrer Website."

Das Gesicht der Inhaberin hellte sich sofort merkbar auf und ich meinte, Eurozeichen in ihren Augen aufblitzen zu sehen. „Ja, natürlich. Wir bieten das volle Programm an. Wann ist es denn so weit?"

„Wir wollen eine Herbsthochzeit", sagte ich seufzend und drückte Marvins verschwitzte Hand an meine Brust. Ich hoffte sehr, dass sie keine Flecken hinterließ. „Und natürlich ist uns klar, dass ein Termin im September oder Oktober eher kurzfristig wäre, aber wir sind bereit, mehr zu zahlen, wenn es bedeutet, dass wir in unserer Traumlocation feiern können."

„Ja. Denn ich verdiene sehr viel Geld", improvisierte Marvin, während sich seine Hand in meiner verkrampfte, seine Stimme in etwa so natürlich wie Geschmacksverstärker.

„Oh, ja, wir sind natürlich schon recht voll", sagte Frau König und tippte geschäftig in den Computer, der vor ihr stand.

„Aber ich denke, wir müssten für September oder Oktober bestimmt noch ein Wochenende freihaben. Passen Sie auf: Nehmen Sie einfach erst einmal entspannt an der Weinprobe teil und danach führen wir Sie gerne noch durch die Räumlichkeiten, die für festliche Anlässe gedacht sind, und zeigen Ihnen den Garten. Wie klingt das?"

„Wunderbar", sagte ich und lächelte Marvin selig an. „Oder, Liebling?"

„Äh, ja. Wunderbar", wiederholte Marvin und blinzelte so oft, dass ich fürchtete, dass ihm gleich alle Wimpern ausfielen. „Das hört sich ... toll an, Pumuckl."

Ich musste mich stark am Riemen reißen, damit sich meine Augenbrauen nicht verselbstständigten.

*Pumuckl?*

„Schön, dann machen wir es so!", meinte Frau König breit lächelnd und diesmal war ihr Lächeln echt. „Könnten Sie sich hier eintragen?" Sie schob uns eine Liste über den Tresen.

„Natürlich." Ich schrieb meinen Namen auf – der heute Lou Muckel, passend zu meinem neuen Kosenamen war – und reichte die Liste dann an Marvin weiter, bevor ich mich über das Holz lehnte und fragte: „Ist es wirklich wahr, dass das hier ein Familienunternehmen ist? Ihre Kinder, ihr Mann … alle arbeiten hier?"

„Ja", sagte Eva-Maria stolz. „So machen wir es seit vier Generationen. Unsere Trauben bauen wir in der Eifel an, doch verarbeitet und gereift werden sie hier. Alle packen mit an."

„Wow. Sie haben meinen vollsten Respekt." Beeindruckt weitete ich die Augen. „Wenn ich mir vorstelle, jeden Tag mit meiner Mutter zusammenarbeiten zu müssen …" Ein überhaupt nicht gespielter Schauer lief mir den Rücken hinab. „Ich glaube, in meiner Familie gäbe es ständig Streitereien."

Das Lächeln der Inhaberin des Weinguts wurde wieder gezwungen. „Nun, bei uns läuft alles wie eine geölte Maschine."

„Gar keine Zankereien? Nicht einmal bei Mitarbeitern, die nicht ihrer Familie angehören?"

„Es gibt keinen Grund, sich zu streiten, wenn jeder mit seinem Job zufrieden ist", sagte sie mit hoher, aber fester Stimme. „Also, warum gesellen Sie sich nicht schon einmal zu den anderen. Delia, das ist meine Tochter, wird Sie dann gleich abholen. Sie ist gerade frisch mit ihrem Studium fertig. Hat Internationale Weinwirtschaft in Geisenheim studiert." Ihre Worte waren hörbar mit Stolz erfüllt. „Sie leitet heute zusammen mit Emil die Weinprobe."

„Schön. Ich freue mich drauf", sagte ich freundlich, hakte mich bei Marvin ein und zog ihn zu den anderen Gästen, die um die Fasstische herumstanden.

„Nie im Leben sind hier alle so zufrieden, wie Frau König behauptet", murmelte ich. „Es gibt immer mindestens einen in der Firma, der sich übergangen oder

74

schlecht behandelt fühlt. Und bei so einer Chefin mit Sicherheit mehr als einen."

„Ich denke auch, dass sie nicht vollkommen ehrlich war", gab Marvin zu, während sein Blick unsicher über die anderen Gäste schweifte, die meisten von ihnen Pärchen.

„Na, dann finden wir mal heraus, wer Streit mit Jörg hatte. Und ach ja: *Pumuckl!?*", wisperte ich.

„Ich bin in Panik ausgebrochen", gab er zu.

Ich musste lachen. Das war unverkennbar gewesen. „Sie hat uns trotzdem geglaubt. Entspann dich ein wenig."

Marvin antwortete, indem sich sein Arm um meinen verkrampfte. Also, wenn er sich bei jeder Frau wie Pinocchio verhielt, dem gerade erzählt worden war, dass er niemals ein echter Junge sein würde, dann wunderte es mich nicht, dass er Probleme beim Daten hatte.

Seufzend blieb ich stehen. Ihm fiel die Rolle als mein Verlobter sehr viel schwerer als angenommen. „Marvin, es ist vollkommen okay, wenn du deine Zuneigung zeigst, weißt du? Es war meine Idee, dass wir so tun, als wären wir verliebt. Ich fühle mich nicht sexuell belästigt, wenn du mir zum Beispiel, na ja, einen Wangenkuss gibst."

„Louisa! Ich kann dich nicht küssen." Schockiert sah er mich an, bevor er die Stimme senkte. „Du bist Rispos *Verlobte!*"

„Auf die *Wange*, Marvin."

„Das ist trotzdem ein Kuss."

„Ein unschuldiger Kuss! Ich bin mir sicher, Josh hätte nichts dagegen." Er würde sich mehr darüber aufregen, dass ich überhaupt hier war. Tatsächlich war ich mir fast sicher, dass er mich im Bikini auf Marvins Schoß sitzend vorfinden könnte und nicht einmal mit der Wimper zucken würde.

„Okay, vielleicht fangen wir lieber so an", schlug ich leise vor, nahm seine Hand und versuchte seinen Arm um meine Taille zu legen. Die Betonung lag auf *versuchen*. Denn Marvins Arm wurde auf einmal so steif, dass es war, als wolle man einen störrischen Rebstock um seine Taille schlingen.

„Marvin", wisperte ich scharf. „Ich bin deine Verlobte. Wir haben Sex. Andauernd."

Es war ein Fehler, diese Worte auszusprechen, denn Marvins Gesicht tarnte sich prompt als der Teppich unter unseren Füßen, während er unangenehm berührt zu den anderen Gästen sah, die uns aber keines Blickes würdigten. Ich war schließlich bei Gitti Manu aufgewachsen. Ich wusste, wie man *Sex* unbemerkt aussprach.

„Marvin, du hattest doch schon Sex, du weißt, dass es vollkommen natürlich ist, seine Partner *anzufassen*", beharrte ich.

„Louisa", zischte Marvin entsetzt. „Wir sind in der Öffentlichkeit, du kannst doch nicht ... Wir können nicht ... Also das S-Wort ..." Er brach hilflos ab.

Langsam neigte ich den Kopf, bevor ich eingängig sein Rote-Bete-Gesicht betrachtete. „Marvin, du hattest doch schon Sex, oder?"

Marvin hätte nur noch röter werden können, wenn er sich in einen Sonnenuntergang gestellt und Ketchup ins Gesicht geschmiert hätte. „Doch, natürlich! Ich hatte schon ... Geschlechtsverkehr." Er sagte das letzte Wort so leise, dass ich mich instinktiv umsehen wollte.

Nur um sicherzugehen, dass wir nicht von einer Horde Nonnen umgeben waren. „Aber ich fühle mich mit öffentlichen Liebesbekundungen nicht wohl – schon bei Frauen nicht, mit denen ich *wirklich* den ... Akt vollzogen habe." Seine Ohren glühten so intensiv, dass ich Angst hatte, sie könnten gleich in Flammen aufgehen.

„Warum nicht?", wollte ich wissen. „Es ist doch nichts dabei, den Arm um die Schulter einer Freundin zu legen. Oder sie zu küssen, während andere dabei sind."

„Es ist *intim*. Privat. Es lenkt unnötige Aufmerksamkeit auf den Körper der Frau oder des Mannes oder erinnert beistehende Singles daran, dass sie allein sind – und ich möchte nicht, dass irgendjemand sich unwohl fühlt."

Oje. Mein Verlobter war ein Gentleman. Ich hatte ernsthaft geglaubt, dass Männer wie Marvin längst ausgestorben waren. Aber ich konnte nicht anders, als Rispos Partner noch ein wenig mehr zu mögen. Marvin war einfach ein guter Mensch. So ... unschuldig. Seine Seele rein. Wie mit Perwoll gewaschen. „Okay, das verstehe ich", sagte ich sanft. „Aber wir sind verliebt und du solltest zumindest zwischendurch meine Schulter berühren oder so. Den Rest mache ich. Deine Aufgabe ist es nur, nicht zusammenzuzucken, wenn ich dich berühre, in Ordnung? Sonst denkt noch jemand, ich wende häusliche Gewalt an."

Marvin stieß einen Schwall Luft aus. „Ja, natürlich. Ich versuche es", sagte er bestimmt, doch die Schweißperlen auf seiner Stirn waren besorgniserregend.

Seufzend ließ ich ihn los. Er wirkte, als könnte er eine Pause von mir gebrauchen, und ich brauchte passenderweise auch ein bisschen Zeit ohne ihn. Denn wenn wir zusammen waren, galten seine *Regeln*. Und seine Regeln verboten es mir leider, in ein fremdes Büro einzubrechen. Nicht dass ich das heute Abend unbedingt vorgehabt hätte, aber es war immer praktisch, sich zumindest die Option offenzuhalten.

„Marvin, ich muss kurz auf Toilette", meinte ich leichthin. „Lerne du doch schon mal die anderen Gäste kennen. Ich komm gleich wieder." Ich wedelte mit der Hand zu den Weinfass-Tischen.

Panik breitete sich wie ein Buschfeuer auf seinem Gesicht aus. Als hätte ich verkündet, er ziehe sich am besten nackt aus und lege eine Steppeinlage hin. „Aber … dann muss ich reden. Mit Leuten. Fremden Leuten. Fremden Leuten, *die ich nicht kenne!*"

„Betrachte es als Dating-Übung", schlug ich vor. „Small Talk in einer unangenehmen Situation zu führen, ist doch praktisch die Definition eines ersten Dates. Wenn du mit all diesen Menschen reden kannst, ist mit Ariane zu quatschen ein Klacks."

Marvin weitete die Augen. „Ariane hat also schon zugesagt?"

Ich winkte ab. „So gut wie." Ich musste sie nur noch fragen.

„Aber … worüber soll ich mit diesen Menschen reden?"

„Nicht darüber, dass du Polizist bist", wies ich ihn an, bevor ich mich umwandte und dem Schild folgte, dass auf die Toiletten verwies. Es würde schon schiefgehen. Was sollte groß passieren, wenn ich Marvin allein ließ?

# Kapitel 6

Ich hatte als Kind immer davon geträumt, irgendwann mal in einem großen Haus mit zwei Türmen und einem gigantischen Garten zu wohnen. Ein Pool, fünf Schlafzimmer, und meine Geschwister, die in meiner kindlichen Fantasie aus irgendeinem Grund immer noch mit mir zusammengewohnt hatten, bekamen trotzdem den Schrank unter der Treppe und Jannis sogar nur die Dachkammer, in der es spukte.

Ja, ich hatte damals vor Kurzem Harry Potter für mich entdeckt und von Jannis ein Kaugummi in die Haare geschmiert bekommen, als ich mich dieser Vorstellung hingab, aber ich hatte überraschend lang an dem Traum festgehalten.

Doch mit dem Alter war ich weiser geworden. Mir war schließlich die Erkenntnis gekommen, dass ein großes Haus auch einen unglaublich langen Weg vom Bett zum Kühlschrank bedeutete, deswegen hatte ich die Idee wieder verworfen. Bis Trudi mich darauf hingewiesen hatte, dass ich mir, wenn ich reich war, auch mehrere Kühlschränke leisten könnte.

Worauf ich hinauswollte: Dieses Haus war riesig. Wenn ich hier gewohnt hätte, wäre ich innerhalb weniger Wochen so sportlich gewesen, dass ich vielleicht sogar mal Ja gesagt hätte, würde Josh mich fragen, ob wir nicht zusammen joggen gehen wollten.

Okay, nein, das würde nur passieren, wenn dieses Haus auch von einer seltenen Pilzspore befallen wäre, die Gehirnwindungen neu verknüpfte. Dennoch: Die Toilette zu finden, war wie eine Schnitzeljagd im Schilderwald. Aber da ich ohnehin nicht wirklich auf der Suche nach dem WC war, passte mir das ganz gut. Es gab mir genug Zeit, mich in Ruhe umzusehen.

Ich schlenderte den Gang direkt neben der Rezeption entlang, betrachtete die tiefhängenden dunkelbraunen Balken an der Decke und ließ den Blick über die Bilder gleiten, die an den Wänden hingen.

Im Gegensatz zum Empfangsbereich waren die Rahmen hier schlichter und enthielten keine protzigen Gemälde, sondern Schwarz-Weiß-Fotografien. Einmal die Weinberge, von denen Familie König ihre Trauben gewann. Dann der Gutshof, der Garten ... und schließlich ein Bild direkt vor dem großen hölzernen Scheunentor, auf dem sieben Personen abgelichtet worden waren.

Stirnrunzelnd blieb ich stehen und beugte mich vor. Darunter hing eine goldene Plakette mit der Zahl 2015. Das Foto lag also schon eine Weile zurück. In der Mitte standen Eva-Maria und der ältere Herr von gestern, wahrscheinlich ihr Ehemann, während auf den Stufen vor ihnen zwei grinsende Jugendliche standen. Die Kinder? Ja, der Junge könnte das wandelnde BWL-Plakat von gestern gewesen sein, das Mädchen die Tochter, die gerade frisch in Geisenheim ihren Abschluss gemacht hatte. Jörg, das Mordopfer, flankierte die andere Seite von Eva-Maria. Er lächelte nicht, sondern starrte nur stur in die Kamera. Und dann war da noch ein Pärchen, im Alter von Frau König, die freundlich zu Eva-Marias Ehemann blickten. Sie hatte ich noch nie gesehen, da war ich mir sicher. Ein Zweimetermann mit dunklem Pferdeschwanz und so buschigen Augenbrauen, dass er sie glatt als Feger hätte verkaufen können, wäre mir im Kopf geblieben. Die Frau neben ihm hingegen mit den mausbraunen kurzen Haaren und dem rundlichen Gesicht, hätte ich leicht vergessen können.

Schade, dass unter dem Bild nur die Jahreszahl und keine Namen standen. Es wäre schön gewesen, wenn –

„... muss ihnen überhaupt nichts erzählen! Es ist *mein* Leben, okay?"

Ich zuckte aufgrund der plötzlich ertönenden harschen Männerstimme zusammen. Sie kam aus einem Gang weiter, war jedoch so laut, dass es sich anhörte, als würde der Sprecher direkt neben mir stehen.

„Ich weiß, das verstehst du nicht, weil du zu viel Angst hast, Mama aufzuregen und ihr einen zweiten Herzinfarkt zu bescheren, aber das ist nicht *mein* Problem, Delia. Jetzt hör auf, mir ein schlechtes Gewissen einzureden!"

„Ich muss es dir nicht einreden, du hast es schon", erwiderte eine ruhige Frauenstimme, die immer näher kam.

„Sie wird es früh genug erfahren!"

„Du hättest schon eher was sagen sollen! Jetzt, da Jörg fehlt, gibt es niemanden mehr, der sie beruhigen kann."

Oh mein Gott, es ging um Jörg! Und von wegen Familienidylle! Hatte ich doch gewusst, dass das Schwachsinn war. Jede Familie hatte Leichen im Keller. Oder aber in ihrem Kaktusfeld. Wenn ich mich nicht irrte, sprachen die Kinder da von Eva-Maria König und klangen dabei überhaupt nicht so zufrieden, wie ihre Mutter behauptet hatte.

„Ach, Jörg!", sagte der Sohn verächtlich. „Tue nicht so, als wärst du traurig wegen ihm. Wir können unseren Job nur besser machen, jetzt, da er uns nicht mehr die ganze Zeit über die Schulter sieht und Mama uns mit ihrem perfekten kleinen Arbeiter vergleichen kann. Ernsthaft: Wer lässt seine Kinder mit einem Glatzkopf konkurrieren, der schon seit Äonen hier arbeitet?"

Mein Herzschlag beschleunigte sich. Es wirkte wirklich nicht so, als wäre Jörg sonderlich beliebt gewesen. Delia seufzte schwer. „Hör auf, so zu reden! Er ist *tot*, Paul!"

„Ja. Also nicht mehr hier, um mich böse anzusehen."

„Paul! Ernsthaft. Du bist zu hart. Jörg und Mama wollten nur, dass wir unser Bestes geben."

Oh, Mann, das wurde ja immer interessanter. Ich wollte ihnen unbedingt weiter zuhören, doch ihre Stimmen waren nun so nah, dass die beiden sicherlich im nächsten Moment um die Ecke kommen würden. Also sah ich mich hastig nach einem Versteck um – doch das hier war ein leerer Gang! Das Haus mochte zwar von innen aussehen wie ein Schloss, aber nirgendwo standen große Büsten oder Ritterrüstungen herum, hinter denen ich mich hätte verstecken können. Und hinter einen Bilderrahmen zu klettern, hatte ich noch nicht gemeistert.

Also tat ich das, was jeder tat, wenn er kein Versteck fand, obwohl er eines brauchte: Ich brach in Panik aus.

Mit erhobenen Händen schwenkte mein Blick von links nach rechts, während die Schritte näher kamen, immer näher ... Ich quietschte laut und tat das einzig Sinnvolle. Ich presste mich mit dem Gesicht voran an die Wand und kniff die Augen zusammen, um mich unsichtbar zu machen.

Als ich fünf war, hatte das immer funktioniert. Allerdings auch nur, wenn ich mit meinen Eltern gespielt hatte ...

„Nein, sie will nur, dass wir besser als –“ Paul brach abrupt ab.

Womöglich, weil meine Kleidung nicht der Maserung der Tapete glich und ich einen Ticken breiter als ein Blatt Papier war.

„Was tun Sie hier?“, fragte er im nächsten Moment laut.

Herrje, wenn ich jedes Mal, wenn ich diesen Satz hörte, einen Euro bekommen hätte ...

Ich warf einen Blick hinter mich – doch leider war ich die Einzige in diesem Gang. Mist, er musste mich meinen.

Hastig stieß ich mich von der Wand ab und wandte mich um.

„Hm?“, machte ich und gab mir Mühe, äußerst verwirrt und harmlos auszusehen.

Doch Paul, der Anzug und zu viel Gel in den Haaren trug, sah dennoch sehr wütend aus. Seine Schwester hingegen, die Jeans, eine blaue Bluse und einen nachsichtigen Gesichtsausdruck trug, seufzte nur.

„Was Sie hier tun!“, wiederholte er lauter.

„Was?“ Irritiert sah ich ihn an. „Oh, entschuldigen Sie. Ich habe die Toiletten gesucht?“

„In der Wand?“

Freimütig lachte ich auf. Bloß nicht nervös wirken. Ich hatte schon deutlich merkwürdigere Dinge getan, mit denen ich davongekommen war. „Nein, ich wurde von den Fotos abgelenkt und wollte gucken ... woher der Rahmen ist." Ich nickte zu dem Familienfoto. „Ich bin eigentlich wegen der Weinprobe hier."

„Mhm", machte er düster. „Na dann."

Im nächsten Moment warf er seiner Schwester einen letzten angespannten Blick zu, bevor er eine Tür zu seiner Rechten aufriss, hineintrat und sie mit einem Knall wieder ins Schloss warf.

Delia seufzte, bevor sie mich lächelnd ansah. „Entschuldigen Sie. Familie."

„Oh, das verstehe ich sehr gut." Hastig winkte ich ab. „Meine Schwester ist gerade schwanger und hat mich gestern dafür beschimpft, dass ich mein Shampoo gewechselt habe."

Delia lachte laut ... und meine Güte, war sie sympathisch! Nicht zu vergessen hübsch. Mit ihren dunklen, schulterlangen Haaren und großen braunen Augen. Das komplette Gegenteil ihres kratzbürstigen Bruders. „Empfindlicher Geruchssinn?"

„Jap."

„Das vergeht ja hoffentlich bald. Und es ist zugegebenermaßen wirklich leicht, sich hier zu verlaufen, also machen Sie sich nichts draus. Die Toiletten sind um die Ecke." Sie deutete mit ihrem Daumen über die Schulter. „Lassen Sie sich Zeit, ich warte auf Sie, bevor wir mit den anderen in den Weinkeller gehen."

Sie nickte mir noch einmal freundlich zu, bevor sie an mir vorbei in die Richtung lief, aus der ich gekommen war.

Ich wandte mich um und sah ihr kurz nach ... bevor ich auf Toilette ging. Das Ganze hatte mich so nervös gemacht, dass ich wirklich musste.

„Wir führen das Weingut König mittlerweile in der dritten Generation und dürfen uns mit dem Feinschmecker-Award 2021, dem Gaumen-hoch-Award in 2015 sowie unseren Pinot Noir Jahrgang 2022 rühmen. Unsere Rotweine sind mit die besten des Landes und das, obwohl es sehr untypisch ist, dass der Wein nicht in direkter Weinbergnähe hergestellt wird."

Unsere Gruppe gab beeindruckte *Ohs* und *Ahs von sich, während wir im* Gänsemarsch Delia und Emil die breite Steintreppe hinab in den berühmten Weinkeller folgten. Kalte Luft und schwarze Dunkelheit flossen uns aus dem Kellergewölbe entgegen und stellte mir die Nackenhaare auf. Erst als Emil, der ein paar Schritte vorgelaufen war, einen Schalter betätigte, flackerten ein paar Lichter in dem Gang auf, der an einer schweren Holztür endete, die der junge Mann mit Mäusegesicht jetzt für uns öffnete.

„Ein bisschen gruselig hier unten, oder?", murmelte ich Marvin zu.

Der Polizist sah mich überrascht an. „Findest du? Aber es ist ein fensterloser Raum mit sehr dicken Wänden und nur einer Tür. Wer könnte hier schon überraschend herunterkommen und dich erschrecken?"

Ich lachte nervös auf. Ja, ein Raum, dem man nicht entkommen konnte und in dem niemand dich schreien hörte. Was sollte daran schon gruselig sein?

Unsere Gruppe, die aus vier Männern und Frauen sowie uns bestand, wuselte Delia hinterher, die weitere Fakten über das Weingut König herunterratterte, denen ich nur mit halbem Ohr zuhörte. Ich war zu sehr damit beschäftigt, mich in dem riesigen Weinkeller umzusehen. Und ich brauchte nur einen Schritt durch die schwere Tür zu machen, um eines genau zu wissen: Wenn ich jemanden umbringen würde, dann hier unten.

Ein Raum aus rotem Klinkerstein, gefüllt mit Dutzenden Regalen und Aberhunderten Weinflaschen begrüßte uns. Warmes Licht flutete die gewölbten Decken und warf lange Schatten auf die Weinregale.

Doch das Beeindruckende waren weder das Lichtspiel noch das Flaschenarsenal. Es waren die zehn riesigen Fässer auf der rechten Seite des Raumes, in denen der Wein reifte. Sie waren so unfassbar wuchtig und groß, dass ich mich fragte, ob sie vor etlichen Jahren direkt hier unten aufgebaut worden waren. Sonst konnte ich mir nicht erklären, wie sie durch die Türen gepasst hatten. Sie waren perfekt geeignet, um sich – und eine Leiche – zu verstecken.

Der Boden bestand aus grauem fleckenübersäten Stein, der deutlich machte, dass hier wirklich schon Jahrzehnte lang Wein getrunken und verschüttet worden war. Und Blutflecken überhaupt nicht auffallen würden. Sie könnten ja genauso gut Rotwein sein. Wie er auch das Hemd des Opfers durchtränkt hatte!

Aber Marvin hatte erzählt, dass sie nichts gefunden hatten, richtig? Josh und der Rest der Polizei würden dieselben Schlüsse gezogen haben wie ich. Sie würden den gesamten Keller auf Blutspuren untersucht haben. Wenn ein ganzes Spurensicherungsteam nichts gefunden hatte, war es sehr unwahrscheinlich, dass ich es tat.

Und trotzdem betrachtete ich eingängig den Boden, suchte jeden Zentimeter ab. Nach irgendetwas Auffälligem. Einem dunkleren Fleck. Einem Hemdknopf vielleicht. Irgendetwas, das …

„… habe ich vorhin von meiner Mutter erfahren, dass wir ein frisch verlobtes Pärchen dabeihaben!", riss mich Delia aus den Gedanken. Mein Blick flog nach oben und sie lächelte mir und Marvin warm zu. „Gratulation."

Ach, richtig. Das waren wir. „Oh, danke!", stieß ich hastig aus und lehnte mich gegen Marvin, der mir sacht auf den Rücken klopfte. Als wäre ich sein Hund, der erfolgreich ein Stöckchen geholt hatte.

„Oh, ich liebe Hochzeiten!", sagte eine blonde Frau mit zwei geflochtenen Zöpfen und dem Strahlen der Teletubbie-Sonne auf ihrem Gesicht, die Hand ergriffen auf die Brust gelegt. „Seid ihr schon lange zusammen?"

„Eine Weile", meinte ich.

„Zwei Jahre, drei Monate und elf Tage", behauptete Marvin.

„Oh, wie süß, er weiß sogar die Anzahl der Tage!" Die Blondine sah schmachtend ihren bärtigen Begleiter an. „Du weißt das mit Sicherheit nicht."

Der Bärtige grunzte nur etwas Unverständliches und sah Marvin dann sichtlich vorwurfsvoll an. Als müssten sie als Männer zusammenhalten, um keine falschen Erwartungen bei uns Frauen zu schüren. Am liebsten hätte ich ihm gesagt, dass Marvin die Anzahl der Tage nur wusste, weil er sie erfunden hatte. Aber das hätte unserer Undercover-Operation geschadet.

„War der Antrag romantisch?", wollte ein Mann mit kurzem Afro wissen. „Ich will meiner Freundin seit Monaten einen machen, aber ich weiß nicht wie."

Meine Wangen wurden heiß. Ich hatte nicht damit gerechnet, dass meine und Marvins Nicht-Beziehung so genau unter die Lupe genommen werden würde.

„Oh ja", sagte ich dennoch. „Er war ..." Ich brach ab. Mhm, ja, wie war er gewesen? Ich hatte letztendlich nie einen romantischen Antrag bekommen und auch keinen gebraucht. Aber ...

„Ich habe ihr den Antrag auf dem Drachenfelsen gemacht", sprang Marvin ein und legte einen Arm um meine Schultern. Er lag so leicht auf, dass ein sachter Windstoß ihn heruntergeweht hätte, doch Gott sei Dank befanden wir uns ja in einem fensterlosen Raum.

„Uhh", machte die Blondine.

„Ich hab bis Sonnenuntergang gewartet", fuhr Marvin fort, „und sie dann auf eine kleine Klippe geführt. Vorher hab ich noch ein Schild an einen Baum davor gehängt und andere Touristen gebeten, uns allein zu lassen. Und dann habe ich ihr gesagt, dass sie meine beste Freundin ist und ich keinen Tag mehr ohne sie sein will – und sie gefragt, ob sie das genauso unterschreiben würde. Am besten vor einem Standesbeamten."

Mit leicht geöffneten Lippen blinzelte ich Marvin an. Und für eine Zehntelsekunde – nein, den Bruchteil einer Zehntelsekunde – fand ich ihn unfassbar attraktiv! Mit seinem fleckigen Bartwuchs und schüchternem Lächeln und ...

Oh mein Gott. Was *passierte* hier?

„Oh, Mann. Das hört sich gut an", bemerkte der Mann von vorhin. „Darf ich dir die Idee klauen?"

„Ähm, klar", meinte Marvin und lief rosérot an.

Delia lächelte breit. „Wunderschöne Geschichte! Aber kommen wir jetzt zu den wichtigen Dingen: dem Wein!"

Die Leute lachten, wandten sich jedoch pflichtbewusst von uns ab und den Weinflaschen zu, die Emil innerhalb der letzten Minuten auf einer langen Theke aufgereiht hatte.

Delia erklärte die verschiedenen Jahrgänge und Besonderheiten der Weine, während ich Marvin einen scheelen Blick zuwarf.

„Sag mal, Marvin", wisperte ich und stieß sacht mit der Schulter gegen seine. „Bist du etwa ein Romantiker?"

Rosérot wurde zu Pinot-Noir-Rot. „Nee, ich bin nur ... na ja, wenn man jemanden wirklich liebt, sollte man sich Mühe mit ihm geben, oder?"

„Ja, sollte man", sagte ich überrascht.

„Na dann." Hastig wandte er den Blick ab.

Hm. Vielleicht wäre es wirklich nicht schlecht für Ariane, mit ihm auf ein Date zu gehen! Sie suchte jemand Bodenständigen, Freundlichen und Marvin erfüllte überraschenderweise die Checkliste!

Nein, nicht überraschenderweise. Ich musste wirklich aufhören, so zu denken. Marvin wurde ständig unterschätzt und ich sollte nicht denselben Fehler machen. Er war ... ein Freund.

Blinzelnd wollte ich wieder nach vorn sehen, bevor ein Quietschen mich ablenkte. Die Tür zum Kellergewölbe war aufgegangen und der Mann mit Weihnachtsmannbart – der Ehemann von Eva-Maria und Vater von Delia – trat hastig hindurch.

Er lächelte uns knapp, aber freundlich zu, bevor er sich zu seiner Tochter vordrängelte und ihr in leisen hastigen Worten etwas ins Ohr flüsterte. Leider flüsterte er sehr viel besser als meine Nichte Isabell, sodass ich kein Wort verstand.

Doch Delias Gesichtsausdruck nach zu urteilen, brachte ihr Vater keine frohe Kunde.

„Entschuldigt mich kurz, ich muss ... etwas regeln", sagte sie schließlich laut und wandte sich an ihren Kollegen.

„Emil, machst du schon mal weiter?" Sie deutete auf einen Papierstapel neben den Weinflaschen. „Sie können den ersten Weißwein probieren und Ihre Eindrücke festhalten." Dann folgte sie ihrem Vater in Richtung Tür.

Sie lief seufzend an mir vorbei und bevor sie die Tür hinter sich zuzog, hörte ich sie noch murmeln: „Papa, du musst wirklich irgendwann lernen, dich allein gegen Mama durchzusetzen! Ernsthaft."

Dann fiel die Tür hinter ihnen ins Schloss.

Mhm. Ja, die Familie König schien einige Probleme miteinander zu haben. Stellte sich nur die Frage, wie der tote Jörg ins Bild passte.

„Okay, ich ... schenke jetzt Wein ein", verkündete Emil im nächsten Moment laut, dessen Mäusegesicht lauter rote Pusteln zierten. Er nahm Weingläser aus einer Kiste unter der Theke und schüttete nach und nach ein. Dabei ging er so fahrig vor, dass er mehrfach etwas von der Flüssigkeit auf dem Boden verteilte.

Ein Lächeln zog an meinem Mundwinkel. Der Arme wirkte schrecklich nervös und verschüchtert. Wenn es jemanden gab, dem aus Versehen eine wichtige Information herausrutschte, dann ihn. Da war ich mir sicher. Also ließ ich Marvin stehen und arbeitete mich langsam nach vorne, um ein Glas zu ergattern und mich unauffällig neben ihn zu stellen.

Ich trank einen Schluck Wein und ließ ihn mir auf der Zunge zergehen. Er schmeckte nach Wein, von der Brombeernote und dem frischen Wind an Zitronengras, die die Flasche versprachen, konnte ich nichts entdecken.

„Mhm, sehr schön", machte ich dennoch und nickte anerkennend. „Genauso fruchtig habe ich ihn mir vorgestellt."

Die Worte waren schwieriger über die Lippen zu bekommen als von mir erwartet. Denn mal ganz ehrlich: Wenn ich ein Getränk mit fruchtiger Note haben wollte, trank ich Apfelsaft.

„Das ist … schön", meinte Emil lapidar, bevor er mir einen Bogen Papier reichte, auf dem in einer Tabelle die verschiedenen Weine festgehalten waren. „Wenn Sie wollen, können Sie Ihre Impressionen hier festhalten."

„Sicher", sagte ich fröhlich und griff auch nach einem Stift, der auf der Theke auslag.

*Fruchtig wie eine Frucht. Aber nicht wie Apfelsaft*

schrieb ich in die Zeile neben den ersten Wein auf der Liste.

„Sag mal, machst du immer die Weinprobe?", wollte ich von Emil wissen. „Ziemlich cooler Job, dafür bezahlt zu werden, zu trinken."

„Ähm, nein. Ich mach die Probe nicht immer. Und natürlich trinken wir selbst auch nicht", beeilte er sich zu sagen. „Ich arbeite erst seit einem dreiviertel Jahr im Weingut König. Bin noch ein ziemlicher Anfänger. Eigentlich übernimmt Jörg immer ..." Er brach ab und räusperte sich. „Aber heute mache ich es."

„Jörg?", hakte ich nach und ich war mir fast sicher, dass mein verwunderter Gesichtsausdruck besser in einen Cartoon als in mein Gesicht gepasst hätte. Doch Emil war zu beschäftigt damit, meinem Blick auszuweichen, um es zu bemerken.

„Er war Mitarbeiter hier."

„Oh mein Gott, war er der Mann, der hier gestern tot aufgefunden worden ist? Ich habe davon in der Zeitung gelesen!" Irgendwer würde sicherlich darüber berichtet haben.

„Jaja, das war er", sagte Emil sichtlich unangenehm berührt. „War ein ... guter Mann. Kannte sich besser mit Wein aus als jeder andere."

„Selbst als Frau König, die Chefin?", hakte ich überrascht nach.

Emil öffnete den Mund und sah ertappt aus. Als wäre ihm klar, dass er gerade einen großen Fehler gemacht hatte. „Nein, nein. Natürlich nicht! Frau König ist ... niemand könnte so wie sie ... sagen Sie ihr auf *gar keinen Fall*, dass ..."

„Keine Sorge, ich behalte es für mich", beruhigte ich ihn. „Mann, deine Chefin ist etwas streng, oder?"

„Oh ja, aber das muss sie sein", versicherte er mir hastig und sah mich ernst an. „Sie trägt die Verantwortung für alles. Ohne Jörg ... das wird hart für sie. Er war ihr bester Mitarbeiter. Sehr gewissenhaft und so. Ihm ist nie ein Fehler passiert. Er musste nie von Eva-Maria verwarnt werden oder so. Aber ich schätze, sie waren einfach lange befreundet."

„Oje. Und trotzdem arbeitet sie heute? Obwohl sie so einen guten Freund verloren hat?", wollte ich mitfühlend wissen.

Emil zuckte nur die Achseln. „Die Arbeit geht immer vor. Das Weingut ist ihr Leben."

Ja, so hatte ich sie eingeschätzt.

„Es tut mir auf jeden Fall leid. Für euren Verlust", sagte ich leise. „Jörg war sicherlich ein ... netter Kerl."

Einige Sekunden lang sah Emil mich nur an, als hätte ich etwas sehr Abstruses gesagt. Zum Beispiel, dass ich in dem Weißwein gar keine Brombeernote schmeckte. Dann fing er sich jedoch. „Äh, klar", sagte er. „Voll nett."

Okay, so langsam bekam ich das Gefühl, dass Jörg zwar ein sehr guter Sommelier, aber überhaupt nicht freundlich gewesen war. Doch bevor ich weiter nachhaken konnte, verkündete Emil laut, dass er jetzt den zweiten Wein öffnen würde, der deutlich süßer schmecken würde.

Eine Minute später ging die Tür auf und Delia kehrte zurück. Meine Chance, weiter unbemerkt mit Emil zu quatschen, war verwirkt, also drängelte ich zurück zu Marvin, der immer noch Wein Nummer eins im Glas herumschwenkte.

„Willst du das nicht trinken?", fragte ich.

Er zog eine Grimasse. „Ich bin theoretisch im Dienst, Louisa", flüsterte er.

Ich nickte und tauschte mein Glas mit seinem. „Kein Problem. Dann trink ich eben." Es waren ja nur kleine Portionen

# Kapitel 7

Nach einer Stunde waren mir drei Dinge klar.

Erstens: Ich hätte wirklich nicht mit dem Auto kommen sollen, denn nach sieben verschiedenen Weinen – egal wie klein die Portionen auch waren – war ich schon ordentlich angeheitert.

Zweitens: Marvin hatte bis jetzt nur katastrophale Dates mit katastrophalen Frauen gehabt, von denen er mir bis ins kleinste Detail erzählte, damit ich ihm sagen konnte, was er falsch gemacht hatte – zuckte jetzt aber nicht mehr zusammen, wenn ich ihn anfasste. Obwohl er null verschiedene Weine trank.

Und drittens: ...

Nein, ich war zu angetrunken, um mich an drittens zu erinnern.

„Also darf ich Ariane die Tür aufhalten und ihr den Mantel abnehmen? Oder findet sie das zu aufdringlich?"

Ich seufzte und stürzte den letzten Rotwein hinunter. Das war die fünfte Frage dieser Art und langsam kam es mir vor, als wäre Josh der letzte unhöfliche Hinterwäldler auf Erden. Wenn ich ihn fragte, ob er nicht alle Einkäufe tragen könnte, weil er doch der Mann sei, sagte er immer nur: „Emanzipation ist keine Einbahnstraße, Lou. Du kannst nicht verlangen, dass Frauen gleichgestellt sind, und dann so was von dir geben. Du hast Hände, du kannst Einkäufe tragen. Ich hab schon die schweren Sachen."

Dagegen fiel mir leider nie ein gutes Argument ein.

„Ja, Marvin. Natürlich darfst du ihr die Tür aufhalten", sagte ich geduldig.

„Okay." Er nickte fest. „Und gibt es irgendwelche Themen, über die ich nicht reden sollte?"

Stirnrunzelnd dachte ich darüber nach, bevor ich meinte: „Ich würde deine Magic-Karten-Sammlung vielleicht nicht innerhalb der ersten Stunde erwähnen. Obwohl Ariane früher inbrünstig Pokémon-Karten gesammelt hat, also vielleicht ..."

Marvins Miene erhellte sich. „Wirklich? Welche Generation? Ach, ist mir eigentlich egal."

Ich unterdrückte ein Lächeln. Es war süß, dass er sich bereits jetzt auf ein Date freute, von dem Ariane überhaupt noch nicht wusste, dass es stattfand.

Der Recherchist öffnete den Mund, vielleicht um zu fragen, ob ein Abschiedskuss nach Ende des Dates angebracht oder zu früh wäre, wurde jedoch von Delia daran gehindert.

„Und jetzt, zum Schluss, haben wir noch etwas ganz Besonderes für Sie", verkündete sie lächelnd und trat an eines der großen Fässer heran. „Das hier sind unsere Reifefässer, in denen sich die Lese vom letzten Jahr befindet. Eigentlich muss sie noch ein paar Wochen hier drin bleiben, aber wir werden Ihnen heute schon mal eine Kostprobe geben. Es war einer unserer besten Jahrgänge überhaupt und wir erwarten einen besonders fruchtigen Geschmack."

Oh, Mann. Ich war wirklich keine begabte Sommeli-
ère. Denn *alle* Weine, die uns heute Abend gereicht worden waren, sollten *fruchtig* gewesen sein. Doch das einzige Obst, das ich herausgeschmeckt hatte, waren
Weintrauben gewesen!

„Louisa, Marvin. Wollt ihr die Ersten sein? Zur Feier
des Tages?"

„Ach, das muss doch nicht sein. Wirklich. Wir sind ja
schon einige, ähm, Wochen verlobt", sagte Marvin sofort bescheiden und winkte ab.

„Doch, ich bestehe darauf!", sagte Delia freundlich
und winkte uns nach vorn.

Wir folgten pflichtbewusst ihrer Aufforderung, während sie ein Glas nahm und es unter den Zapfhahn
hielt, der in dem vordersten Fass eingelassen war. Marvin riss die Augen in meine Richtung auf, was ich als
Zeichen dafür deutete, dass ich anfangen sollte, da er ja
eigentlich nicht trinken durfte.

Kein Problem. Ich war zwar schon angeschippert,
aber wenn der Wein noch nicht voll ausgereift war,
handelte es sich dabei sowieso eher um Traubensaft,
richtig?

Also nahm ich lächelnd das Glas entgegen, das Delia
mir reichte, und nahm einen Schluck. Die Flüssigkeit
benetzte meine Zunge, wusch durch meinen Mund und
ein bitterer Geschmack ... *Oh mein Gott, was zur Hölle
war das!?*

Hustend spuckte ich den Schluck auf den Boden,
doch es war bereits zu spät. Ich hatte das eklige Gesöff
in meinem Mund gehabt und mit jeder Sekunde brei-

tete sich der Geschmack nach saurem Wein und irgendetwas anderem, absolut Ungenießbarem, das ich nicht zuordnen konnte, aus.

Oh Gott, oh Gott, oh Gott. Wo war der andere Wein? Ich brauchte irgendetwas, das mir diesen ekligen Geschmack aus dem Mund spülte!

Und während ich mich noch hektisch umsah, bemerkte ich, dass alle Blicke im Raum schockiert auf mir lagen.

„Alles in Ordnung? Hast du dich verschluckt?", wollte Delia besorgt wissen.

Noch immer nach Luft ringend, schüttelte ich den Kopf.

„Wasser, ich brauche Wasser. Ich brauche irgendetwas ...", röchelte ich, bevor ich kurzerhand nach der letzten Flasche Wein griff und sie an meinen Mund ansetzte. Der süße – fruchtige? – Alkohol machte es besser, neutralisieren konnte er den ekelerregenden Geschmack, der noch immer an meiner Zunge klebte, aber nicht.

Delia starrte mich mit offenem Mund an. „Was ist denn los? Also, ich verstehe ja, dass Pinot Noir nicht jedermanns Sache ist, aber ..."

Heftig schüttelte ich den Kopf. „Es tut mir leid, aber ... irgendetwas stimmt mit diesem Wein nicht." Ich war wahrlich keine Feinschmeckerin, aber selbst ich wusste, wenn eine Milch schlecht war. Und *diese* Milch stand bereits seit zwei Wochen im gleißenden Sonnenlicht, während diverse Hunde darauf gepinkelt hatten.

„Er ist, wie gesagt, noch nicht ganz ausgereift", sagte Delia nachsichtig, auch wenn sie etwas genervt wirkte.

„Nein, das ist es nicht. Der Wein ist schlecht. Ungenießbar!", korrigierte ich sie, während mein Magen rumorte und ich hustend die Zunge ausstreckte, bevor ich mit dem Ärmel meiner Strickjacke mehrfach darüberfuhr. Mir war vollkommen klar, dass es absolut unhöflich war. Doch der Geschmack, der noch immer auf meiner Zunge haftete, war unerträglich. Er war bitter und süß und salzig zugleich. Es schmeckte, als hätte man saure Milch erst mit Urin und dann algenverseuchtem Meerwasser vermischt, bevor man sie mit ranzigem Honig, der aus tausend toten Blumen gewonnen worden war, verfeinert hatte.

„Das ist Blödsinn. Die Fässer wurden seit Monaten nicht mehr geöffnet, der Wein wäre sonst verdorben!", beharrte sie, bevor sie sich selbst ein Glas nahm, es unter den Zapfhahn hielt und ihn öffnete.

„Nein!" Abwehrend hob ich die Hände. „Ernsthaft, trink nicht davon, du ..." Ein lautes Plopp-Geräusch unterbrach mich, als zusammen mit der Flüssigkeit auch irgendetwas anderes aus dem Zapfhahn kam und in Delias Glas fiel.

„Huch", sagte sie überrascht. „Was war das denn? Eigentlich sollte der Wein nicht ..." Doch ich würde nie erfahren, was der Wein eigentlich nicht sein sollte. Denn Delia stieß einen spitzen Schrei aus und ließ erschrocken das Glas fallen.

Es zerbarst auf dem Boden. Scherben stoben zu den Seiten, rote Flüssigkeit ergoss sich über Delias Schuhe und dann kullerte etwas über den Stein und blieb direkt vor mir liegen.

Ich war in meinem Leben noch nicht so schnell wieder nüchtern geworden.

Mit geöffnetem Mund starrte ich es an ... bevor ich anfing zu würgen. Der bittere Geschmack in meinem Mund war auf einmal noch viel schlimmer als noch vor ein paar Sekunden.

Denn scheiße: Nicht schon wieder!

Da lag ein Finger vor mir. Ein kleiner Finger. Und wenn ich eins mittlerweile mit Sicherheit wusste, dann dass ich abgetrennte Gliedmaßen sehr viel lieber auf dem Sperrmüll als in meinen verdammten Getränken fand!

„Gott", hauchte ich und wandte den Blick ab. Versuchte durch die Übelkeit hindurch zu atmen, die wild in meinem Magen herumwirbelte. Ich würde nicht auf den Tatort kotzen!

„Oje", sagte Marvin.

Und dann brach die Hölle los.

Die versammelten Leute fingen an, wild durcheinander zu rufen, der Mann mit dem Afro war weniger willensstark als ich und übergab sich lauthals auf den Boden. Die blonde Frau mit den Zöpfen drängte sich hastig nach vorn, zückte ihr Handy und fing an, wie wild Fotos zu schießen. Emil stolperte zurück und stieß dabei diverse leere Weinflaschen vom Tisch, die mit einem lauten Klirren auf dem Boden aufkamen und in tausend Stücke sprangen. Und dann stieß jemand die Holztür mit einer solchen Wucht auf, dass sie mit einem lauten Krachen gegen die dahinterliegende Wand schlug.

„Wo ist die alte Hexe? Wo ist Eva-Maria!", dröhnte eine dunkle Männerstimme, die so laut war, dass sie mich sogar kurzzeitig von meinem Würgereiz ablenkte. „Wir regeln das jetzt hier ein für alle Mal! Diesmal bist du zu weit gegangen. Diesmal ist es *wirklich* genug! *Wie kannst du uns die Polizei auf den Hals hetzen?!* Du hast sie doch nicht mehr alle!"

Die Gäste wirbelten herum, alle bis auf Blondie, die in dem kleinen Finger wohl Germany's Next Topmodel sah. Gerade rechtzeitig, um weitere Leute zu entdecken, die in den Raum strömten. Ein junger Mann in hellblauem Hemd, der den Schreihals mit rotem Gesicht am Arm zurückhielt. Delias Vater, der blass um die Nase war. Und Eva-Maria.

„Wie kannst du es wagen, hier einfach so hereinzuplatzen?", fuhr sie den Neuankömmling an und stemmte die Hände in die Seiten. „Ich habe dir verboten, je wieder einen Fuß in dieses Haus zu setzen!" Sie schrie genauso beeindruckend wie der Problemmacher. So beeindrucken, dass die Leute zurückdrängten, um ihnen Platz zu machen. Marvin jedoch trat nach vorn. Die Arme weit ausgebreitet positionierte er sich vor dem Finger, als wäre er bereit, ihn mit seinem Leben zu verteidigen.

„Nicht auf den Finger treten!", rief er panisch. „Bitte nicht auf den Finger treten!"

Gott, der Finger! Könnte er bitte aufhören, den Finger zu erwähnen? Mein Magen rumorte auf ein Neues und hastig presste ich die Hände auf meinen Mund. Ich versuchte, Marvin so gut wie möglich zu ignorieren. So wie alle anderen auch. Denn die versammelten Gäste waren ausnahmslos auf das Schauspiel vor ihnen konzentriert. Also, alle bis auf den Mann, der sich noch immer übergab, und Emil, der den Blick nicht von dem Finger abwenden konnte. Delia hingegen starrte, die

Hände vor den Mund geschlagen – vermutlich aus einem anderen Grund als ich –, zu den beiden Männern.

Der ältere von ihnen, der so geschrien hatte, kam mir vage bekannt vor. Er war unfassbar groß, bestimmt zwei Meter, hatte einen grauen Pferdeschwanz und extrem buschige Augenbrauen ... Oh mein Gott, es war der Kerl vom Foto! Der Mann vom Bild im Gang oben, auf dem seine Frau und die ganze Familie König zusammen mit Jörg abgebildet worden war.

Doch jetzt lächelte er nicht freundlich. Jetzt sah er nicht milde und sanft aus. Jetzt wirkte er, als wäre er kurz davor, einen Korkenzieher in Eva-Marias Hals zu versenken.

„Ich wusste ja, dass du nicht mehr alle Korken in der Flasche hast, aber dass du so weit gehen würdest, die Polizei auf uns zu hetzen!?", schrie er und Spucketröpfchen flogen in alle Richtungen, woraufhin einige der reaktionsschnelleren Gäste sich duckten. Ich gehörte nicht dazu. Ich hatte zu große Angst davor, bei einer falschen Bewegung doch noch meinen Mageninhalt loszuwerden. „Uns einen *Mord* in die Schuhe zu schieben?"

„Oh, als wäre das so unwahrscheinlich!", feuerte Eva-Maria zurück. „Du wolltest Jörg seit Jahren abwerben!"

„Jemanden abzuwerben und umzubringen, sind zwei sehr unterschiedliche Dinge!", brüllte er zurück.

Da musste ich ihm recht geben.

„Ach was, ihr seid doch zu *allem* fähig!", widersprach Eva-Maria hitzig.

„Oh, bitte, wenn ich jemanden umgebracht hätte, dann doch wohl dich!", konterte der fremde Mann wutentbrannt.

„Papa, beruhige dich!", fuhr der Kerl im hellblauen Hemd schockiert dazwischen und packte ihn am Arm, um ihn davon abzuhalten, sich auf Frau König zu stürzen. „Das hier ist weder der richtige Ort noch der richtige …" Doch er wurde abgewürgt, als sein Vater sich unwirsch aus seinem Griff befreite und seinen Sohn dabei unbeabsichtigt nach hinten gegen eine der Klinkerwände stieß.

Herrn Hellblau-Hemd entwich mit einem lauten Uff die Luft und Delia zuckte neben mir merklich zusammen, doch meine Aufmerksamkeit wurde von etwas anderem auf sich gezogen. Denn bei Herrn Hellblau-Hemds Aufprall gegen die Wand hatte etwas Goldenes aufgeblitzt, das zu Boden gefallen war. Entweder aus der Tasche des Vaters oder des Sohnes. Doch zu viele Menschen standen in diesem Raum, als dass ich durch den Wald aus Beinen irgendetwas hätte erkennen können. Ganz abgesehen davon, dass ich noch immer leichte Konzentrationsschwierigkeiten hatte, da es der Nachgeschmack des Leichenweins jedes Mal, wenn ich aufstieß, zurück in meinen Mund schaffte.

„Sigmar, bitte, beruhige dich", meinte jetzt auch der Weihnachtsmann – Eva-Marias Ehemann – und trat einen Schritt in den Raum hinein. Nicht vor seine Frau, aber zumindest daneben.

„Ich werde nichts dergleichen tun, Waldi!", donnerte Sigmar. „Es ist wirklich unter aller Kanone, uns des Mordes zu bezichtigen! Ich verpasse gleich den *Tatort*, Waldi! *Tatort!* Seit fünf Jahren schaue ich jede Folge und heute muss ich stattdessen einem lästigen Kriminalkommissar dämliche Fragen beantworten!"

„Herr Baumann, ich versichere Ihnen, ich habe nicht einmal damit angefangen, lästig zu werden", erklang eine weitere dunkle und ungeduldige Stimme, die mir sofort die Nackenhaare aufstellte. Nicht weil sie unangenehm gewesen wäre, sondern schlichtweg weil ich sie nur zu genau kannte.

Mein Herz sank mir in den Magen, in dem es ohnehin schon zu voll war.

„Ich lege Ihnen nahe, sich jetzt verdammt noch mal zu beruhigen! Wir sind dazu verpflichtet, jeder Spur nachzugehen. Ich habe Sie nicht verhaftet, ich habe Ihnen lediglich ein paar Fragen gestellt", sprach die dunkle Stimme weiter, bevor die Tür noch einen Spalt aufgedrückt wurde ... und Josh den Raum betrat.

Scheiße.

Leise stöhnend zog ich eine Hand von meinem Mund und legte sie an die Stirn, um mein Gesicht zu verbergen, während von Marvin ein leises: „Aiaiai", kam.

„Wer sind all diese Leute?", wollte Josh irritiert wissen. „Habe ich Ihnen nicht geraten, die Weinprobe ausfallen zu lassen?" Er warf Eva-Maria einen düsteren Blick zu, doch sie hob nur störrisch das Kinn. Josh gab ein entnervtes Seufzen von sich, bevor er seine Aufmerksamkeit auf die restlichen Gäste richtete.

Oh, nein. Was *tat* er hier? Leichte Panik gesellte sich zu der Übelkeit in meinem Magen. Andererseits waren viele Leute hier, vielleicht ...

Doch den Gedanken konnte ich mir sparen, denn meine Hand war nicht groß genug, und als Rispo mich entdeckte, war offensichtlich, dass er sich exakt dieselbe Frage stellte wie ich. Seine Augen weiteten sich, eine zarte Zornesröte kletterte seinen Hals hinauf –

und dann huschte sein Blick zu Marvin und ihm klappte die Kinnlade hinunter.

Es war womöglich einer der ersten Augenblicke, in dem ich ihn wahrhaftig sprachlos erlebte, und ich musste sagen, dass es mir nicht gefiel. Denn es gab ihm viel zu viel Raum und Zeit, seine Wut und Verwirrung mit Hilfe seiner Blicke zu kommunizieren, die einerseits *I'm Batman* schrien, aber andererseits die Worte *Was zur Hölle ...?* vermittelten.

Gerade die drei Punkte, die deutlich mitschwangen, machten mir ein wenig Angst. Denn sie konnten vieles bedeuten.

Normalerweise konnte ich mich verbal gut verteidigen. Aber normalerweise hatte ich vor wenigen Minuten auch keinen Wein getrunken, der nicht fruchtig, sondern nach abgetrenntem Finger geschmeckt hatte. Ich befand mich also weder auf meiner körperlichen noch intellektuellen Höhe und war mir ziemlich sicher, dass Josh noch was sagen – oder schreien – wollte. Doch bevor er dazu kam, füllte Herr Baumann die Stille in verächtlichem Tonfall.

Gott sei Dank.

„Es ist so typisch von dir, dass der tote Körper deines loyalsten Mitarbeiters nicht einmal kalt ist, und du schon die nächste Weinprobe veranstaltest!"

„Wenigstens kommen Leute zu *unserer* Weinprobe!", giftete Eva-Maria sofort zurück. „Während euer Weinkeller doch das ganze Wochenende lang leersteht!"

„Weil wir *Premium*-Weinproben anbieten, die eben nicht jede Woche stattfinden können, weil bei uns Service noch etwas bedeutet!"

Ich stieß einen Schwall Luft aus. Ich war den beiden Streithähnen fast dankbar dafür, dass sie zwar kein Feuer, aber doch eine Menge Speichel spuckten und so Josh erfolgreich von Marvins und meiner Anwesenheit ablenkten. Auch wenn das Gespräch sehr schnell hässlich wurde.

„Oh, bitte! Euer Gesöff würde selbst ein alkoholkranker Gefängnisinsasse nicht als Premium bezeichnen", fuhr Eva-Maria ihn an. „Jörg hat selbst gesagt, dass ihr keine Ahnung habt, was ihr da tut."

„Ja, und warum konnte er sich diese Meinung bilden? Weil du ihn bei uns eingeschleust hast, um Betriebsspionage zu betreiben!", explodierte Herr Baumann. „Weil du unser geheimes Riesling-Rezept stehlen wolltest!"

„Das Geheimnis eures Rieslings ist zu viel Zucker und zu wenig Reifezeit! Aber mit zu wenig Reifezeit kennt sich dein Sohn ja aus, der sich noch immer verhält wie ein Kind und mich ganz sicher nicht mit seinen Friedensangeboten hinters Licht führen kann!" Sie machte eine unwirsche Handbewegung zu dem blauen Hemdträger hin, der sehr gequält dreinsah.

„Julian hat *viel* besser in Geisenheim abgeschnitten als eure Tochter und wir würden euch niemals den Frieden anbieten!"

„Delia war einen Punkt schlechter – und das nur, weil sie nebenbei in einem Schankhaus gearbeitet hat, um zu lernen, was Kundenservice bedeutet."

„Mama, das ist nicht wahr", sagte Delia seufzend.

„*Natürlich* ist es wahr! Du -"

„Deine Tochter sagt, es ist nicht wahr, also ist es nicht wahr!", donnerte Herr Baumann.

„Papa, hör auf, so zu schreien!"

„Ich schreie so laut, wie ich schreien wi–"

„Ruhe!", brüllte Rispo.

Alle verstummten mit einem Mal, als hätte er seine Waffe in die Luft gefeuert. Die blonde Zopf-Frau presste sogar die Hand auf die Lippen. Als habe sie Angst, ihr könne auch nur aus Versehen ein Ton entfleuchen.

„Wundervoll!", sagte er gepresst und das Knacken seines Kiefers hallte bedrohlich von Decke und Wänden wider. „Meine Güte, das ist ja schlimmer als bei meinen Familienessen. Reißen Sie sich verdammt noch mal zusammen! Das hier ist eine Mordermittlung, kein Weingut-Contest! Mir ist vollkommen egal, wer den spritzigeren Riesling keltert und ob bei Ihnen Fetzen aus echtem Gold im Wein herumschwimmen! Ich hab schon verstanden, dass Sie sich nicht mögen und Hass kein schlechtes Mordmotiv ist …"

Herr Baumann sog erschrocken die Luft ein.

„… was aber *nicht* heißt", setzte Josh mit Nachdruck hinzu, „dass ich jemanden verhaften werde, nur weil eine Horde Finger auf ihn zeigt!"

Oh Gott, Finger. Er hatte Finger gesagt …

„Also: Ihre Weingüter sind verfeindet. Das ist notiert. Aber das ist nicht der Grund, weshalb ich Sie befragen wollte, Herr Baumann!" Er warf dem Zweimetermann einen entnervten Blick zu. „Sie hätten also wirklich nicht mitten in der Befragung aufspringen und herfahren müssen. Und wenn es niemandem etwas ausmacht, dann schicke ich jetzt *alle*, die nicht zum Weingut König oder zur Familie Baumann gehören, hier raus, damit wir darüber sprechen können, was Sie mir gestern verdammt noch mal verschwiegen haben!"

Eva-Maria presste die Lippen aufeinander, ihr Mann Waldi sah betreten zu Boden und Delia legte sich eine Hand über die Augen. Baumanns Sohn – Julian? – lehnte noch immer an der Wand, und sein Vater sah aus, als hätte er Josh gerne ins Gesicht oder zumindest in den Wein gespuckt. Ja, so reagierten viele Menschen auf seine freundlichen Ansprachen. Es waren seine sympathische Ausstrahlung und seine überhaupt nicht herrische Art und Weise zu kommunizieren.

Die Gäste der Weinprobe begannen mit hochgezogenen Schultern und gescholtenen Mienen zum Ausgang zu drängen. Doch ich blieb, wo ich war. So sehr ich mich auch nach frischer Luft sehnte, einige Dinge sollte Josh noch wissen.

„Ähm, Herr ... Kommissar", sagte ich und räusperte mich. Ich war schließlich undercover hier und kannte somit zumindest offiziell seinen Namen nicht. „Bevor ich rausgehe: Vielleicht interessiert es Sie ja. Hier liegt ein abgetrennter", ich schluckte mehrfach, aber da musste ich jetzt durch, „ein abgetrennter Finger auf dem Boden."

„*Was?*" Ungläubig riss Josh die Augen auf. „*Schon wieder?*"

Ja. Exakt mein Gedanke.

# Kapitel 8

„Schon wieder?", echote Eva-Maria schockiert. „Haben Sie einen weiteren Finger bei uns gefunden?"

„Nein", erwiderte Rispo, seine Stimme ein einziges Knurren. „Nein, nein, ich ... Zur Hölle: *Wo* ist der Finger?"

„Hier", meldete sich Marvin zum ersten Mal zu Wort und deutete auf seine Füße. „Er ... wurde nicht angefasst, und draufgetreten ist auch niemand."

„Na, das ist es doch, was man über abgetrennte Finger hören will!", erwiderte Josh scharf.

„Na ja, allerdings kam er aus dem Weinfass", fügte Marvin hinzu und deutete zu dem Fass hinter uns, zu dem ich absichtlich nicht hinsah, auch wenn mein Magen sich etwas beruhigt hatte. „Also, falls Spuren dran waren, dann ..."

„*Was?*" Frau Königs schriller Schrei hallte tausendfach im Gewölbe wider. „*Im Fass?* Nein!" Hektische rote Flecken erschienen auf ihrem Gesicht. „Aber das bedeutet ja, der Wein ist hin! Das sind Zehntausende Euro, die in diesem Fass gereift sind, die wir ... die ..." Sie bekam Schnappatmung und presste sich keuchend die Hand auf die Brust.

„Mama! Atme." Delia stürzte besorgt nach vorn und legte ihrer Mutter den Arm um die Schultern. „Du willst keinen zweiten Herzinfarkt bekommen."

„Aber der Wein ... Unser wundervoller Jahrgang! Er ist zerstört und ... Du musst es gewesen sein! Du hast uns sabotiert!" Sie deutete mit zitterndem Finger auf Herrn Baumann.

„Komm, wir gehen raus. An die frische Luft", schritt Delia auf ein Neues ein und sah fragend zu Rispo. Der nickte knapp, sagte jedoch: „Kommen Sie bitte wieder, sobald Ihre Mutter sich beruhigt hat."

Delia nickte und die beiden Frauen verließen noch vor den Weinprobegästen den Raum.

„Habt *ihr* den Finger gefunden?", wollte Josh scharf von Marvin und mir wissen.

Wir nickten.

„Okay, ich korrigiere mich: Alle raus, bis auf die Mitglieder der Weingüter und die beiden, die den Finger gefunden haben."

Gott sei Dank. Durch die massive Eichentür hindurch wäre es wirklich schwer gewesen, zu lauschen, und noch mehr, als dem schrecklichen Weingeruch endlich zu entkommen, wollte ich wissen, was Rispo hier herausfand.

„Das sind Marvin und Louisa", sprang die Zopf-Frau ein. „Ein echt süßes verlobtes Pärchen."

„Sind sie das, ja?", presste Rispo zwischen seinen knirschenden Zähnen hindurch und sah mich mit verengten Augen an.

„Es ist noch sehr ... frisch", meinte ich und räusperte mich.

„Mhm. Scheint so", murmelte Josh düster, so leise, dass ich ihn nur verstand, weil ich seine Lippen lesen konnte und ich mir ziemlich sicher war, dass er nicht *Schweinfurt* gesagt hatte.

Marvins Füße bekamen derweil nervöse Zuckungen und immer wieder sah er panisch von Josh zu mir und zurück, bevor er einen Schritt zur Seite machte, um mich ja nicht zu berühren. Als auch der Letzte den Weinkeller verlassen hatte, trat Josh vor, warf einen Blick auf den Finger, sah zu mir, schüttelte den Kopf, betrachtete erneut den Finger und schließlich den Zapfhahn, aus dem er gekommen war.

„Das darf doch nicht wahr sein", wisperte er und schob seinen Unterkiefer hin und her, bevor er eine Plastiktüte aus seiner Jackentasche zauberte und den Finger mit ihrer Hilfe unberührt vom Boden auflas.

Ich hatte in den letzten Jahren gelernt, Joshs Gesichtsausdrücke zu deuten, und dieser sagte mir, dass er eigentlich gerne noch jemanden angeschrien hätte – ich hätte da auf meine Wenigkeit gewettet –, ihm jedoch bewusst war, dass es ihm in diesem Fall nicht die Informationen bringen würde, die er haben wollte. Also atmete er nur lang durch die Nase ein und durch den Mund wieder aus, bevor er sich aufrichtete und den Blick einmal durch den Raum schweifen ließ. Dann verschränkte er die Arme vor der Brust ... und wartete. Die Lippen zusammengepresst, der Blick so düster wie Darth Vaders Aura.

Herr Baumann und sein Sohn warfen sich einen beunruhigten Blick zu. Marvin knibbelte an einem seiner Hemdknöpfe herum. Emil knetete die Hände. Waldi trat von einem Fuß auf den anderen. Ich verdrehte die Augen.

Ich kannte Josh. Er wollte, dass wir uns alle so unwohl wie möglich fühlten. Dass irgendjemand die Stille brach und sich verplapperte. Bei seinen Brüdern funktionierte das immer.

Doch niemand sprach – bis die Tür aufging.

Delia und ihre Mutter kehrten zurück. Frau König sah nicht mehr ganz so blass, wenn auch nicht wirklich gut aus.

„Schön", verkündete Josh, sobald die Tür ins Schloss fiel. „Für alle, die es noch nicht wissen: Ich bin Kommissar Rispo."

Ich musste mir auf die Zunge beißen, um nicht reflexartig mit: *Was? Risotto?*, zu antworten.

„Gratulation zu Ihrer Hochzeit", setzte Josh dann mit Blick auf Marvin und mich hinzu. „Es ist schön, nicht allein zu sein. Ich weiß das. Ich versuche nämlich schon den ganzen Abend, meinen Partner zu erreichen, der sich einfach nicht meldet."

Marvin schluckte hörbar.

„Aber da ich schon einmal hier bin, allein", fuhr er fort, „würde ich diesen Moment sehr gerne nutzen, um ein paar Dinge zu klären: Wer von Ihnen war am Freitag zwischen siebzehn und dreiundzwanzig Uhr hier im Keller?"

Wieder wurden Blicke getauscht, doch niemand sagte etwas.

„*Niemand* war am Freitag hier unten?", wollte er im Plauderton wissen. „Absolut *niemand?*"

„Es gäbe keinen Grund dafür", sagte schließlich Eva-Maria. „Die Fässer werden während ihrer Reifezeit nicht angefasst und die Vorbereitungen für die Weinprobe musste Delia erst heute Morgen treffen."

„Aha", meinte Rispo trocken. „Nun, irgendwer muss es gewesen sein, denn Jörg wurde in diesem Zeitfenster umgebracht, und ich bin mir ziemlich sicher, dass es jemand aus der Familie König oder vom Weingut Baumann war."

Allesamt zuckten zusammen.

„Wo ist Ihr Sohn, Frau König?", hakte er dann nach. „War er vielleicht hier unten?"

„Nein, Paul hat den ganzen Freitag mit mir verbracht", sagte Waldi und hob die Hand. „Wir haben die Buchhaltung gemacht."

Josh verengte die Augen. Sah jeden Einzelnen an. Schließlich seufzte er laut. „Sie wissen schon, dass wir Mittel und Wege haben, herauszufinden, wer sich hier in den letzten Tagen im Keller herumgetrieben hat, oder?"

Die Umherstehenden zogen die Schultern hoch, schwiegen jedoch beharrlich.

„Haben Sie schon einmal etwas von der Papaver-Rhoeas-Analyse gehört?", fuhr Josh schließlich fort.

Mein Mund klappte auf. Das war nicht sein Ernst.

„Dank der relativ neuen, aber zu achtundneunzig Prozent akkuraten Papaver-Analyse können wir noch bis zu vier Tage später dank kleinster DNA-Partikel bestimmen, wer sich zu welchem Zeitpunkt hier befunden hat.

Hautschuppen, Blut, Schweiß … Sie alle hinterlassen Spuren und einen genauen Zeitstempel. Jeder, der an dem Abend hier drin war, wird von uns überführt werden."

Diesmal war ich es, die beinahe Schnappatmung bekam. Der restliche Ekelgeschmack in meinem Mund war vergessen. Denn was *tat* er? Das war *meine* Fake-

Analyse! *Papaver Rhoeas* war die lateinische Bezeichnung für Klatschmohn und ich hatte diese beiden Wörter schon oft benutzt, um mich an Tatorte zu schummeln oder aber auch nur, um Josh zu nerven. Den Spieß konnte er jetzt nicht einfach umdrehen! Das war doch sicherlich eine Copyright-Verletzung.

Doch Josh achtete gar nicht auf mein Gesicht, das mit Sicherheit so verkniffen wie eine Kneifzange war, stattdessen sah er im Raum umher, schaute in ratlose Gesichter, bis sein Blick auf Julian zum Liegen kam.

Julian, der sich an die Wand drängte und sichtlich bleich wurde, während er mit den Fingern hektisch auf sein Bein trommelte.

„Okay, also Sie kommen schon mal mit auf die Wache", bemerkte Josh zufrieden und nickte dem Sohn von Herrn Baumann bestimmt zu, dessen Gesichtsfarbe nun eher Eierlikör als Wein glich.

„Was? Julian?" Sein Vater sah ihn schockiert an. „Du warst *hier*? Warum solltest du hier gewesen sein? Das ergibt keinen Sinn!"

Julian sah hektisch von seinem Vater zu Rispo und wieder zurück. „Ich … nein! Natürlich nicht. Ich war nicht … wirklich überhaupt nicht … Warum sollte ich? Ich war seit Ewigkeiten nicht mehr hier."

Ich konnte nicht anders: Ich musste ihm einen mitleidigen Blick zuwerfen. Denn das war so offensichtlich eine Lüge wie Marvins Hemd zu groß.

Oh Mann, ich musste es Josh lassen. Er hatte mit seiner Vorstellung erfolgreich Schuldgefühle und Angstzustände hervorgerufen. Was mit Sicherheit sein Plan gewesen war. Und dennoch hätte er dafür gefälligst seine eigene Analyse erfinden sollen!

„Möchte sonst noch jemand ein Fahrschein zum Präsidium?", fragte Josh gelassen und sah sich ein letztes Mal um. Doch die Anwesenden wirkten zwar alle nervös und Delia hatte noch immer eine Hand auf ihren Mund gepresst, aber die Schweißperlen standen nur Julian auf der Stirn. Entweder waren die anderen also bessere Schauspieler oder hatten keinen Dreck am Stecken. Ich vermutete Ersteres, denn jeder hatte Dreck am Stecken. Doch Julian reichte Rispo offensichtlich erst einmal als Verdächtiger, denn er nickte nur und verkündete: „Klasse. Dann dürfen Sie jetzt alle gehen. Julian, Sie kommen mit mir. Herr Baumann, ich schaue morgen noch einmal bei Ihnen vorbei, um meine restlichen Fragen zu stellen. Ihr Sohn scheint Dringlicheres erzählen zu haben."

„Julian! Was ist passiert?", wollte der Vater sofort wissen. Doch Julian schüttelte nur den Kopf und sagte nichts.

„Raus hier!", beharrte Josh, diesmal lauter.

Familie König und ihr Mitarbeiter Emil ließen sich das nicht zweimal sagen und glitten zum Ausgang, während Julians Vater mehrfach besorgt zu seinem Sohn schielte, aber schließlich auch zur Tür ging.

Erleichtert wollte ich ebenfalls Joshs Anweisung folgen, doch bevor ich auch nur einen Schritt nach vorn tun konnte, hielt Josh mich an meinem Kleiderkragen zurück.

„Oh, nein. Ihr beide wartet hier, während ich Julian schon einmal in mein Auto setze, damit er nicht auf die Idee kommt, abzuhauen", knurrte er leise an meinem Ohr. Dann ließ er mich ruckartig los, sodass ich nach vorn stolperte, und bedeutete Julian mit einer unwirschen Handbewegung, ihm vorweg in den Flur zu treten. Ein paar Augenblicke später fiel die Tür ins Schloss und Marvin und ich waren allein.

„Die Spurensicherung hat die Fässer gestern nicht geöffnet, was?", stellte ich leise fest.

„Sie hatten keinen Anlass dazu", meinte Marvin mit kaum hörbarer Stimme. „Der Schaden für die Familie wäre zu groß gewesen und sie haben hier unten keinen Hinweis auf einen Mord gefunden, also ..." Zitternd holte er Luft, beide Hände an seinem Kopf. Als wäre er Enton und habe Kopfschmerzen. „Ojemine. Was für ein Schlamassel. Wir haben etwas Schlimmes getan!" Jetzt, mit dem beschämten Blick, erinnerte mich Marvin nicht mehr an Enton, sondern an einen Jugendlichen, der gerade von seiner Mutter dabei erwischt worden war, wie er eine nackte Frau in seinem Schrank versteckte. Obwohl ich mir sehr sicher war, dass das Marvin noch nie passiert war.

Seufzend warf ich ihm einen Seitenblick zu. Er war Rispos Zorn wohl einfach noch nicht so sehr gewöhnt wie ich.

„Wir dürfen hier sein, okay?", beschwichtigte ich ihn. „Das hier war eine öffentliche Weinprobe. Und es war ein Glück, dass wir teilgenommen haben, oder? Sonst wäre mit dem ... dem Finger sonst was passiert."

„Mhm, ja. Vielleicht hast du recht. Ich fürchte jedoch, Kommissar Rispo wird dir da nur bedingt zustimmen."

Ja, das fürchtete ich auch. Denn das war irgendwie unser Ding. Uns nur *bedingt* zuzustimmen. „Mal sehen", sagte ich dennoch vage.

Marvin nickte, zog die Schultern hoch und sah zum Weinfass. „Ich frage mich, ob es der einzige Finger ist. Neun fehlen schließlich noch."

Ich schluckte und vermied es, seinem Blick zu folgen. Ja, daran hatte ich auch schon gedacht. Es waren zehn Fässer. Zehn Finger. Allein der Gedanke ließ meinen Magen wieder rumoren. Wenn wirklich jemand das Ziel gehabt hatte, den Wein zu verderben, wie Frau König vermutete, dann hatte ich eine vage Ahnung, wo die anderen neun waren. Aber hätte es nicht eine einfachere Möglichkeit gegeben, den Wein unbrauchbar zu machen, als Jörg umzubringen, ihm die Finger abzuschneiden und Ekel-Sangria zu mischen?

„Ich rufe besser mal die Spurensicherung an, dann muss Joshua es gleich nicht tun", meinte Marvin. „Die wird so oder so kommen müssen. Die Fässer öffnen, den Finger mitnehmen, den Keller absperren." Er räusperte sich und wandte mir den Rücken zu, bevor er sein Handy aus der Hosentasche zog und in Richtung der Treppe lief, vermutlich auf der Suche nach Empfang.

Ich nickte und schlenderte ein wenig nervös im Raum umher, die Arme vorm Körper verschränkt. Mein Magen hatte sich beruhigt und der Geschmack nach dem Fingerwein in meinem Mund fast verflüchtigt. Solange ich den Geruch nach Fässern und Wein nicht allzu tief einatmete, konnte ich mich auch wieder konzentrieren.

Vor allem darauf, dass der Abend eher suboptimal gelaufen war. Und trotzdem hatte ich das Gefühl, zumindest einige neue Erkenntnisse dazugewonnen zu haben.

Es gab ein verfeindetes Weingut, das Familie Baumann gehörte, die offenbar vor ein paar Jahren noch gute Freunde der Königs gewesen war. Zumindest, wenn man dem Foto im Flur Glauben schenken konnte. Der Sohn der Familie König, Paul, verheimlichte etwas. Der Sohn der Familie Baumann, Julian, verheimlichte etwas. Eva-Maria hatte einen Herzinfarkt hinter sich. Ihr Ehemann, Waldi, war unfähig, sich gegen sie durchzusetzen. Und insgesamt schienen einfach alle Angst vor ihr zu haben. Außer der Tote, Jörg. Er schien gut mit ihr zurechtgekommen zu sein, weil er so unfassbar viel über Wein und seine Herstellung gewusst hatte. Aber Jörg war allem Anschein nach auch ein sehr komplizierter Mensch gewesen, es passte also.

Unterm Strich hatten wir die Feindschaft zweier dysfunktionaler Familien, verdorbenen Wein und Julian, der darüber gelogen hatte, am Freitag nicht hier unten gewesen zu sein. Aber hatte Julian Jörg überhaupt gekannt?

Vermutlich schon, denn die beiden Familien schienen eng miteinander verknüpft gewesen zu sein. Doch was könnte Jörg getan haben, um Julian so sehr aufzuregen, dass er nach einem Korkenzieher griff und ihn erstach?

Und ich durfte die Finger nicht vergessen. Die Finger abzuschneiden, war eine besonders grausame Note, der ein tiefer Hass zugrunde liegen musste, richtig? Ehrlich gesagt hatte ich keine Ahnung. Ich hatte noch nie jemanden derartig gehasst, dass ich in Erwägung gezogen hätte, all seine Finger abzutrennen und damit einen Cocktail zu mixen. Und inständig hoffte ich, dass es nie so weit kommen würde. Allerdings ... Etwas knirschte unter meinen Füßen.

Überrascht hielt ich inne und trat einen Schritt zurück. Ich stand direkt am Eingang, dort wo sich vorhin Herr Baumann und sein Sohn befunden hatten, und etwas Goldenes glitzerte auf dem Boden.

Vorsichtig beugte ich mich nach unten und hob es auf. Es war ein Schlüssel. Ein kunstvoll verschnörkelter, alt aussehender Schlüssel, nicht größer als mein kleiner Finger. Das war also der goldene Schimmer gewesen, der aus einer der Taschen der Baumanns gefallen war, als Baumann Senior und sein Sohn sich gestritten hatten.

Aber warum trug jemand einen losen Schlüssel mit sich herum? Stirnrunzelnd drehte ich ihn in meiner Hand. Gehörte er Sigmar oder Julian?

Mhm. Wahrscheinlich sollte ich ihn Marvin oder Josh zeigen. Oder aber auch den Baumanns zurückgeben. Oder Josh fragen, was ich mit ihm ...

Die Tür wurde aufgestoßen und traf mich beinahe an der Stirn. Hastig sprang ich einen Satz zurück, bevor Josh gefolgt von Marvin in den Raum trat.

Ich schluckte. Oh Mann. Er hatte ja sonst schon oft starke Ähnlichkeit mit einem Bond-Bösewicht. Aber jetzt gerade, mit den zusammengezogenen Brauen, dem Feuer von Mordor in seinen Augen und den zusammengepressten Lippen, hätte er glatt einem Mafia-Film entstammen können, in dem er gerade den Entschluss gefasst hatte, einen abgetrennten Pferdekopf in meinem Bett zu verstecken.

Ich glaubte nicht, dass jetzt der richtige Moment war, um den Schlüssel anzusprechen. Also ließ ich ihn in meine Umhängetasche wandern. Bevor Josh auch nur den Mund aufmachen konnte, ergriff ich das Wort. „Hey! Die Papaver-Rhoeas-Analyse ist *meine* erfundene Analyse", sagte ich verärgert – Angriff war schließlich die beste Verteidigung. „Die darfst du nicht einfach für deine Zwecke benutzen!"

„Wieso?", wollte Josh steinern wissen. „Hast du ein Patent drauf?"

„Nein, denn ich habe sie *erfunden*!"

„Na. Dafür sind Patente doch da. Um erfundene Dinge abzusichern. Gott, das Patentamt sollte dein bester Freund sein. Und versuch gar nicht erst, den Spieß umzudrehen. Du hast mir erzählt, du willst Marvin Dating-Tipps geben – nicht, dass du ihn selbst datest!"

„Oh, nein, nein", sagte Marvin panisch und trat mit erhobenen Händen auf Josh zu, als rechnete er damit, dass sein Partner jeden Moment seine Waffe zog. „Wir daten nicht. Wir haben nur so getan."

Ich verdrehte die Augen. „Das weiß er, Marvin! Und ich hab nicht wirklich gelogen, Josh. Ich habe Marvin eine Menge Dating-Tipps gegeben. Ich habe dir nur nicht verraten, *wo* ich es tue."

„Du hast es mir absichtlich vorenthalten, was so gut wie eine Lüge ist", meinte Josh ungläubig.

„'So gut wie' ist immer noch besser als eine konventionelle Lüge", sagte ich weise.

„Nein! Ist es nicht. Auch wenn ich weiß, dass du es in deinem regenbogenfarbigen Loubalou-Land gerne so siehst", erwiderte Josh zornig, bevor er sich ruckartig seinem Partner zuwandte. „Und Sie, Marvin! Sie haben hinter meinem Rücken –"

„Es ist nicht seine Schuld", unterbrach ich ihn hastig. „Ich habe ihn praktisch erpresst."

„Oh, das war mir schon klar. Aber er sollte genug Integrität besitzen, um Nein zu dir zu sagen."

„Warum? Das gelingt dir doch meistens auch nicht", rutschte es mir heraus.

Ich hatte das Falsche gesagt. Das wurde mir sofort klar, als Joshs Augen noch ein wenig dunkler wurden und gleichzeitig Funken zu sprühen schienen. „Ich kann nicht Nein sagen, wenn du die hundertunddrölfzigste Aloe-Vera-Pflanze anschleppst und mir erklärst, dass es ihre Gefühle verletzen würde, wenn du sie an jemand anderen abgibst. Wenn es um Mordfälle geht, kann ich sehr wohl Nein sagen. Du entscheidest nur immer, das Wort falsch zu verstehen!" Joshs Stimme war mit jedem Wort lauter geworden und Marvin mit jedem Wort kleiner.

Ich seufzte schwer, zog die Arme enger um meine Brust, wusste jedoch nicht so recht, was ich darauf antworten sollte. Denn eigentlich hatte er recht. Was wirklich ärgerlich war, denn ich mochte es lieber, wenn Josh absolut falschlag.

„Ich habe nur ihre Hand gehalten und manchmal meinen Arm über ihre Schulter gelegt. Wir haben uns nicht geküsst oder so", brach Marvin nach ein paar Augenblicken die Stille. Ihm war offenbar immer noch wichtig, klarzustellen, dass er nicht versucht hatte, mich zu verführen.

„Marvin!", fuhr Josh ihn gereizt an. „Mir ist absolut klar, dass Sie sich nicht freiwillig an meine Verlobte herangemacht haben. Das hier stinkt so sehr nach

Louisa, dass selbst ihr gesamter Blumenladen den Geruch nicht übertünchen könnte. Und dass Sie sie nicht geküsst haben, ist allein Ihr Pech. Denn es scheint, als wird sie in nächster Zeit auf eine Menge Küsse verzichten müssen."

Mit offenem Mund sah ich ihn an. Das meinte er nicht ernst, oder? Ich brauchte meine Küsse!

„Es war eine gute Idee, Josh!", beharrte ich.

„Es war eine hirnrissige Idee!"

„Wir haben den Finger gefunden, oder nicht? Und die Leute hier waren sehr viel eifriger dabei, mir Dinge über Jörg zu erzählen, als dir gerade!"

„Ach ja?", fragte er scharf. „Also weißt du, wer der Mörder ist? Du kennst das Motiv? Du hast mit ihnen über ihre Alibis gesprochen und aufgedeckt, welches stimmt und welches nicht?"

Hitze strömte in meine Wangen. „Ähm, also das jetzt nicht direkt ..."

„Natürlich nicht. Denn das würde ja bedeuten, dass du vernünftige Polizeiarbeit gemacht hättest. Was du nicht tun kannst, da du keine Polizistin bist. Das Einzige, was du also getan hast, ist, Klatsch und Tratsch der Familie zu sammeln, um dir irgendeine hirnrissige Theorie zusammenzuschustern, warum jemand Jörg umgebracht haben könnte."

Ich zog eine Grimasse. „Also, so eine richtige Theorie habe ich auch noch nicht."

„Oh, ich gebe dir ein paar Stunden, du wirst schon irgendetwas finden", sagte er spöttisch. „Ehrlich gesagt wundert es mich, dass du Frau König nicht schon längst eine Affäre mit Jörg angehängt hast. Mit solchen

Anschuldigungen wirfst du doch sonst so fröhlich um dich."

„Oh mein Gott, natürlich! Die beiden könnten auf jeden Fall eine Affäre gehabt haben", sagte ich und schlug mir mit der Hand gegen die Stirn. „Deswegen war Frau König so nett zu ihm! Vielleicht hat Jörg sie erpresst und ihr damit gedroht, es ihrem Ehemann zu verraten! Und darüber war sie so schockiert, dass sie ihren Lieblingskorkenzieher genommen hat und –"

Rispos Schnauben hätte Berge versetzen können. „Frau König hat ein Alibi. Und die beiden hatten keine Affäre."

„Das kannst du nicht wissen! Natürlich würde sie deswegen lügen ...“

„Jörg war schwul, Lou", unterbrach Josh mich rigoros. „Der Freund, mit dem er sich gestritten hat? Er war sein Liebhaber."

Oh. Na gut, das nahm der Theorie jetzt ein wenig den Wind aus den Segeln. Aber vielleicht hatte er dann eine Affäre mit dem Weihnachtsmann gehabt ...?

„Großer Gott. Ich kann Rauch aus deinen Ohren kommen sehen", meinte Josh ungehalten, bevor er sich an Marvin wandte, der angesichts unserer Diskussion sichtlich unangenehm berührt war. „Marvin, könnten Sie bitte nach oben gehen und das Team der Spurensicherung anrufen? Wir brauchen Sie hier unten nicht."

„Ich hab es bereits gerufen."

„Wundervoll. Dann gehen Sie nach oben, um auf ihre Ankunft zu warten und ihnen zu zeigen, wo sie hinmüssen."

Oh Mann. Also entweder ließ er Gnade walten und gab Marvin einen Ausweg aus dieser unangenehmen

Situation ... oder er wollte mit mir allein sein. Da er immer noch sehr wütend wirkte, rechnete ich mit Zweiterem. Normalerweise genoss ich es sehr, mit ihm allein zu sein. Allerdings vor allem dann, wenn die Chance bestand, dass er innerhalb der nächsten zehn Minuten sein Shirt auszog. Und irgendetwas sagte mir, dass dies in dieser Situation nicht der Fall war.

„Natürlich", sagte Marvin sofort und eilte zur Tür. Er musste schließlich beweisen, dass er immer noch ausgezeichnet darin war, die Anweisungen seines Vorgesetzten zu befolgen.

„Sicher, dass du das allein schaffst, Marvin?", rief ich ihm hoffnungsvoll hinterher. „Ich könnte dir dabei helfen."

Marvins Blick schweifte nervös zwischen mir und Josh hin und her. „Nein, nein. Das geht schon."

Sehr schade. Marvin gab gerade definitiv die bessere Begleitung ab als Josh.

„Was zur Hölle hast du ihm geboten, dass er bei dieser Scharade mitgemacht hat?", wollte Josh wissen, sobald die Tür hinter Marvin zugefallen war.

„Ein Date mit Ariane."

„Wow. Ein Date mit dir und dann ein Date mit Ariane. Ich habe Marvin gar nicht zugetraut, ein solcher Aufreißer zu sein. Und obendrauf durfte er noch deine Hand halten und deine Schulter berühren! Das muss ein aufregendes Wochenende für ihn gewesen sein." Joshs Stimme war trockener als die Kakteen, die er allesamt hatte verdursten lassen.

Ich neigte den Kopf und sah mit verengten Augen zu ihm hoch. Das war unnötig gemein von ihm gewesen.

„Marvin gibt ein sehr gutes Date ab. Du solltest nicht so über ihn reden."

„Er hat sich von dir breitschlagen lassen, bei diesem Humbug mitzumachen. Das spricht nicht gerade für seine Intelligenz."

Kopfschüttelnd betrachtete ich ihn. „Sag mal, Josh. Bist du eifersüchtig?", fragte ich dann leise.

Er lachte auf. „Louisa: Ich habe eine Menge Respekt vor Marvin. Solange er keinen zu engen Kontakt zu dir pflegt, ist er ein sehr guter Polizist, auf den ich mich verlassen kann. Aber ich fühle mich von ihm in etwa so bedroht wie von Trudis Keksen – ah, nein. Es ist wahrscheinlicher, dass du mich durch Trudis Backkünste ersetzt als durch Marvin."

Er lag nicht falsch. Trudis Kekse gaben mir nie Widerworte.

„Ich bin einfach nur ... sehr enttäuscht von ihm", presste er hervor.

Ich machte große Augen. „Oh, bitte sag ihm das nicht! Es würde ihn zerstören. Sei enttäuscht von mir!"

„Oh, von dir habe ich so etwas bereits erwartet. In dem Fall bin ich eher enttäuscht von mir, dass ich nicht damit gerechnet habe, dass du dir irgendeinen Polizisten suchst, um trotzdem zur Weinprobe gehen zu können. Ich hätte das mit der polizeilichen Begleitung wirklich nicht sagen dürfen." Er schüttelte den Kopf. „Aber ich lerne dazu. Ein nettes Schlupfloch hast du dir da gesucht." Wenn da nicht so viel Wut in seiner Stimme gewesen wäre, hätte sie glatt beeindruckt klingen können.

Ich zog eine Grimasse. „Ich verstehe, dass du wütend bist. Auch wenn der heutige Abend wirklich harmlos war."

„Du hast einen Finger gefunden. Zum *dritten* Mal!"

„Ja, eben. Deswegen war es ja auch harmlos", log ich. Denn wenn ich zugab, wie verdammt eklig ich den letzten Finger fand, würde Josh mich jedes Mal, wenn ich auf Mördersuche ging, daran erinnern. „Das erste Mal ist erschütternd. Das zweite Mal besorgniserregend. Das dritte Mal ... Ah, dann liegt da eben ein abgetrennter Finger." Ich machte eine wegwerfende Handbewegung, bevor ich über meinen Magen rieb.

Josh seufzte, doch ich konnte sehen, dass seine Mundwinkel zuckten. „Das ist keine gesunde Lebenseinstellung."

„Natürlich nicht. Aber was soll ich tun? In den letzten Jahren habe ich mehr abgetrennte Finger als Schnee gesehen, Josh."

„Das ist ein unfairer Vergleich. In Köln schneit es nicht. Gemordet wird hingegen überall."

Damit hatte er recht.

Josh stieß einen Schwall Luft aus und fuhr sich mit der Hand durch die Haare. „Also schön: Das Kind ist in den Brunnen gefallen, was haben die Leute dir erzählt? Hast du tatsächlich irgendetwas Interessantes herausgefunden?"

Ja, er war immer noch wütend auf mich. Aber er war auch ein guter Kommissar und wusste, dass Leute gern mit mir quatschten. Weil ich im Gegensatz zu ihm sympathisch war. Also fasste ich kurz zusammen, was ich in Erfahrung gebracht hatte. Was Emil mir über Jörg erzählt hatte. Dass ich die Geschwister König beim

Streiten ertappt hatte. Und dass Paul wohl irgendein Geheimnis hatte. Josh hörte mir aufmerksam zu, machte sich ab und an Notizen in den Block, den er aus seiner Hosentasche gezaubert hatte, und nickte schließlich.

„In Ordnung. Das meiste davon wusste ich schon, aber ich werde mir Paul noch einmal genauer ansehen, sobald ich mit Julian fertig bin."

„Ja, also Julian ..." Ich wippte auf meine Hacken zurück. „Du brauchst nicht zufällig Unterstützung bei seiner Befragung?"

Josh prustete nur.

„Ist das deine Erlaubnis, ihn zusammen mit dir befragen zu dürfen?", wollte ich scheinheilig wissen.

„Das ist meine Erlaubnis, dass du jetzt sofort nach Hause gehen darfst", korrigierte er mich.

„Mhm. Du könntest mich nicht zufällig fahren? Ich bin etwas angetrunken und sollte mich wirklich nicht hinters Steuer setzen."

Das kommentierte Josh nur mit einem lauten Schnauben, bevor er an mir vorbei zum Ausgang lief.

„Hey! War das jetzt ein Ja oder Nein?"

„Bis morgen früh, Lou! Dein Undercover-Einsatz, dein Problem, wie du nach Hause kommst. Aber hey, frag doch deinen anderen Verlobten. Er ist doch ein Gentleman."

Verärgert lief ich ihm hinterher. „Weißt du, ich könnte auch noch auf die Spurensicherung warten. Mir anhören, was sie zu sagen hat. Denn ganz ehrlich, Josh: Wenn das hier nicht der Tatort ist, koche ich ab morgen jeden Tag für den Rest meines Lebens."

Josh seufzte. „Wir haben *nichts* gefunden, Lou!"

„Dann sucht besser! Vielleicht sollte ich wirklich bleiben. Ich –"

Ruckartig wandte Josh sich zu mir um. „Fahr nach Hause, Louisa. Sonst werde ich durchsetzen, dass es zu unserer Hochzeit Haferschleim als Nachtisch gibt, und deiner Mutter erzählen, dass du dir wünschst, sie würde deinen Junggesellinnenabschied organisieren und dir eine Liste machen, auf der sie genau beschreibt, wie du ihrer Meinung nach zur perfekten Ehefrau wirst. Und ich garantiere dir: Abgetrennte Finger zu finden, wird nicht darauf stehen."

Okay.

Nach Hause zu gehen, erschien mir die beste Idee.

# Kapitel 9

Ich träumte die halbe Nacht von Fingercocktails, die mir als Aperitif zu Joshs und meinem Hochzeitsempfang gereicht wurden, und als ich am nächsten Morgen aufwachte, war ich mir ziemlich sicher, dass ich nie wieder in meinem Leben Alkohol trinken würde.

Okay, Wein. Nie wieder Wein. Ich wollte nicht zu drastisch sein. Ich hatte mir an die zehnmal die Zähne geputzt, aber immer noch eingebildet, frische Leiche auf meiner Zunge zu schmecken.

Josh war irgendwann nachts, weit nach zwölf, zu mir ins Bett gekrabbelt, und obwohl ich mich umdrehte und fragte, wie es gelaufen war, sagte er nichts. Vielleicht weil er müde war. Vielleicht weil er mich damit bestrafen wollte. Vielleicht, weil er schlichtweg der Meinung war, dass es mich nichts anging. Es war mir auch egal. Er rückte im Schlaf trotzdem an mich heran, um die Arme um mich zu schlingen, und verabschiedete mich am nächsten Morgen mit einem sanften Kuss auf die Stirn, bevor er noch vor Klingeln meines Weckers die Wohnung verließ. Das sah ich als gutes Zeichen. Er war wütend, wusste anscheinend aber, dass ich schon weitaus verrücktere Dinge getan hatte. Ich hoffte nur, dass er Marvin nicht allzu gemein gegenüber sein würde. Denn sein Partner hätte sich sicherlich auch über einen versöhnenden Stirnkuss gefreut.

Es war dennoch ärgerlich, dass er mir nicht mehr zur Befragung von Julian Baumann erzählte. Denn mich interessierte wirklich, was er zu sagen gehabt hatte. Doch als ich eine halbe Stunde später selbst aus dem Bett rollte, konzentrierte ich mich erst einmal auf wichtigere Dinge.

Ich musste duschen, irgendetwas Süßes frühstücken, was nicht im Mindesten nach abgestorbenem Körperteil schmeckte, den Laden eröffnen ... und mein Versprechen einhalten. Marvin hatte gestern wirklich alles gegeben und sich sogar den Zorn seines persönlichen Helden dafür eingefangen, um die Chance auf ein Date mit Ariane zu ergattern. Ich schuldete es ihm, ihr zumindest die frohe Kunde zu überbringen.

Also rief ich sie auf dem Weg zur Arbeit an. Über die Freisprechanlage natürlich. Damit ich keine Gefahr *für mich selbst, aber vor allem die Gesellschaft* war, wie Josh es ausgedrückt hatte.

„Emily hat erzählt, dass du eine weitere Leiche gefunden hast?", begrüßte sie mich nach dem zweiten Klingeln. „Und das muss ich von deiner Schwester erfahren?"

Ich seufzte. „Ja, tut mir leid. Ich war sehr beschäftigt. Hab ganz vergessen, dass du dich immer für Leichen-News interessierst. Warum hast du mit Emily gesprochen?"

„Ach, sie kommt seit ihrer Schwangerschaft öfter mal bei mir im Laden vorbei, um sich mit Pralinen einzudecken. Sie meint, das einzig Gute an dem kleinen Monster in ihrem Uterus sei, dass sie jetzt erst einmal ohne schlechtes Gewissen dick werden könne. Finn sei dazu verpflichtet, sie trotzdem heiß zu finden – und ihr die

Pralinen zu zahlen. Er hätte sie schließlich in diesen Schlamassel gebracht."

Ich musste lachen. „Ja, das klingt nur fair. Sonst alles gut bei dir? Hast du irgendwelche ... Dates gehabt in letzter Zeit?"

„Ach, alles Reinfälle. Der letzte Typ wollte, dass ich ihm Bilder meiner Füße ins Restaurant mitbringe. Als Nachtisch."

Ich verkniff mir ein Grinsen, bis mir einfiel, dass sie es übers Telefon ja gar nicht sehen konnte. Dann ließ ich meinem Lächeln freien Lauf. „Und?", fragte ich interessiert. „Hast du?"

„Nein!", sagte sie entrüstet. „Nachher landen meine Füße noch auf irgendwelchen Fuß-Pornoseiten. Ganz ehrlich, der davor hat wenigstens bis nach dem Essen damit gewartet, mir zu sagen, dass er sich gut einen Dreier mit mir und seiner Freundin vorstellen könnte. Ich schwöre dir, es gibt keine vernünftigen Männer mehr da draußen."

Ich hielt an einer Ampel und tippte nachdenklich mit dem Zeigefinger aufs Lenkrad. Hm. War Marvin ein *vernünftiger* Mann?

Auf die Gefahr hin, dass meine beste Freundin es nicht so sah, fuhr ich lieber eine andere Schiene.

„Ach, es gibt da draußen bestimmt den Richtigen", versicherte ich ihr. „Apropos der Richtige: Du wirst meine Trauzeugin, oder? Ich hatte dich noch gar nicht gefragt, aber –"

„Natürlich werde ich deine Trauzeugin!", sagte sie perplex. „Ich hab mir schon ein Kleid gekauft."

Ich lachte. „Sehr gut. Und die Aufgabe einer Trauzeugin ist es, die Braut glücklich zu machen, richtig?"

Meine beste Freundin schwieg einige Momente lang andächtig. Dann sagte sie: „Das kommt ein bisschen darauf an, was als Nächstes aus deinem Mund kommt."

Unschuldig legte ich eine Hand auf die Brust. „Was soll das denn jetzt heißen?"

Sie schnaubte. „Oh, komm schon. Du sprichst im ‚Ich muss dich um einen merkwürdigen Gefallen bitten'-Tonfall. Wie damals, als du mich darum gebeten hast, einen Rhododendronbusch aus dem Garten deiner Mutter auszugraben, nur um ihn zehn Zentimeter weiter links wieder einzugraben."

„Der Gefallen war nicht merkwürdig!", beschwerte ich mich. „Ich wollte ihr beweisen, dass sie eben nur halb so aufmerksam ist, wie sie glaubt."

„Sie hat es direkt am nächsten Morgen bemerkt!"

Ja, das wusste ich auch. Alles, was ich bewiesen hatte, war, dass ihre Adleraugen noch viel besser waren, als von ihr behauptet.

„Es ist auch egal. Der Gefallen, um den es hier geht, ist überhaupt nicht merkwürdig. Viel eher ist es ein Gefallen, den ich *dir* mache."

„Jetzt wird es interessant."

„Na ja, du hast gerade selbst gesagt, dass deine bisherigen Dates Reinfälle waren, ich biete dir die Möglichkeit, deine Serie an miesen ersten Treffen zu beenden."

„Tatsächlich?", fragte sie argwöhnisch. „Und wie genau willst du das tun?"

„Nun, zufällig kenne ich einen gut aussehenden Gentleman, der nicht nur weiß, wie man das Wort *vernünftig* schreibt, sondern es auch zu seiner Lebensphilosophie gemacht hat. Er ist sportlich und freundlich und hat seinen ganz eigenen Sinn für Humor." Zumindest brachte er mich oft zum Lachen, wenn auch nicht immer mit Absicht. „Und soweit ich weiß, ist er an deinem Charakter und nicht an deinen Füßen interessiert."

Ariane seufzte. „Bitte sag mir nicht, dass er den Nachnamen Rispo trägt. Ich weiß ja, Emily und du seid hoffnungslos in den Fängen dieser Familie verloren, aber euer Leben ist das reinste Drama, seit ihr sie kennt."

Ich hätte ihr gern widersprochen, aber die letzten drei Jahre waren ein einziges Argument dagegen.

„Nein, nein. Kein Familienmitglied der Rispos", versicherte ich ihr deshalb hastig. „Ich rede von einem stattlichen Polizisten. Von ... Marvin."

Das letzte Wort sagte ich etwas zeitversetzt. Um die Spannung zu schüren. Zeit für einen imaginären Trommelwirbel zu lassen. Und Marvin noch ein wenig geheimnisvoller wirken zu lassen.

Absolute Stille war die Antwort.

Gute Stille? Schlechte Stille?

„Ariane?", fragte ich zaghaft. „Bist du noch dran?"

„Ja, bin ich. Ähm ... Marvin", wiederholte sie. Doch meine beste Freundin klang nicht entsetzt oder schockiert, viel eher nachdenklich. „Joshuas Partner? Der immer rot wird, wenn er mit mir redet? Der bei diesem Autorennen-Fall den Verdächtigen zu Boden gerungen hat?"

„Genau der. Er mag dich echt gern und ist ein sehr netter Typ."

„Mhm. Okay. Ja. Er war wirklich freundlich. Und irgendwie auch süß. Auf eine sehr schüchterne Art und Weise. Aber ich dachte irgendwie immer, dass er viel zu jung für mich ist."

Mhm. Was sagte man dazu. Sie fand ihn süß. War ich aus Versehen die beste Kupplerin der Welt?

„Er ist dreißig", meinte ich. Selbst mir war es schwergefallen, das zu glauben. Aber nicht jeder Mann war mit ordentlichem Bartwuchs gesegnet. Da konnte er wirklich nichts für.

„Wirklich? Okay. Na dann. Doch. Ich würde mich mit Marvin treffen."

„Wow. In Ordnung." Das war sehr viel einfacher gewesen als gedacht. „Wann hast du Zeit?"

„Heute Abend? Oder ist das zu spontan? Lieber das Pflaster abreißen, weißt du? Sonst werde ich noch nervös."

„Okay", antwortete ich perplex. „Ich frag mal bei Marvin nach und gib ihm dann deine Nummer, in Ordnung? Dann könnt ihr untereinander ausmachen, wo ihr euch wann trefft."

„Ja, klingt gut. Ich muss jetzt auch den Laden aufmachen. Danke Lou, dass du an mich gedacht hast. Vielleicht wird der Abend ja ganz nett."

Es würde die Stimmung versauen, wenn ich ihr erzählte, dass ich sie eigentlich für einen Gefallen verschachert hatte, oder? Ja, das würde Marvin in einem schlechteren Licht dastehen lassen. Nicht zu vergessen mich. Also behielt ich diese Information wohlweislich für mich. „Super, ich bin mir sicher, dass er sich freut! Er meldet sich dann."

Wir legten auf und ich blieb mit offenem Mund und Knoten im Gehirn im Auto zurück. Passten Ariane und Marvin womöglich zusammen? Ich hatte keine Ahnung. Ariane hatte schon immer andere Männer als ich gemocht, aber mit so jemand Netten wie Marvin war sie noch nie zusammen gewesen.

Mir darüber Gedanken zu machen, ob ich den beiden einen Horrorabend oder freundliche Stunden miteinander verschafft hatte, bereitete mir allerdings Kopfschmerzen. Deswegen nutzte ich den Rest der Fahrt lieber, um über den Korkenziehermord nachzudenken. Das machte mich irritierenderweise weniger nervös.

Das Problem war, dass ich nicht so recht wusste, wen ich verdächtigen sollte. Delia schien das Familienmitglied zu sein, das zwischen allen vermittelte. Sohn Paul hatte irgendein Geheimnis und war nicht sonderlich angetan von Jörg gewesen. Eva-Maria war durchweg angsteinflößend und hatte sich womöglich von Jörgs Weinwissen bedroht gefühlt. Und ihr Ehemann stand eindeutig unter ihrem Scheffel. Und dann war da noch der nervöse Emil, der so viel Angst vor seiner Chefin hatte, dass ich mir sein Gesicht automatisch schweißgebadet vorstellte.

Alle und niemand gaben einen überzeugenden Mörder ab. Aber ein vernünftiges Motiv hatte bisher noch keiner. Eva-Maria traute ich durchaus zu, jemanden umzubringen, aber sie hätte doch nicht ihren eigenen Wein verdorben, in dem sie einen Finger ins Fass warf. Andererseits würde genau dieser Gedanke die Polizei natürlich von einem möglichen Verdacht abbringen, vielleicht war es also einfach nur ein Geniestreich ihrerseits. Aber selbst wenn: Das Motiv fehlte. Und das mit dem Morden war wie mit dem Joggen. Man brauchte definitiv eine starke Motivation, um sich das anzutun! Gerade wenn man einen Korkenzieher in die Halsschlagader eines Mitarbeiters rammte.

„Vielleicht wollte jemand einfach nur testen, ob der Korkenzieher funktioniert", schlug Emily halbherzig vor, als ich eine halbe Stunde später meine Gedanken mit ihr teilte, während ich die Sträuße, die über Nacht im Kühlfach gestanden hatten, im Verkaufsraum verteilte.

Meine Schwester hingegen saß hinter der Kasse und blätterte in dem Werk *Babys und Kindeserziehung für Dummies* herum. Wahrscheinlich das Buch, das unsere Schwägerin Stephanie ihr mitgebracht hatte.

„Und warum sollte man dafür eine Halsschlagader benutzen und nicht etwa einen Korken?", wollte ich wissen.

„Keine Ahnung. Vielleicht hat der Mörder eine dieser Dauerwerbesendungen gesehen, in denen groß rumgetönt wird, dass man mit diesem *krassen* Messer auch Dosen zweiteilen kann. Und dann wollte er testen, ob er mit diesem *krassen* Korkenzieher wirklich alles öffnen kann. Auch einen fremden Hals."

Ich musste lachen. „Das wäre ein schreckliches Mordmotiv!"

„Jedes Mordmotiv ist schrecklich. Weil es jemanden dazu bringt, jemand anderen umzubringen", erklärte Emily weise. „Wem gehörte der Korkenzieher überhaupt?"

Mhm, das war eine gute Frage. „Keine Ahnung", gab ich zu.

„Sobald du in einen Mordfall schlitterst, sind das deine Lieblingswörter."

„Hey, am Ende löse ich den Fall immer!"

„Ja, das stimmt. Deine Erfolgsquote ist recht hoch", gab sie zu. „Vor allem, wenn du Hilfe von mir bekommst."

Sie lächelte breit und ich verdrehte die Augen. „Heißt das, du willst mithelfen?"

„Nee, hab zu viel zu tun." Sie hielt ihr Buch in die Höhe. „Ich muss jetzt vernünftig werden und kann nicht mehr irgendwelchen Mördern nachlaufen. Finn holt mich auch gleich ab, wir wollen bei Ikea nach Babyzeug gucken."

„Emily, du bist heute für die Arbeit eingeteilt!", sagte ich perplex.

„Hab mit Sonja getauscht, die sollte in einer halben Stunde kommen", meinte sie achselzuckend. „Ist das okay?"

Mit großen Augen sah sie mich an, die Hand beschützend auf ihren Bauch gelegt, der wirklich noch nicht allzu gewölbt war.

Kopfschüttelnd seufzte ich. Wie konnte es sein, dass ich wusste, dass sie mich von vorne bis hinten manipulierte ... und ich trotzdem unfähig war, Nein zu sagen? „Ja, ist okay", grummelte ich. Wenn Sonja, meine angestellte Floristin, nichts dagegen hatte, war es schon in Ordnung.

Die Türglocke ging und Finn spazierte herein.

„Hallo, schöne Frau", begrüßte er Emily, während er mich vollkommen ignorierte.

Das Gesicht meiner Schwester begann zu leuchten, und ich seufzte innerlich auf. Sie waren wirklich lächerlich süß. Süßer als Josh und ich. Wir stritten zu viel, als dass wir den Titel verdient hätten. Ich wollte ihn auch gar nicht haben. Wir waren das ... chaotische

137

Pärchen? Das Pärchen, das sich bei der Hochzeit nicht einig wurde?

Oh Gott, das eine war ja schrecklicher als das andere!

„Ey, du wolltest noch nicht ohne mich weiterlesen!", beschwerte Finn sich, nachdem er Emily so unsittlich geküsst hatte, dass Mama schockiert die Luft eingesogen hätte.

„Sorry, es war gerade so spannend", meinte Emmi und legte das Buch auf den Tresen. „Ich hab gelernt, wie man Kinder davon abhält, zu jammern."

„Uhh, nice!", meinte Finn und ließ sich neben ihr gegen den Tresen sinken.

„Ihr lest ... beide?", hakte ich nach. Denn das war überraschend. Emily hatte früher nicht einmal Packungsbeilagen gelesen und Finn sich auf Speisekarten beschränkt.

„Na ja, hat mir ein bisschen die Stimmung vermiest, dass sie noch keinen Film daraus gemacht haben", gab Finn zu. „Aber hey ... Ein Buch pro Jahr krieg ich hin."

„Gibt außerdem viele Bilder", sprang Emmi ein.

„Eben." Finn nickte bestätigend.

„Wow, cool. Bin stolz auf euch", meinte ich lächelnd. „Ihr scheint euch ja gut vorzubereiten."

„Ja", meinte meine Schwester abwesend und rümpfte die Nase. „Aber irgendwer hat hier schon wieder ein grässliches Parfüm drauf."

„Ich nicht", sagte Finn hastig, als sie ihn vorwurfsvoll ansah.

„Lou!", beschwerte sie sich sofort. „Was soll das? Ich hab dir doch gesagt, dass das nicht geht. Du riechst derbst nach Flieder, Stiefmütterchen, Geranien und ..."

Ich warf ihr einen ironischen Blick zu. „Was du nicht sagst", bemerkte ich trocken und gestikulierte zum Innenraum des Blumenladens, der zurzeit größtenteils mit Flieder, Geranien und Stiefmütterchen bestückt war.

„Oh ja." Überrascht hob sie die Augenbrauen. „Sorry. Dann habe ich dich zu Unrecht beschimpft."

Ich öffnete perplex den Mund. Jetzt entschuldigte sie sich auch noch und sah ein, dass sie falschlag? Was passierte hier? War ihr Baby magisch?

„Voll krass mit dem Wein, oder?", meinte Finn und tätschelte Emily abwesend den Kopf. „Josh meinte, das wären über zweihundert Liter in jedem Fass gewesen und das mal zehn ..." Finn runzelte die Stirn. „Das sind mehr als zweitausend Liter Wein – für'n Arsch!"

„Mir gefällt das", meinte Emily. „Wenn ich nicht trinken darf, sollte niemand trinken dürfen." Überrascht sah ich Finn an. „Woher weißt du das?", fragte ich verblüfft. „Von dem Wein und den Fässern?"

Und Shit, war wirklich in jedem Fass ein Finger gefunden worden? Da war jemand gründlich gewesen.

„Hat Josh mir erzählt", meinte er.

Ungläubig sah ich ihn an. Josh erzählte seinem Bruder etwas über den Fall – und mir nicht?

„Jetzt guck nicht gleich, als hätte er hinter deinem Rücken Schokoladenkuchen gegessen oder so", meinte Finn belustigt. „Es ist ihm rausgerutscht. Hab ihn heute Morgen angerufen, um zu fragen, ob ihr heute Abend mit uns essen wollt, und er hat mir, süß wie der Schlawiner ist, an den Kopf geworfen, dass er die halbe Nacht Finger aus Weinfässern geborgen hat und ich ihn doch bitte nicht belästigen soll."

„Oh, wow … ihr wollt heute Abend mit uns essen? Und hat er noch was zum Fall gesagt?"

„Ja."

„Ja, ihr wollt mit uns essen oder ja, er hat noch was zum Fall gesagt?"

„Du hast recht, Emmi", meinte er leise. „Sie ist wie ein Hund mit einem Knochen."

„Ich kann dich hören, Finn!"

„Ich hab auch nicht sonderlich leise geflüstert", informierte er mich. „Aber ja, wir wollen heute Abend mit euch essen und ja, er hat noch gemeint, dass ich, falls ich mal wegen Mordes verdächtigt werden sollte, auf jeden Fall dem Polizisten mein Alibi nennen sollte, egal wie peinlich es wäre. Alles andere sei einfach nur dumm."

„Huh", machte ich. Hatte Julian ein Alibi, wollte es Josh aber nicht liefern? Was hatte Julian ihm erzählt? *Hatte* er ihm etwas erzählt? Och Mann, warum konnte Josh mir nicht einfach alles erzählen, was ich zum Fall wissen wollte? Damit würde er mir ein paar Kopfschmerzen ersparen.

„Guten Morgen, ihr Pappenheimer", ertönte zusammen mit der Türglocke eine weitere fröhliche Stimme. Trudi stolzierte herein. Heute in einem Albtraum aus rotem Samt und schwarzer Spitze, der an einer Vampirlady aus dem 19. Jahrhundert vielleicht hübsch ausgesehen hätte, vorausgesetzt man hatte mindestens minus vier Dioptrien und seine Brille verloren. Doch an Trudi wirkte es, als hätte sie sich als altmodische Couch verkleidet. Nur waren den Kissen ein wenig die Federn ausgegangen. Andererseits: Trudi konnte anziehen, was sie wollte. Ich liebte sie trotzdem abgöttisch – nicht

140

zuletzt deswegen, weil sie einen Teller Kekse im Arm trug.

„Ah, Trudi, du kommst genau rechtzeitig. Ich könnte ein wenig Zucker gebrauchen", bemerkte ich seufzend und zog den Teller zu mir heran, sobald sie ihn auf die Theke vor mir stellte.

„Oh, wieso?", wollte Trudi neugierig wissen.

„Ich hab gestern Wein getrunken, in dem ein Finger geschwommen ist", erklärte ich.

Trudi machte große Augen, dann zog sie die Klarsichtfolie von den Keksen – und ich war diejenige mit den großen Augen.

Es waren ihre berühmten Erdnussbutter-Schoko-Kekse! Die Kekse, über die ich Liebeslieder gesungen hätte, wenn ich auch nur das geringste musikalische Talent besäße. Die Kekse, die Josh immer als *zu süß* bezeichnete, also genau richtig waren.

„Aber warum solltest du ihn trinken, wenn ein Finger darin ist? Das ist doch selbst in Asien keine Delikatesse."

„Ich hab den Finger nicht gesehen", sagte ich abwesend, während ich mir versuchte zu erschließen, welcher Keks der größte und saftigste war.

„Oh, darüber musst du mir gleich mehr berichten." Begeistert klatschte sie in die Hände. „Wirklich, du enttäuschst nie, Louisa. Du hast immer witzige Wochenendanekdoten zu erzählen."

Ich zog eine Grimasse. „So witzig fand ich es nicht."

„Ach, was!" Sie winkte ab. „Etwas Verdorbenes trinkt jeder mal in seinem Leben."

Ja, Milch, die zu lange draußen stand, oder Bier, das schal geworden war. Aber doch keine Leichen-Sangria!

Doch bevor ich protestieren konnte, schob sie sich bereits an mir, Emily und Finn vorbei in Richtung meines Büros. „Du kannst schon einmal überlegen, ob du Musik anmachen willst, um deine Erzählung zu untermalen", schlug sie vor. „Ich geh nur kurz für kleine Seniorinnen." Im nächsten Moment verschwand sie in meinem Büro, an das eine Toilette angrenzte.

Das war okay. Ich brauchte ohnehin etwas Zweisamkeit mit den Keksen. Das Wasser lief mir im Mund zusammen, als ich die runde Schokostückchen-Perfektion betrachtete. Wohlig und voller Vorfreude seufzte ich auf, streckte die Hand nach dem Teller aus, nahm den ersten Keks, kreiste mit den Fingern über dem zweiten ... und Emily legte ihre Hand auf meine.

„Heute nur ein Keks, Lou."

Ich blinzelte, versuchte zu begreifen, was sie da von sich gegeben hatte, versagte jedoch. Denn es war absoluter Blödsinn aus ihrem Mund gekommen. „Was?"

„Nur ein Keks", wiederholte Finn.

„Ich möchte aber zwei", erwiderte ich irritiert.

„Wir sagten nur einen", beharrte Finn fest.

„Ich habe mir aber zwei verdient! Ich habe Finger-Wein getrunken. Ich brauche zwei Kekse! Mindestens."

„Louisa", meinte Emily streng. „Es ist wichtig, Zurückhaltung zu lernen. Du isst jetzt einen und wenn du heute Abend bei unserem Dinner dein Gemüse isst, kriegst du noch einen zweiten", fügte sie gönnerhaft hinzu.

Einige Sekunden lang starrte ich sie nur blinzelnd an. Dann stopfte ich mir den ersten Keks in den Mund und nahm mir den zweiten.

„Du bist unmöglich, Louisa. Wir sind sehr enttäuscht von dir!", sagte Finn sofort mit erhobenem Zeigefinger, die Augenbrauen zusammengezogen.

„Ja, sehr enttäuscht", meinte auch Emily und schüttelte quälend langsam den Kopf.

„Ich ... sorry!", sagte ich mit vollem Mund und hob abwehrend die Hände. „Aber ich wollte ... Ihr könnte nicht einfach ..." Augenblicklich hielt ich inne, bevor ich herunterschluckte und sie mit geöffnetem Mund anstarrte. „Oh mein Gott, ihr testet euer Buch an mir, oder?"

Das erklärte zumindest, warum Emilys tadelnder Gesichtsausdruck mich gerade erschreckend an den unserer Mutter erinnerte!

Emily sah unzufrieden zu Finn. „Mist. Sie ist klüger als eine Dreijährige", stellte sie griesgrämig fest.

„Na, dann nehmen wir Trudi als Testobjekt", murmelte Finn aus seinem Mundwinkel und nickte Richtung Draculaseniorin, die gerade wieder aus meinem Büro kam.

„Falscher Alarm", verkündete sie. „Ich musste gar nicht."

„Was für eine freudige Überraschung", bemerkte ich lächelnd und aß auch den zweiten Keks.

„Ja, ich vergesse manchmal, dass meine Blase schon etwas ausgeleiert ist und mir nicht mehr die richtigen Signale sendet", bestätigte Trudi. „Was machst du eigentlich hier, junger Rispo?" Sie hob eine ihrer dunkel nachgemalten Augenbrauen in Finns Richtung. „Ich dachte, du zähmst jetzt Tiere als Arbeit."

„Ich zähme sie nicht, schaufele eher Scheiße weg."

„Finn!", sagte Emily schockiert und hielt beide Hände auf den Bauch, als wolle sie ihrem Ungeborenen die Ohren zuhalten.

„Äh ... ich meine, ich schaufele ihre Exkremente weg", korrigierte er sich hastig. „Hab heute aber frei, Emmi und ich fahren zu Ikea, um Babyzeug zu kaufen."

Trudis Augen leuchteten auf. „Ich *liebe* Ikea! Jetzt, da ich verheiratet bin, kriege ich anders nicht mehr die Chance, so viele fremde Betten auszuprobieren. Kann ich mitkommen?"

Finn wurde etwas blass um die Nase und ich verstand ihn. Mit Trudi zu Ikea zu gehen, war wie ... nun, mit einem Kind zu Ikea zu gehen. Nein, zwei Kindern. Hilfesuchend blickte er zu Emily, die sich bereits räusperte.

„Ich glaube nicht, Trudi."

„Warum nicht?", fragte sie perplex. „Ich würde wirklich gern mitkommen." Sie schob ihre Unterlippe einen Zentimeter vor.

„Trudi, wir ...", sagte Emmi langsam und linste hinunter auf das Buch in ihrer Hand. „Wir brauchen Zeit zu zweit."

„Aber ihr werdet überhaupt nicht bemerken, dass ich da bin!"

„Gertrude", meinte Finn streng. „Wir sind deine ... Freunde. Wir wollen das Beste für dich. Und du wirst dich bei Ikea schrecklich langweilen."

„Das wisst ihr doch gar nicht", quengelte Trudi.

„Trudi." Emilys Stimme war inzwischen so samtig weich, dass sie auch gut als Sofabezug hätte herhalten können.

„Das nächste Mal kannst du wieder mit, in Ordnung? Und weißt du was? Du kannst zwar nicht mit zu Ikea, aber ich bin mir sicher, Louisa nimmt dich sehr gerne mit auf Mörderjagd." Sie warf mir einen Blick zu. „Du hast doch bestimmt gleich noch vor, etwas Illegales zu tun, oder?"

Oje, was tat sie? „Ähm, also, ich hab nicht genau darüber nachgedacht ..."

„Oh, fantastisch. Das ist lieb, Louisa", unterbrach Trudi mich begeistert und nahm sich selbst einen Keks. „Was machen wir denn?"

Ich stieß einen Schwall Luft aus. Klasse. Wirklich klasse. „Na ja, der derzeitige Verdächtige wurde gestern von der Polizei befragt und wir könnten bei ihm vorbeischauen, selbst Nachforschungen anstellen ...", schlug ich langsam vor. Denn mich interessierte wirklich, was Julian Baumann zu sagen hatte. Und ob das sein Schlüssel war, den ich in meiner Handtasche herumtrug.

„Superduper!" Trudis anfängliche schlechte Laune schien vergessen. „Geben wir uns diesmal als Polizistinnen aus? Ich wette, ich sähe sehr fesch in einer Uniform aus."

„Nein, das können wir nicht machen. Das ist *zu* illegal", meinte ich und zog eine Grimasse. Joshs Gesicht war ja schon wutrot angelaufen, als ich überlegt hatte, seine alte Uniform zu Karneval zu tragen. Weil es mich auf dumme Gedanken bringen könnte. Obwohl ich das lächerlich fand. Ich war kreativ genug, um vollkommen allein auf dumme Ideen zu kommen. „Ist auch egal. Julian kennt ohnehin mein Gesicht. Wir müssen uns irgendetwas anderes ausdenken."

„Ach, wir sind zwei sehr starke Köpfe, das klappt schon", sagte sie zuversichtlich und klopfte sich bestätigend gegen den Schädel. „Lass mich nur kurz Manni anrufen, wir wollten eigentlich gleich zusammen Mittagessen gehen."

„Es ist erst halb zehn, Trudi."

„Wer früh zu Abend isst, muss auch früh zu Mittag essen, Louisa", sagte sie und schnalzte tadelnd mit der Zunge, bevor sie zum Ausgang wuselte und ihr Handy herauszog, das so große Tasten hatte, dass selbst das Mordopfer ohne Finger es noch hätte bedienen können. Trudi behauptete, dadurch würde sie sich zart und weiblich fühlen, auch wenn wir alle wussten, dass ihre Augen einfach so furchtbar schlecht waren, dass ihr Sohn auf dieses Handy bestanden hatte.

„Vielen Dank auch", zischte ich meine Schwester an, sobald Trudi den Laden verlassen hatte. „Mit Trudi einen Mörder zu jagen, ist wie mit Leuchtpfeil über meinem Kopf verstecken zu spielen!"

Meine Schwester grinste nur. „Das Buch funktioniert wirklich gut." Sie öffnete es und tippte auf eine Überschrift. *Wenn ihr Kind jammert,* stand da. „Man soll einem quengeligen Kind mit einer geschlossenen Front begegnen", sie deutete zu Finn, „versuchen es abzulenken und geduldig seinen Standpunkt vertreten. Wenn das nicht hilft, muss man eine alternative Lösung anbieten."

„Und ich bin die Lösung?", erwiderte ich angesäuert.

„Ist doch mal eine nette Abwechslung für dich, oder nicht?", meinte Finn abwesend. „Wo du doch sonst immer von allen als Problem bezeichnet wirst. Vor allem von Joshi."

Düster sah ich ihn an. „Danke, Finn."

„Gern", sagte er enthusiastisch und stieß sich vom Tresen ab. „Also, dann. Wir müssen mal los, Emmi. Und dich sehen wir ja heute Abend, Lou. Wir essen bei euch. Um acht. Müsst euch auch nicht reinhängen oder so. Kleine Vorspeise, Hauptgang und Nachtisch reicht."

Ich prustete. „Danke, sehr freundlich."

„Ach, als würdest du kochen", murmelte Emily und drückte mich kurz an sich.

Na, da hatte sie auch wieder recht. Das Drei-Gänge-Menü würde ich an Josh abtreten. Er hatte größere Hände – und ich keine Lust. Josh würde über meine Argumentation die Augen verdrehen, da er jedoch gerne kochte, nicht widersprechen. Er würde sich sehr viel mehr darüber aufregen, dass ich Trudi mit auf Recherche nahm, da sie seiner Meinung nach eine Gefahr für die nationale Sicherheit sowie seinen Verstand war.

„Manni wünscht uns viel Spaß", verkündete Trudi atemlos und ließ die Tür hinter sich zufallen. „Oh, das wird spannend." Sie wackelte freudig mit dem Kopf. „Ich bin schon so lange keinem Mörder mehr hinterhergerannt."

Trudi war noch *nie* einem Mörder nachgerannt. Ihre künstliche Hüfte erlaubte es ihr höchstens, einem Mörder zügig nachzuwatscheln.

„Ich weiß nicht, ob das heute so aufregend wird", gab ich zu. „Ich kann nicht wirklich mit Julian reden ..."

„Aber wir können in seine Wohnung einbrechen!", schlug sie sofort vor.

„Ich breche nirgendwo ein. Ich *stehle* mich hinein."

„Worin liegt da der Unterschied?", wollte sie blinzelnd wissen.

Nun, das eine hörte sich sehr viel verwerflicher an! Doch ich hatte kein Interesse, diese gedankliche Richtung weiterzuverfolgen, also sagte ich nur: „Okay, Trudi. Wir gehen in meiner Mittagspause. Sobald Leonie kommt und Sonja mit dem Laden unterstützen kann. Wir müssen nur noch herausfinden, wo Julian Baumann wohnt."

„Oh, das lass mich mal machen!", verkündete sie fröhlich. „Ich habe da meine Quellen."

# Kapitel 10

Ihre Quelle war Herr Google.

Trudi hatte eine besondere Beziehung zu der Internet-Suchmaschine und ich war mir fast sicher, dass ihr nicht zu hundert Prozent klar war, dass Google keine Person war, die ihr Informationen zuspielte, sondern ein Programm. Zumindest hatte sie letztes Jahr versucht, Herrn Google zu ihrem Geburtstag einzuladen, indem sie *Möchtest du zu meinem Geburtstag kommen?* in die Suchleiste eingegeben hatte. Herr Google hatte ihr leider nicht die Ehre gemacht, doch Trudi hatte das verstanden. Er sei ein vielbeschäftigter Mann.

Wie auch immer: Sie war richtig gut darin geworden, die Infos zu finden, die sie brauchte, und unterrichtete mich in der Mittagspause, als wir zu meinem Wagen liefen, darüber, dass Julian Baumann etwas außerhalb in Weiden wohnen würde. Nicht unweit des Weinguts *Hals und Weinbruch*, das seinem Vater gehörte. Seine Adresse war im Impressum der Website vermerkt, für die er offensichtlich zuständig war.

„Oh, Herr Google sagt mir auch direkt, dass das Weingut 4,1 Sterne hat und das der Königs 4,6", verkündete sie, als wir meinen Passat erreichten, und rümpfte die Nase. „Weißt du, ich habe dieses Sternesystem noch nie verstanden. Warum sollten fünf Sterne gut sein, wenn

149

es doch unendlich viele davon gibt? Im Vergleich erscheint mir fünf immer noch sehr traurig ... Und oh, das hier ist gemein! Hier hat jemand nur einen Stern für das Weiden-Weingut gegeben und geschrieben: *Die Plörre, die die Baumanns als Wein verkaufen, ist selbst für Jugendliche im Saufrausch zu schade. Das Einzige, was noch schlimmer ist als ihr Wein, sind ihre Manieren. Der Service erinnert an den einer unbeaufsichtigten Gefängniszelle. Uiuiui.*" Sie schüttelte den Kopf und ließ das Handy sinken. „Menschen sind wirklich fies."

Ich schnaubte. Ja. Denn unter anderem mordeten sie. Und wenn diese Bewertung nicht von der Familie König kam, trank ich ein ganzes Fass Leichen-Wein!

Mann, die beiden Familien ließen wirklich kein gutes Haar aneinander, und unwillkürlich fragte ich mich, was ihre Feindschaft ausgelöst hatte. Wie waren sie von der harmonisch aussehenden Freundesgruppe auf dem Bild im Flur der Königs zu einer Ansammlung hysterischer Furien geworden?

Mein Handy vibrierte mit einer Nachricht und ich zog es aus meiner Hosentasche. Sie war von Ariane.

*Und, kann Marvin heute Abend?*

Oh, Mist. Das hatte ich beinahe vergessen!

„Trudi, setz dich doch schon einmal rein, ich muss noch kurz telefonieren, okay?"

Meine ehemalige Angestellte nickte nur, bevor sie um die rote Motorhaube herumlief und sich auf dem Beifahrersitz niederließ, während ich Marvins Nummer wählte.

Er hob nach dem dritten Klingeln ab. „Louisa, ich sollte wirklich nicht mit dir reden", begrüßte er mich mit gesenkter Stimme. „Bei all den geheimnisvollen Anrufen denkt Joshua noch sonst was."

Ach, bitte, das Einzige, was Josh denken würde, war, dass ich furchtbar entnervend war, sobald ich eine Leiche fand. Etwas, das ihm seit Jahren klar sein sollte. „Marvin, es geht auch ganz schnell", versprach ich. „Ich wollte nur ..." Ich hielt inne. Wenn ich ihn schon einmal an der Strippe hatte, dann sollte ich das ausnutzen, oder? „... nur ein paar Fragen stellen und dir dann eine gute Nachricht überbringen", änderte ich deswegen meinen Kurs.

„Was für Fragen?" Marvins Stimme wurde sofort misstrauisch.

„Nun, mich würde interessieren, wem eigentlich der Korkenzieher gehört hat, der in Jörgs Hals steckte."

„Es war ein Korkenzieher des Weinguts", murmelte er, offenbar überzeugt davon, dass diese Info nicht allzu wertvoll war.

„Ah, denkt Josh deswegen, dass einer aus der Familie der Täter ist?" „Ich vermute es."

„Hat Julian Baumann denn irgendetwas Nützliches von sich gegeben?"

„Nee. Julian Baumann redet überhaupt nicht." Marvin seufzte. „Ich durfte ja nicht bei der Befragung dabei sein, weil sonst rauskäme, dass ich Polizist bin, und Rispo meint, dass er sich meine Undercover-Persönlichkeit vielleicht noch zu nutzen machen möchte. Doch er hat mir erzählt, dass Julian den ganzen Abend kein Wort gesagt hat. Wir mussten ihn schließlich gehen lassen, weil wir keine Indizien bis auf seine roten

Wangen hatten. Rispo ist etwas ... ähm, frustriert deswegen. Er ist ziemlich sicher, dass er irgendetwas geheim hält."

So so. War er das. Ich musste ihm recht geben. Julians Verhalten gestern war schon sehr auffällig gewesen. Ja, bei ihm mit der Recherche weiterzumachen, war eine gute Idee. „In Ordnung, danke, Marvin. Dann noch eine vorletzte Sache: Ist Josh nett zu dir? Wegen gestern?"

„Ähm, doch. Er ist fast normal."

„Fast?"

„Na ja ... manchmal fragt er mich, ob ich seine Vermutungen lieber noch mit dir abklären will oder ob es auch ohne dich geht", bemerkte er zerknirscht.

„Der Witzbold", sagte ich betreten. „Er meint es nicht ernst."

„Jaja. Bestimmt", machte Marvin, doch er klang noch immer unsicher.

Okay, es wurde Zeit, seine Stimmung zu heben. „Mach dir nichts draus! Konzentrier dich lieber auf heute Abend – da hast du nämlich ein Date mit Ariane."

Schockierte Stille war die Antwort. Dann: „Wirklich?"

„Jap. Ich schick dir gleich ihre Nummer, dann kannst du mit ihr die Details ausmachen, in Ordnung?"

„Ojemine. Das ist ... schnell. Das Date."

„Ja, weniger Zeit für dich, dich verrückt zu machen. Wirklich Marvin, der Abend wird bestimmt entspannt und lustig."

„Aber *ich* bin weder entspannt noch lustig, Louisa", gab Marvin zu bedenken.

„Ariane ist entspannt genug für euch beide", versprach ich ihm. „Also, viel Spaß, Nummer kommt gleich, bis dann!"

Im nächsten Moment legte ich auf. Damit Marvin mich nicht nach weiteren Tipps ausfragen konnte. Er war ein erwachsener Mann. Er würde schon wissen, was er sagen und nicht sagen sollte.

Ich nickte, wie um mir meine Gedanken selbst zu bestätigen, schickte Marvin Arianes Kontakt und packte dann das Handy weg. Ich hatte dringlichere Probleme: Wie recherchierte ich möglichst unauffällig und unbemerkt, während ich mit Draculas Großmutter herumlief?

Seufzend zog ich die Fahrertür auf. Ein Schritt nach dem anderen. Vielleicht würde es einfach sein, einen Blick in Julians Räumlichkeiten zu werfen. Vielleicht bewohnte er ein Einfamilienhaus mit großen Fenstern und kaum Nachbarn, in das ich einfach mal hineinlugen konnte.

Ja, vielleicht war es genauso.


Zwanzig Minuten später wurde mir klar, dass ich absolut verblendet gewesen war. Denn Julian Baumann wohnte in einer Wohnung im dritten Stock eines Zwanzig-Parteien-Wohnkomplexes. Natürlich tat er das. Das hier war Köln und er Mitte zwanzig. Es war ein bräunlicher Zementblock mit einer Menge Balkonen, die wie hundert Augen auf uns hinabstarrten. Nein, nicht hundert. Zehn. Die anderen zehn waren sicherlich auf der anderen Seite.

„Auweia, das sieht nach einer Menge Treppen aus", verkündete Trudi, nachdem wir das Klingelschild studiert hatten.

„Du hast recht. Vielleicht bleibst du lieber hier unten?", schlug ich unschuldig vor.

„Ach, papperlapapp." Sie machte eine wegwerfende Handbewegung und spazierte mir voran durch die Eingangstür, die sperrangelweit offenstand. „Sie haben einen Fahrstuhl, siehst du? Und ich will nichts verpassen. Du brichst doch nicht alle Tage irgendwo ein."

Oh Mann, konnte sie noch ein wenig lauter reden?

„Trudi, ich hab es dir doch schon gesagt: Ich *breche* nirgendwo ein", wisperte ich mit gesenkter Stimme und folgte ihr in den Aufzug, bevor ich die Taste für den dritten Stock drückte. „Wirklich, ich bin noch *nie* in eine Wohnung eingebrochen."

„Doch, natürlich bist du das."

„Nein. Ich habe immer geklingelt oder nach offenen Türen gesucht. Ich habe noch nie ein Schloss geknackt oder so."

„Oh, ich schon", sagte Trudi fröhlich und zückte im nächsten Moment einen Schraubenzieher.

Ungläubig sah ich sie an. „Wo hast du den denn jetzt her?"

„Ich trage ihn mit mir herum, Lou", sagte sie und schnalzte missbilligend mit der Zunge. „Mir hat mal jemand gesagt, dass ich nicht alle Schrauben locker hätte, also habe ich ihn vorsichtshalber eingepackt." Sie neigte nachdenklich den Kopf. „Manny meinte dann, dass das eine Beleidigung sein sollte. Aber den Schraubenzieher habe ich seitdem trotzdem immer dabei."

„Wir werden *keine* Tür aufbrechen!", sagte ich scharf, während sich der Fahrstuhl ruckelnd in Bewegung setzte.

„Warum nicht? Ich wollte es schon immer mal ausprobieren."

„Und ich wollte schon immer mal ausprobieren, meinen Kopf in ein Hornissennest zu stecken, doch es ist keine gute Idee, also lasse ich es!", meinte ich ungläubig.

Irritiert sah die alte Dame mich an. „Du weißt schon, dass es seit dem Zeitalter des Internetzes andere Möglichkeiten gibt, ein Hornissennest von innen zu betrachten, oder? Warum solltest du deinen Kopf in eines stecken müssen, wenn Herr Google es dir auch so zeigen kann?"

Ich seufzte. „Es war nur ein Beispiel, Trudi! Wir können kein Schloss knacken. Josh *müsste* dich festnehmen, wenn du es tätest."

„Nur wenn wir erwischt werden", widersprach sie. „Und ehrlich, Louisa: Ich bin alt und süß. Jeder Richter wird glauben, dass ich nur geistig verwirrt war und nicht ins Gefängnis gehöre."

„Ist mir egal, wir werden *kein* Schloss knacken", beharrte ich, als der Fahrstuhl einen hellen Ton von sich gab und die Türen für uns öffnete.

„Ist ja schon gut", murrte Trudi. „Mann, wann bist du so eine Spaßbremse geworden?"

Als ich sie kennengelernt hatte. Genau dann. Weil einer von uns beiden es hatte sein müssen. „Ist doch auch egal, Trudi. Lass uns doch erst mal auf Wichtigeres konzentrieren. Zum Beispiel darauf, welche von den Wohnungen hier Julian gehört."

Ich trat einen weiteren Schritt vor und sah mich um. Wir befanden uns in einem schmalen Gang mit sonnengelb gestrichenen Wänden und dunklem PVC-Boden, der teuren Marmor vorheuchelte, jedoch an manchen Stellen wellig war und so die Illusion zerstörte. Sechs Türen gingen vom Flur ab. Eine davon führte zum Treppenhaus, fünf andere zu Wohnungen, die entweder blank oder mit Blumenkränzen behängt waren. An einer hing einfach nur ein Schild, auf dem *Klingel kaputt, bitte laut Klingeling rufen!* stand.

Nur zwei Klingeln waren mit Namensschildern versehen ... und tatsächlich: die mittlere rechte zierte der Name *Baumann*.

Gott sei Dank. Noch schlimmer, als irgendwo einzubrechen, war es, in die falsche Wohnung einzubrechen! Obwohl wir ja nirgendwo einbrechen würden, wie ich bereits festgelegt hatte.

„Louisa, wenn du kein Schloss aufbrechen willst, was genau hast du dann vor?", fragte Trudi pikiert und sprach somit die Frage aus, die sich gerade selbst in meinem Kopf gebildet hatte.

„Nun ja, vielleicht ist die Tür nicht abgeschlossen", sagte ich langsam.

„Wenn sie nicht abgeschlossen ist, ist Julian vermutlich noch hier."

„Ich glaube nicht. Er ist bestimmt nicht da."

„Wieso denkst du das?", wollte Trudi wissen.

„Weil es mitten am Tag ist und er auf der Arbeit sein wird."

„So wie du auf der Arbeit bist?"

Okay, touché. „Ich hab einfach im Gefühl, dass er nicht da ist", beharrte ich.

„Wieso?"

Na ja, *wenn* er da war, konnte ich nicht in seiner Wohnung spionieren. Und da er bereits mein Gesicht kannte, würde er mir nicht glauben, dass ich Journalistin oder irgendetwas anderes war, was ihn dazu veranlassen könnte, mit mir reden zu wollen.

„Ich weiß es einfach, Trudi! Er ist nicht hier und ..." Ich wurde von einem Knarren unterbrochen, weil jemand Julians Tür von innen öffnete.

Oh, Mist.

Ich zuckte zusammen, packte Trudi hastig am Arm und wandte dem Eingang den Rücken zu, um so zu tun, als wären wir auf dem Weg zur Wohnung hinter seiner.

„Autsch!", machte Trudi, also warf ich ihr einen warnenden Blick zu, damit sie still war.

Ich horchte, hörte wie sich Schritte entfernten und als ich einen kurzen Blick über die Schulter warf, erkannte ich gerade noch, wie Julian mit einem Wäschekorb im Arm den Fahrstuhl bestieg.

„Louisa, auf dein Gefühl kann man sich wirklich nicht verlassen", stellte Trudi das Offensichtliche fest, sobald die Türen sich schlossen.

„Nein, aber auf mein Glück schon", bemerkte ich und nickte zu Julians Wohnungstür, die er nur angelehnt hatte. Sicherlich weil er nur kurz in den Waschkeller ging. Er würde nicht lange wegbleiben.

„Jetzt oder nie", wisperte ich, wandte mich um und drückte die Tür zu Julians Wohnung auf. „Ich schätze, du willst nicht draußen warten und Schmiere stehen?"

Trudi sah mich nur verärgert an. Als hätte ich ihre Kekse beleidigt. „Ich bin gern da, wo die Action ist, Lou. Das weißt du doch." Keine Sekunde später schob sie sich unwirsch an mir vorbei in die fremde Wohnung.

Seufzend nickte ich, bevor ich ihr folgte. Ich lehnte die Tür wieder an, was einerseits schlecht war, weil jeder hier reinspazieren konnte, andererseits beruhigend, weil wir so Julians Schritte besser hören konnten, sobald er zurückkehrte. Obwohl es wohl schon zu spät sein würde, wenn wir seine Schritte hörten. Egal, ich verschwendete Zeit mit Sorgen, über die sich Zukunfts-Louisa auch noch Gedanken machen konnte.

Trudi war bereits dabei, den Müll neben einem weißen Ikea-Schreibtisch zu durchwühlen, als ich anfing, mich umzusehen.

„Sonst nimmst du einem immer den Müll weg. Aber diesmal war ich schneller!", meinte meine Komplizin triumphierend.

Ich lächelte nur milde, denn die Tatsache, dass ich immer die Erste war, die fremden Müll durchwühlte, war nichts, worauf ich sonderlich stolz war. Im Gegenteil. Ich war sogar erleichtert, dass Trudi mir diese lästige Aufgabe abnahm.

Ich nutzte die gewonnene Zeit damit, mich einmal um die eigene Achse zu drehen. Julian wohnte in einem Ein-Zimmer-Apartment mit offener Küche, einem mit einem Bücherregal separierten Schlafzimmerbereich und einem kleinen Bad, das ich durch eine offene Tür zu meiner Rechten erblickte. Die Wohnung war höchstens vierzig Quadratmeter groß, was praktisch war, denn das machte es einfacher, sie zu durchsuchen.

Das Bücherregal ließ ich außer Acht, da ich dort nur eine Menge deutscher Klassiker erblickte, die Hunderttausende Menschen vorgaben, gelesen zu haben, obwohl sie eigentlich nie über den Klappentext hinausgekommen waren, sowie Sachbücher über Wein und Trauben und andere Dinge, die mit jenem alkoholischen Getränk zu tun hatten, über das ich seit dem Finger-Vorfall nicht mehr nachdenken wollte.

Trudi war mittlerweile zum Schreibtisch übergegangen, also nahm ich mir das Schlaf-Séparée vor. Ein hölzernes eins vierzig Bett mit doppelter geblümter Schlafgarnitur empfing mich. Die Laken waren zerwühlt, so als sei Julian erst vor Kurzem aufgestanden, was ich mir gut vorstellen konnte, da er die halbe Nacht auf dem Polizeipräsidium verbracht zu haben schien. Zwei Nachttische flankierten das Bett, beide mit einem E-Book-Reader, ein paar leeren Schokoriegelpackungen und einem Glas Wasser ausgestattet. Es sah ganz danach aus, als hätte Julian die Nacht nicht allein verbracht. Doch als ich mich nach Fotos umsah, konnte ich keine entdecken. Nur ein großes Ölgemälde, das Weinberge zeigte, hing über dem Bettkopf. Wow. Wie besessen konnte man von vergorenen Trauben sein?

„Louisa, dafür, dass das hier deine Idee war, mache ich die ganze Arbeit", verkündete Trudi pikiert.

Ich blinzelte und zog eine Grimasse. Sie hatte recht. Ich hatte bestimmt eine geschlagene Minute nur dumm herumgestanden und in die Gegend gestarrt. Ich sollte mich wirklich beeilen, wahrscheinlich hatten wir nur noch ein paar Minuten. Also drängte ich mich hastig an der rechten Seite des Bettes vorbei und zog die Schublade des Nachttischs auf. Doch die Schublade war vollkommen leer, ebenso wie das Fach darunter. Ich kletterte übers Bett, um mir auch den anderen Nachttisch vorzunehmen. Dieser war zwar nicht leer, aber die Überraschungsei-Spielzeuge, das Gleitgel und die Packung Kondome waren jetzt auch nicht unbedingt ein hilfreicher Hinweis darauf, wie viele Menschen Julian wohl schon umgebracht hatte.

Frustriert schloss ich die Schublade wieder, bevor ich mich auf den Boden hockte und unters Bett sah. Doch auch hier fand ich nichts, außer eine Menge Staubflusen, ein vergessenes Buch, das versprach, die besten Weine Südfrankreichs zu beinhalten, und einen einzelnen Frauenschuh. Einen von diesen hochhackigen Teilen, die wunderschön aussahen, aber die Füße nach nur einer Stunde in Hackfleisch verwandelten.

„Ich glaube, Julian hat eine Freundin", verkündete ich leise.

„Und Geschmack", ergänzte Trudi. „Schau dir mal das hier an. Das ist wirklich sehr hübsch. Meinst du, das ist echtes Gold?"

Blinzelnd hievte ich mich wieder auf die Füße und wandte mich zu Trudi um, die ein goldenes Kästchen in den Händen hielt.

„Wo hast du das denn her?", wollte ich wissen und eilte ums Bett herum.

„Lag im Schreibtisch. Aber es ist verschlossen."

Stirnrunzelnd nahm ich ihr die Dose aus den Händen und streifte mit dem Zeigefinger sacht über das kühle Metall. Die Dose war wirklich wunderschön. Ein wenig größer als meine Hand und kunstvoll golden verschnörkelt. Als würde sie aus dem alten Venedig stammen. Oder irgendeiner anderen Stadt, die man mit antiker Handwerkskunst verband. Ich versuchte sie aufzuklappen, doch Trudi hatte recht. Sie war verschlossen.

„Schade, oder?" Trudi wackelte mit den Augenbrauen. „Wenn ich etwas Geheimes verstecken würde, dann hier drin."

Ich musste ihr recht geben. Das Kästchen schrie nach etwas Privatem, Besonderem. Diese goldenen Schnörkel waren wirklich einzigartig. Die hatte ich noch nie ... Ich hielt inne. Moment. Das stimmte nicht. Ich hatte sie schon einmal gesehen. Mein Puls schoss in die Höhe und aufgeregt sah ich zu Trudi.

„Trudi, ich glaub, ich hab den Schlüssel hierfür."

„Was?"

Ich nickte, bevor ich ihr das Kästchen reichte, mit fahrigen Händen und wild klopfendem Herzen nach meiner Umhängetasche griff und das kleine Fach in ihrer Innenseite abtastete. Keine Sekunde später hatte ich den goldenen Schlüssel gezückt, der Julian anscheinend aus der Tasche gefallen war, als er versucht hatte, seinen Vater davon abzuhalten, auf Eva-Maria loszugehen. Wenn ich mich nicht irrte, dann ...

Trudi warf das Kästchen geräuschvoll auf den Boden und zertrümmerte es mit ihrem Fuß.

Schockiert sah ich sie an. „Trudi! Ich hab doch gesagt, ich habe den Schlüssel!"

„Hä?" Sie runzelte die Stirn und hielt ihre Hand ans Ohr. „Wann?"

Oh Mann. Sie hatte nicht „Was?" gesagt, weil sie sich darüber gewundert hatte, dass ich den Schlüssel besaß. Sie hatte „Was?" gefragt, weil sie mich schlichtweg nicht verstanden hatte.

„Egal." Seufzend winkte ich ab, bevor ich mich im nächsten Moment auf den Boden hockte, um den Inhalt des Kästchens zu untersuchen, der sich über den schweren Teppich ergossen hatte.

Es war randvoll mit Briefen gefüllt gewesen. Dicken, schweren Briefe, Hand beschrieben, noch in ihrem Umschlag.

„Oh, vielleicht ist das eine Schatzkarte!", mutmaßte Trudi sofort. „Vielleicht ist irgendwo auf dem Weingut der Königs ein alter Wikingerschatz vergraben."

„Die Wikinger haben es nicht bis nach Köln geschafft, Trudi", gab ich zu bedenken und zog wahllos einen Brief aus seinem Umschlag.

„Das ist nicht wahr!", widersprach Trudi vehement. „Hast du etwa noch nie etwas von den Raubzügen ins Rheinland gehört? Also wirklich. Die Schulbildung von heute lässt wirklich zu wünschen übrig. Da erzählen sie euch was zum Satz des Pharaos und all dem anderen unsinnigen Zeug, aber erwähnen nicht, dass neunhundert nach Christus Wikinger die Stadt geplündert haben."

„Der Satz des Pharaos?", fragte ich irritiert und ließ mich einen Augenblick von dem Brief ablenken.

„Na, dieser Typ, der alles zum Quadrat nimmt."

„Du meinst den Satz des Pythagoras", ging mir das Licht auf und ich faltete das Stück Papier auseinander.

„Junge Dame, weiß ich doch nicht, wie der Pharao mit Vornamen hieß", beschwerte sich Trudi. „Ich kann auch wirklich nicht alles wissen."

Ich nickte nur schmunzelnd und horchte kurz in die Stille hinein. Als ich jedoch weder den Fahrstuhl noch Schritte hören konnte, senkte ich den Blick auf den Brief.

Es war keine Schatzkarte. Es war ein Liebesbrief. Ein ziemlich schnulziger noch dazu.

Sätze wie:

*Wenn du eine Träne von mir wärst, würde ich nie wieder weinen, aus Angst, dich zu verlieren.*

Oder:

*Dein Lächeln erinnert mich an den ersten Sonnenstrahl, der sich über den Horizont kämpft und einen warmen Sommertag verspricht*

fielen. Ich nahm mir nicht die Zeit, jedes Detail zu lesen, das Grobe bekam ich auch so mit.

All diese sülzigen Worte interessierten mich eigentlich auch gar nicht. Mein Blick war am Ende des Briefes hängengeblieben, genauer gesagt an der Unterschrift der Schreibenden.

*In Liebe, Delia*

stand da.

Und wie viele Delias kannte Julian wohl?

„Oh Gott", murmelte ich und mein Herz sprang mir in den Hals. Ja, Julian hatte eine Freundin. Und zwar die Tochter des verfeindeten Weinguts. Auf einmal wunderte es mich kaum noch, dass jemand gestorben war. Denn diese Tatsache konnte nur Drama bedeuten. Aber die Eltern wussten nichts davon, oder? Gestern waren Julian und Delia in einem Raum gewesen und hatten nicht den Anschein gemacht, dass sie sich überhaupt kannten, geschweige denn liebten. Nein, niemand schien es zu wissen. Die beiden waren mit Sicherheit

heimlich zusammen. Aber was, wenn Jörg es herausgefunden hatte? Wenn er damit gedroht hatte, es ihren Eltern zu verraten und ihre Liebe somit unmöglich zu
machen? Das wäre ein solides Mordmotiv, oder? Nicht
zu vergessen ein sehr guter Netflix-Film oder aber auch
eine Shakespearetragödie.

„Was ist?", wollte Trudi wissen und entriss mir ungeduldig den Brief. „Du hast das Gesicht verzogen, als
hätte ich Rosinen in meine Kekse gebacken. Ich habe
was verpasst, oder?" Sie verengte ihre Augen und sah
nun aus wie ein blindes Huhn, das eben doch nie ein
Korn fand. „Ich kann das wirklich nicht lesen, Louisa",
stellte sie nach ein paar Sekunden fest. „Was steht denn
da?"

„Es ist ein Liebesbrief", erklärte ich. „Von der Tochter
der Familie König an Julian. Die beiden scheinen zusammen zu sein."

Trudi sog so scharf und lange Luft ein, dass ein anderer Mensch Angst bekommen hätte, dass sie gleich in
Ohnmacht fiel. Doch ich kannte ihren Hang zur Dra-
matik und wartete nur darauf, was sie als Nächstes sagen würde.

„Oh, das ist wie bei Romeo und Julia!" Sie seufzte
schwer und drückte sich beide Hände auf die Brust. „So
schön! Meinst du, sie bringen sich am Ende zusammen
um?"

„Ich hoffe nicht!" Ein Toter die Woche reichte mir.

Trudi rümpfte die Nase. „Ja, ich schätze, weniger Tote
sind tendenziell besser – aber auch weniger romantisch."

„Der Tod ist nicht romantisch!"

„Oh bitte, hast du mal *Wie ein einziger Tag* gesehen? Sie sterben am Ende – *gemeinsam*. Das alte Pärchen bei Titanic, das auf ihrem Bett in den Tod treibt? Hedwig, die Eule von Harry Potter, die sich für ihn in den Tod stürzt? Du kannst mir nicht erzählen, dass all diese Tode nicht äußerst romantisch waren!"

Hm. Sie hatte nicht ganz unrecht. Die Medienbranche vermittelte da ein wirklich verqueres Bild. Das Problem sollte man mal angehen. Aber nicht heute.

„Klasse. Die Capuweins gegen die Montakorks", meinte ich gequält und stopfte hastig das Papier zurück in den Umschlag. „Nur leider stirbt in dem Stück mehr als nur einer."

Ich hoffte also, dass unsere Mordgeschichte keine weiteren Shakespeare-Parallelen zog.

„Okay, ich glaub, das sind erst mal genug Infos, wir sollten jetzt wirklich ..." Doch ich kam nicht dazu, meinen Satz zu beenden. Denn ich hatte recht damit gehabt, dass wir dank der offenen Tür die Schritte draußen auf dem Gang besser hören konnten. Leider hatte ich ebenso recht damit gehabt, dass es für uns bereits zu spät sein würde, die Wohnung zu verlassen, sobald eben diese Schritte erklangen. Was sie taten.

„Da ist jemand", zischte ich.

„Oh, meinst du, das ist Julian?", fragte Trudi neugierig.

Ich gab uns nicht die Zeit, es herauszufinden. Panisch stopfte ich den Brief zurück in das zerbrochene Kästchen, dessen Überreste ich in eine der offenen Schreibtischschubladen verfrachtete, und sah mich im Zimmer um. Doch es gab nicht viel Platz, wo man sich hätte verstecken können. Klar, ich hätte mich zu den Staubmäusen unter das Bett legen können, aber bis Trudi es geschafft hatte, sich hinzuknien, hätte Julian sie längst entdeckt und schon die Polizei gerufen. Wir hätten ins Bad gehen können, doch was, wenn Julian es benutzte? Es blieb nur …

„Der Balkon", zischte ich. „Komm Trudi, wir gehen auf den Balkon!"

Trudi öffnete den Mund, sicherlich, um mich zu fragen, wie gut man sich denn wirklich hinter Glas verstecken könnte, doch ich ließ sie nicht zu Wort kommen. Die Schritte kamen immer näher, wurden immer lauter, also öffnete ich nur hastig die Balkontür, schubste meine Komplizin nach draußen, folgte ihr und zog sie wieder hinter mir zu. Dann drängte ich sie so weit zurück, dass wir beide hinter den Gardinen verborgen waren, die das halbtiefe Fenster auf der anderen Seite zierten. Es war kein sonderlich gutes Versteck, aber zumindest konnte Julian uns nicht sehen, sollte er nicht die Balkontür öffnen und selbst nach draußen treten. Oder die Gardinen zurückziehen. Aber die Sonne schien und ich hoffte einfach, dass er sein Leben gern im Halbdunkel verbrachte.

Den Finger auf die Lippen gepresst starrte ich Trudi nieder, die ausnahmsweise den Mund hielt, den sie zu einem perfekten O geformt hatte.

Ich hörte, wie eine Tür ins Schloss fiel und dann jemand ins Zimmer trat. Ich runzelte die Stirn. Die Schritte waren viel zu laut. Entweder war Julian viel schwerer, als ich dachte, oder aber ich war gestern Nacht unbemerkt von einer Fledermaus gebissen worden und mit der Superfähigkeit des Sonars ausgestattet worden. Denn so gut sollte ich ihn wirklich nicht hören können. Außer … Ich brach den Gedanken ab. Denn ich sah, warum mein Gehör so gut war. In meiner Hast hatte ich die Balkontür nicht richtig geschlossen.

Oh nein.

Sie war nur angelehnt. Sichtbar angelehnt.

Man müsste schon Trudis Sehstärke haben, um das zu übersehen! Aber ich kannte Julian nicht gut. Ich wusste nur, dass er sehr, sehr schuldbewusst aussehen konnte und keine Waschmaschine in seiner Wohnung hatte. Vielleicht war er halb blind. Als Weinkenner musste man kein gutes Augenlicht haben. Man musste riechen und schmecken können und … Oh Scheiße, die Schritte kamen näher.

Eine Hand auf Trudis, die andere auf meinen Mund gepresst, drückte ich uns weiter in die Ecke des Balkons. Soweit es eben ging, ohne Trudi über die Balustrade zu schubsen.

Ich hörte ein Seufzen, dann ein leises Murmeln. „Gott, ich dreh schon durch", verkündete ein dunkler Bass, bevor die Balkontür ins Schloss gedrückt und hörbar die Klinke umgedreht wurde.

Das war einerseits gut, weil es bedeutete, dass Julian nicht vorhatte, rauszukommen. Andererseits war es sehr, sehr schlecht. Denn die Tür war abgeschlossen und wir standen immer noch hier draußen.

Trotzdem wagte ich nicht, mich zu bewegen. Stocksteif stand ich da, ließ mir Trudis Lippenstift auf die Handfläche schmieren und lauschte dem, was im Innenraum passierte. Da waren erneut Schritte, diesmal deutlich gedämpfter, und dann ging eine weitere Tür. Diesmal die Wohnungstür, da war ich mir sicher.

Wir waren allein.

Allein auf einem fremden Balkon, zu dem wir uns widerrechtlich Zutritt verschafft hatten, mit einer abgeschlossenen Tür. Allein im dritten Stock eines Wohnhauses, gut sichtbar für alle Menschen, die hier wohnten – und hatte ich bereits die abgeschlossene Tür erwähnt?

„Also, Louisa?", wollte Trudi wissen, sobald ich meine Hand von ihrem Mund nahm. „Ist es besser, in einem fremden Badezimmerfenster festzustecken oder auf einem fremden Balkon?"

# Kapitel 11

Ich nahm mir ein paar Minuten, um über Trudis Frage nachzudenken. Denn ich brauchte sie, um nicht in Panik auszubrechen.

Zugegeben: Ich hatte in meinem Leben schon in einigen prekären Situationen gesteckt. Ich hatte einen Mörder in ein Grab geschubst. Ich hatte mit meinen gebärfreudigen Hüften in besagtem fremden Badezimmerfenster festgesteckt. Ich war in einen Müllcontainer mit Tierresten gefallen und war in einem Tierkäfig festgehalten worden.

Aber für all diese Situationen hatte es eine denkbar einfache Lösung gegeben. Die Polizei hatte den Mörder aus dem Grab geborgen. Josh hatte mich aus dem Fenster rausgezogen. Aus dem Müllcontainer hatte ich selbst wieder klettern können. Aus dem Tierkäfig hatte mich ebenfalls die Polizei beziehungsweise Josh befreien müssen.

Doch jetzt gerade? Jetzt gerade sah ich keine schnelle Lösung, nur ein sehr, sehr großes Problem.

Schweiß trat auf meine Stirn und sammelte sich in meinem Nacken. Versuchshalber drückte ich gegen die Balkontür, doch wie erwartet gab sie nicht nach. Okay, ich musste ruhig bleiben. Also atmete ich tief ein und aus. Dann schielte ich über den Rand der Balkonbrüstung.

Jap. Der dritte Stock war sehr hoch. Das ging ganz schön weit runter. Auch wenn die Brüstung sehr stabil aussah ...

„Ich kann da nicht hinunterklettern", verkündete Trudi, als hätte sie meine Gedanken gelesen. „Manchmal fällt es mir schon schwer, die Toilette zu besteigen."

Ja, das war mir klar. Und ich musste gestehen, dass ich ebenfalls keine gute Kletterin war. Ich kletterte zwar sehr erfolgreich in Fettnäpfchen, stolperte sonst aber gerne auch mal im Stehen. Diesen Balkon ohne Hilfe verlassen zu wollen, erschien mir daher wie keine gute Idee.

Leider ging mir in diesem Moment auf, dass die Lösung zu allen bisherigen prekären Problemen – mit Ausnahme des Müllcontainer-Debakels – einen Namen trug: Joshua Rispo.

Ich stöhnte laut auf. Ich wollte ihn nicht anrufen. Ich wollte ihm nicht erzählen müssen, was ich getan hatte. Ich wollte mich nicht *retten* lassen, denn normalerweise war ich sehr gut darin, mich eigenhändig aus dem Mist zu graben, den ich mir schaufelte. Aber mir war schleierhaft, was ich anderes tun konnte.

„Trudi, was meinst du, wie lang eine Leiter sein müsste, um bis hier oben heranzureichen?"

„Länger als jede Leiter, die ich habe. Die irgendwer hat, den ich kenne."

Das hatte ich befürchtet. Ich könnte Ariane oder meine Schwester anrufen und sie darum bitten, in diese Wohnung einzubrechen und uns rauszulassen. Aber ich hatte das vage Gefühl, dass Rispo das noch viel wütender machen würde, als wenn ich ihm einfach erklärte, was passiert war. Abgesehen davon war ich mir nicht sicher, ob einer von den beiden überhaupt wusste, wie man ein Schloss knackte. Finn vielleicht. Doch der steckte bereits bis zum Kinn in der Polizei-Datenbank und konnte sich keinen weiteren Fehltritt leisten.

„Scheiße", fasste ich die Situation zusammen und zog widerstrebend mein Handy aus der Tasche.

„Wen rufst du an? Die Feuerwehr?" Trudi lugte an mir vorbei auf mein Display.

Mhm. Die Feuerwehr. Das wäre noch eine Idee, aber ...

„Nein, nicht die Feuerwehr", murmelte ich und hielt mir das Handy ans Ohr.

Rispo hob viel zu schnell ab. Ich hätte gern noch ein paar Sekunden Vorbereitungszeit gehabt, doch bereits nach dem zweiten Klingeln meldete er sich mit: „Was ist los?"

Josh hatte die charmante Eigenschaft, sich nie mit Hallo zu melden. Zumindest nicht, wenn ich anrief. Bei jedem anderen zeigte er wahrscheinlich Manieren, doch ich bekam eine Sonderbehandlung, die ich möglicherweise verdiente, die mich jedoch nicht minder aufregte.

Doch jetzt gerade war ich seiner Gnade ausgeliefert und hielt mich mit einem Kommentar zurück. Stattdessen räusperte ich mich vernehmlich, lehnte mich gegen die Wand und sagte möglichst beiläufig: „Josh, ich hab eine hypothetische Frage."

Einige Sekunden lang hörte ich gar nichts. Dann ein langes gequältes Seufzen. „Immer wenn du eine Unterhaltung so anfängst, endet sie damit, dass ich sehr wütend bin."

Ja, aber er war auch wirklich sehr leicht aufzuregen.

„Na, dann hoffen wir doch einfach, dass wir heute unser Muster durchbrechen", schlug ich vor und zog einen Arm um meine Mitte.

„Die Vergangenheit spricht nicht dafür."

„Ah, aber sagen nicht alle Psychologen, dass wir unsere Vergangenheit nicht unser Leben bestimmen lassen sollten? Deswegen geh doch jetzt einfach mal vollkommen neutral an diese Unterhaltung heran."

Wieder Stille. „Du verlangst manchmal wirklich zu viel von mir", murmelte Josh dann dunkel.

Er hatte keine Ahnung. „Ich will, dass du über dich hinauswächst", erklärte ich ihm sachlich.

„Und ich will, dass diese hypothetische Frage, die du mir stellst, wirklich hypothetisch ist. Aber ich habe die Befürchtung, dass wir beide heute nicht unseren Willen bekommen."

Hm. Eines musste man ihm lassen: Er war wirklich ein hervorragender Kommissar. Dennoch ließ ich mich nicht beirren.

„Also, meine Frage ist: Wenn jetzt jemand die Feuerwehr rufen würde, damit die einen mit einer Hebebühne von einem Balkon holen – würde die Feuerwehr danach fragen, ob man selbst in der Wohnung wohnt, zu der der Balkon gehört? Oder ist es theoretisch egal, wessen Balkon es ist. Weil die Pflicht der Feuerwehr natürlich ist, trotzdem allen Menschen zu helfen?"

Die Stille, die sich diesmal ausbreitete, war um einiges angespannter und länger als die vorherigen.

Dann: „Bitte sag mir, dass du nicht auf einem fremden Balkon festhängst."

Mhm. Ich war wohl nur halb so subtil gewesen, wie ich geglaubt hatte. „Festhängen ist nicht das richtige

Wort. Wir sitzen viel eher fest. Also niemand ist kurz davor, abzustürzen."

„Wir?", fragte er scharf.

„Trudi und ich", erwiderte ich kleinlaut.

„Oh, großer Gott. Ich würde jetzt ja sagen, das kann nicht dein Ernst sein, doch nach zwei Jahren Beziehung weiß ich es besser. Natürlich ist es dein Ernst und natürlich hast du Trudi mit auf Mörderjagd genommen, weil du es lustig findest, wie sie sich freut, wenn sie einen Hinweis findet."

Ich schielte zu Trudi hinüber. „Ich habe sie nicht ganz freiwillig mitgenommen", murmelte ich leise.

„Was sagst du?", fragte Trudi sofort. „Hat jetzt jemand eine Leiter, die uns herunterholen kann? Obwohl ich mir nicht sicher bin, dass meine Hüfte für eine Leiter geeignet ist. Meine Hüfte mag Fahrstühle. Und Betten."

„Es ist egal, ob du sie freiwillig mitgenommen hast. Denn du bist freiwillig auf diesen fremden Balkon geklettert! Wo zur Hölle bist du?"

„Bei Julian Baumann", gab ich schließlich seufzend nach. „Aber wir sind nicht eingebrochen. Seine Tür stand offen."

„Es ist trotzdem nicht erlaubt, in eine fremde Wohnung zu spazieren!", fuhr Josh mich an und seine Stimme wurde lauter. Ich war beeindruckt davon, wie lange er sich zurückgehalten hatte. „Es ist eine Grauzone!"

„Bei Netflix oder im Takka-Tukka-Land vielleicht! Aber doch nicht in Deutschland! Mann, Lou, es wird sehr schwierig werden, dich zu heiraten, wenn du im *Gefängnis* bist!"

„Male nicht gleich die Gitterstäbe an die Wand", sagte ich hastig. „Ich rufe eigentlich auch nur an, um zu fragen, was ich jetzt tun soll. Ich meine, wir könnten warten, bis Julian zurückkommt, aber ..." Ich verstummte. Als hätte ich ihn allein mit meinen Worten heraufbeschworen, ging erneut die Wohnungstür auf. „Oh, Mist", rutschte es mir heraus und hastig drängte ich mich wieder auf die eine Seite des Balkons. „Josh, er ist hier! Warum ist er hier?"

„Es ist *seine* Wohnung!"

Ach ja, deshalb. „Josh! Komm sofort her! Wenn er der Mörder ist, macht er vielleicht sonst was mit uns!"

„Das hättest du dir wahrlich früher überlegen müssen. Und ich glaube nicht, dass er der Mörder ist, falls es dich beruhigt", meinte er, und trotzdem hörte ich, wie er den Motor eines Autos startete.

„Das kannst du nicht wissen! Er ist hier und wenn er uns findet, wenn er ..."

Die Balkontür wurde aufgerissen und Julian starrte uns mit offenem Mund an. „*Was zur Hölle?*", fuhr er uns entsetzt an. „Wusste ich doch, dass ich jemanden reden höre! Wer sind Sie? Was machen Sie hier?"

Ich starrte ihn mit geweiteten Augen an, unfähig, mich zu bewegen. Ich fühlte mich wie ein Reh im Scheinwerferlicht. Nein, ein Kitz im Flutlicht.

Trudi hingegen trat selbstbewusst vor und streckte ihre Hand aus. „Hallo. Ich bin Gertrude Undercover. Wir sind vom Balkon-Test-Service der Stadt. Wir sollen gucken, ob ... ähm ... Ob die ... was genau sollen wir gucken, Louisa?" Erwartungsvoll sah sie mich an, bevor sie leise, aber dennoch viel zu laut hinzufügte: „Es ist wirklich viel schwieriger als gedacht, sich aus dem

174

Stegreif eine Ausrede auszudenken. Ich bin beeindruckt, dass es dir sonst so leichtfällt."

Julian hätte nur ungläubiger und verwirrter aussehen können, wenn hinter uns ein Einhorn über eine Regenbogenbrücke spaziert wäre. Er hielt Trudi offensichtlich für verrückt ... was ich schamlos ausnutzen würde.

Abrupt löste ich mich aus meiner Starre und setzte ein freundliches und bemüht peinlich berührtes Lächeln auf – was ich äußerst schwierig fand, denn mir war wirklich skandalös wenig peinlich, aber versuchen konnte ich es ja.

„Hey", sagte ich dann atemlos. „Gott sei Dank sind Sie hier!"

Ich ließ hastig das Telefon sinken, denn ich musste mich konzentrieren und Josh lenkte mich ab, indem er trocken fragte: „Na? Hat er euch in eurem genialen Versteck gefunden?"

„Das hier ist mir wirklich furchtbar unangenehm", murmelte ich, sah Julian entschuldigend an und legte Trudi sanft und beschützend meine freie Hand auf die Schulter. „Ich bin die Tagespflegerin von Gertrude hier. Sie wohnt eine Etage über Ihnen und ... nun, Sie hat seit ein paar Monaten mit Demenz zu kämpfen." Ich schluckte, des dramatischen Effektes wegen, während Trudi sehr überzeugend: „Was? Hä? Wer hat Demenz?", fragte.

„Ist schon gut, Gertrude", sagte ich weich, bevor ich an Julian mit gesenkter Stimme hinzufügte: „Eigentlich dachte ich, dass bisher nur ihr Kurzzeitgedächtnis betroffen ist, aber heute ist sie wohl im falschen Stockwerk ausgestiegen und Ihre Tür stand offen ..." Ich seufzte schwer. „Sie ist einfach hindurchgeschlüpft. Dachte, es wäre ihr Apartment! Ich habe leider selbst zu spät gemerkt, dass wir nicht im vierten sind." Stöhnend legte ich den Kopf in den Nacken. „Ich hoffe wirklich, dass mein Chef nicht davon erfährt, denn dann bin ich geliefert! Auf jeden Fall haben Sie uns hier draußen ausgesperrt und ich habe gerade schon Hilfe gerufen." Ich hob das Handy in meiner Hand. „Aber da Sie jetzt Gott sei Dank zurück sind ..." Ich lächelte.

Julian starrte mich mit leicht geöffnetem Mund an. Es war deutlich zu erkennen, dass er partout nicht wusste, was er von meiner Geschichte halten sollte. Aber es half wohl, dass Trudi noch immer irritiert fragte: „Was? Sprich lauter Lou. Worum geht's?"

Julian schob den Unterkiefer hin und her, bevor er langsam nickte. „Na gut. Ich ... Wenn es ein Versehen war ..."

„Ja, es kommt auch sicher nicht wieder vor. Ich werde besser aufpassen", versprach ich.

„Mhm", machte er und trat einen Schritt zurück.

Erleichtert strich ich mir die Haare aus der Stirn und ...

„Moment." Ruckartig wandte er den Kopf wieder mir zu. Bisher war er größtenteils auf Trudi konzentriert gewesen, doch jetzt starrte er mit leicht geöffnetem Mund in mein Gesicht. „Moment, Moment ..." Er weitete die Augen. „Himmel, ich *kenne* Sie doch! Sie waren gestern bei dieser Weinprobe. Sie haben beinahe den Finger getrunken!"

Scheiße.

Mein Herz sank ruckartig in meine Hose. Das war jetzt sehr schade, dass mein Gesicht offenbar nicht nichtig genug war, um es direkt wieder zu vergessen. Aber kein Grund, aufzugeben!

„Das ist nicht ganz richtig. Der Finger kam erst aus dem Fass, als ich meinen Wein schon getrunken hatte. Und ja, Zufälle gibts", sagte ich und lachte etwas zu hoch auf. „Könnte ich dann ..." Ich gestikulierte an ihm vorbei.

„Nichts da!", rief er ungläubig. „Ich glaube nicht an Zufälle! Und ich habe sie beide in diesem Haus noch *nie* gesehen." „Ja, die Anonymität unter Nachbarn in Köln ist schrecklich, nicht wahr? Ich –"

„Hören Sie auf mit dem Scheiß!", fuhr er mich an. „Ich glaube Ihnen kein Wort! *Was* tun Sie in meiner Wohnung?"

Ach, Mist. Mein Magen zog sich unangenehm zusammen und fahrig rieb ich mir über die erhitzten Wangen. „Na ja, wie schon gesagt: Die Tür stand offen."

Überraschenderweise nahm mein Gegenüber den Satz überhaupt nicht gut auf. *„Na und?" Ihm quollen fast die Augen aus dem Kopf.* „Sie können doch nicht einfach in fremde Wohnungen spazieren, nur weil die Türen offenstehen!"

Ach, jetzt klang er schon wie Josh. „Ähm, also ... Okay, ich will ehrlich sein", versuchte ich es anders. „Ich arbeite mit der Polizei zusammen und ... Na ja, sie sind Verdächtiger in der Mordermittlung und ..." Oh Gott, machte ich es gerade schlimmer? Julians Gesichtsausdruck nach zu urteilen nämlich schon.

„Nie im Leben sind Sie von der Polizei!"

„Nein, nein. Nicht *von* der Polizei. Aber ich bin sehr oft *mit* der Polizei zusammen." Das war die volle Wahrheit.

*„Na und?"*

Ja, das war eine berechtigte Frage.

„Ich wurde gestern von der Polizei vernommen – das gibt mir aber trotzdem nicht das Recht, meine Oma einzupacken und in eine fremde Wohnung zu spazieren!"

„Oma?" Trudis Kopf fuhr in die Höhe. „Wen nennt er hier Oma? Hat er noch wen anderen in seiner Wohnung gefunden?"

Jetzt galt Julians ungläubiger Blick ihr. „Ich spreche natürlich von *Ihnen,* denn Sie sind alt!"

Trudi rümpfte die Nase. „Also, das ist jetzt unnötig unhöflich."

„Etwa so unhöflich, wie in meine Wohnung *einzubrechen?"*

Oje, diese Unterhaltung verlief überhaupt nicht gut, dabei hatte sie so vielversprechend begonnen! Aber ich wusste, wann ein Kampf verloren war. Eigentlich hätte ich Julian sehr gerne noch zu seiner Beziehung mit Delia ausgefragt, aber das wollte ich nicht hier oben und nicht allein. Denn wenn er doch der Mörder war, dann war so ein Balkon wirklich nicht der Ort, um ihn wütend zu machen. Es war also besser, erst einmal zu gehen, oder? Ja, wir würden die Wohnung verlassen. Draußen, auf dem Boden, war es um einiges sicherer als hier oben.

Also packte ich Trudi am Arm und zog sie durch die fremde Wohnung zur Eingangstür. Leider hatte ich einen kurzen Moment lang verdrängt, dass *eine alte Dame kein D-Zug* war. Trudi beeilte sich zwar sichtlich, mir hinterherzulaufen, doch ihre Beine trugen sie nicht viel schneller als einen zu dicken Dackel, dessen Bauch über den Boden schleifte. Es war Julian also ein Leichtes, uns zu folgen.

„Wohin *gehen* Sie?"

„Nach draußen", erklärte ich.

„Nein! Ich werde die Polizei rufen, ich –"

„Ich habe bereits die Polizei gerufen", erklärte ich ihm und schob Trudi nun mit beiden Händen vor mir her in den Fahrstuhl. „Sie können gerne mit runterkommen und auf den Polizisten warten, aber wenn ich Sie wäre, würde ich Ihre Tür abschließen." Ich räusperte mich. „Sonst ... ähm ... läuft noch jemand in Ihre Wohnung."

Entgeistert starrte Julian mich an. „Meine Fresse, Sie haben Nerven!"

Ja, die hatte ich mir hart erarbeitet. Aber aus seinem Mund klang das nicht wie ein Kompliment.

Ich hoffte fast, dass er uns einfach gehen ließ. Dass er zu viel Angst vor der Polizei hatte und zu perplex war, um vernünftig zu reagieren. Doch ich wurde enttäuscht, denn mit einem Knacken seines Kiefers, das an einen Baum erinnerte, der in einem Sturm umknickte, gesellte er sich zu uns in den Aufzug.

Ich denke, es muss nicht näher ausgeführt werden, dass das die merkwürdigste, unangenehmste Fahrstuhlfahrt meines Lebens war, und es half auch nicht, dass Trudi leise *„I don't know about you but I'm feeling twenty-two"* sang. Ein Song von Taylor Swift, der anscheinend ihr Lebensmotto und wichtig genug war, um ihn vor dem angepissten Mann zu singen, bei dem wir soeben eingebrochen ... ähm, nein, hineinspaziert waren.

Als die Aufzugtüren sich endlich wieder öffneten und ich erleichtert nach draußen und schließlich an die frische Luft stolperte, schlug mein Herz schon wieder auf einer annehmbaren Frequenz.

Es war alles halb so wild! So verboten war das, was wir gemacht hatten, gar nicht, oder? Nein, sicherlich ließ sich eine einfache Lösung finden. Josh würde mich hier schon rausboxen, sobald er –

„Scheiße, Lou, diesmal hast du den Vogel wirklich abgeschossen! Ich hab keine Ahnung, wie du hier glimpflich rauskommen sollst."

Ich zuckte zusammen und blickte auf. Josh kam auf uns zugestapft. Seine Lippen waren furchtbar dünn und aus irgendeinem Grund wirkte er größer als sonst. Vielleicht schrumpfte ich aber auch nur schuldig unter seinem düsteren Blick zusammen.

Er trug Schwarz, als hätte er gewusst, dass er heute tief um mein Verhalten würde trauern müssen. Auf den ersten Blick sah er aus wie ein Engel des Verderbens, gekommen, um mich zu holen. Gott, ich hoffte wirklich sehr, dass er mich nicht wirklich *holen* musste! Er hatte mich schon einmal ins Gefängnis verfrachtet, aber das war absolut grundlos – na ja, fast grundlos – gewesen, doch jetzt ...

Mein Magen flatterte nervös auf und ich blieb stehen, die Arme eng um meine Mitte gezogen. „Wir haben nichts gestohlen, oder so", sagte ich. „Echt Josh, es ist ... die offene Tür gewesen."

Ein tiefes Seufzen und eine Hand in seinen Haaren waren die Antwort.

„Moment." Verwirrt sah Julian zwischen uns beiden hin und her. „Sie *kennen* sich?"

„Ähm, ja. Ich bin ihm mal reingefahren", sagte ich hastig. Denn ich wollte wirklich nicht, dass Josh auch noch Schwierigkeiten bekam, weil ich seine kriminelle Verlobte war. „Seitdem kennen wir uns."

„Aber Lou, er ist doch –", fing Trudi an, der mein Wink mit dem Zaunpfahl offensichtlich nicht groß genug war.

„Es tut mir wirklich leid, Julian", redete ich ihr rein und warf ihm einen entschuldigenden Blick zu. „Ich hätte natürlich nicht in deine Wohnung spazieren dürfen. Es war … ein unglücklicher Zufall." *Dass wir erwischt wurden und er mich erkannt hatte.*

„Ist mir egal!", rief er aufgebracht, bevor er an Josh gewandt hinzufügte: „Ich würde gerne Anzeige erstatten! Ich –"

„Also, bevor du das tust", unterbrach ich ihn auf ein Neues und rang die Hände. Ablenkung. Ich brauchte eine Ablenkung, damit er vergaß, was ich getan hatte. Damit er zu beschäftigt damit war, ein anderes Feuer zu löschen, als auch nur an meine Funken zu denken. „Könnten wir kurz darüber reden, dass du in einer Beziehung mit Delia König steckst?"

„Was?" Seine Augen wurden riesig und er wurde schlagartig so bleich, dass wir nebeneinander wie eine Warnschranke aussehen mussten.

„Was?", sagte nun auch Josh, seine Stimme sehr viel ruhiger und warnender als die von Julian. Interessiert hob er eine Augenbraue in Julians Richtung. „Sie haben gestern behauptet, Delia kaum zu kennen, Herr Baumann."

„Ich … ich … Sie ist bei mir eingebrochen!", stammelte er und deutete mit zitterndem Finger auf mich.

„Ja, und darüber werden wir gleich noch reden", versprach ihm Rispo. „Aber zuerst würde mich interessieren, warum Sie mich angelogen haben."

„Ich habe nicht, ich ... Woher zur Hölle wissen Sie das mit Delia und mir?!", fuhr er mich im nächsten Moment an.

„Weibliche Intuition?", schlug ich vor.

Das brachte mir einen skeptischen Blick von Josh ein, doch er war Gott sei Dank damit beschäftigt, seinen Verdächtigen zu vernehmen.

„Herr Baumann, Ihnen ist klar, dass lügende Verdächtige gerne mal zum Hauptverdächtigen aufsteigen, oder?", fragte er freundlich.

„Hauptverdächtiger?" Julians Gesicht wurde von gespenstisch blass zu kalkweiß. „Ich bin nicht ... Ich habe nicht ..."

„Nicht was?", hakte Rispo nach.

„Jörg umgebracht! Ich habe ihn *nicht* umgebracht."

„Aber Sie haben gelogen." „Nur ein bisschen", sagte er verzweifelt. „Um Delia zu schützen. *Uns* zu schützen."

„Ich nehme an, Delia ist das Alibi, das Sie mir nicht geben wollten? Sie waren Freitag mit ihr zusammen?"

„Wir ... wir ... Ich kann nicht ..." Er schüttelte heftig den Kopf. „Sie verstehen nicht! Ich kann das mit Delia niemandem erzählen. Ihre Mutter würde ausrasten, wahrscheinlich damit drohen, sie zu enterben, und sie noch heute aus dem Haus werfen!"

„Nein, *Sie* verstehen nicht, Herr Baumann", beharrte Josh, seine Stimme hart, aber nicht kalt. „Das hier ist kein Spiel. Kein *Spaß*. Ich bin auf der Suche nach einem Mörder und wenn ich ehrlich bin, sind Sie gerade der erste Kandidat, der nicht nur die Möglichkeit, sondern

wahrscheinlich auch ein Motiv hatte, Jörg umzubringen. Denn wenn Sie *mir* schon nicht von Ihrer Beziehung zu Delia erzählen wollen, dann wird es sie womöglich sehr ängstlich und wütend gemacht haben, als
Jörg herausgefunden hat, dass Delia und Sie zusammen
sind. Als er Delia und Ihnen damit gedroht hat, es allen
zu verraten, weil er Frau König loyal ergeben war."

„Was? Nein!" Julians Augen weiteten sich panisch. „Er
hat nicht ... Ich habe nicht ...‟

„Dann erklären Sie es mir, Julian!", unterbrach Rispo
ihn ungeduldig. „Denn Sie waren Freitag aus irgendeinem Grund in dem Weinkeller, da bin ich mir sicher,
und wenn Sie mir kein Alibi nennen können –"

„Okay, ja!", rief er verzweifelt und presste sich beide
Handballen auf die Augen. „Ja, ist ja gut! Ich *war* am
Freitag da! Im Weinkeller. Um kurz nach acht. Ich hab
mich mit Delia getroffen, wir lieben Wein, der Weinkeller war leer und es war irgendwie verboten und ... und
wir haben ...‟ Er brach ab und lief augenblicklich so rot
an, dass sein Kopf vom Gewicht des Bluts eigentlich
nach vorn hätte kippen müssen. „Ihr wisst schon, was
wir getan haben." Verzweifelt sah er von Trudi zu mir
und dann zu Rispo. „Deswegen haben Sie mit der Papaver-Analyse wahrscheinlich DNA von uns gefunden.
Aber ich habe Jörg nicht *umgebracht.* Ich habe ihn an
dem Tag nicht einmal gesehen. Und niemand hat uns
gesehen. Wir haben ... also wir haben getan, was wir getan haben, und sind dann zusammen weg. Was essen,
in der Innenstadt. In so einem mexikanischen Restaurant. Uns haben etliche Kellner gesehen. Fragen sie die,

die werden Ihnen das bestätigen! Also ja, wir haben unsere Beziehung geheim gehalten und waren in dem Keller. *Allein.* Aber sonst haben wir *nichts* getan!"

Rispo nickte langsam und zog einen Block aus seiner Gesäßtasche. „Wissen Sie, ich würde Ihnen das gerne glauben. Aber Delia und Sie könnten genauso gut Komplizen sein. Wenn Jörg Sie erwischt hätte –"

„Oh bitte!" Julian schnaubte verächtlich. „Jörg hat doch überhaupt nichts mitbekommen, was nicht mit seinem heiligen Wein zu tun hatte. Der Kerl war kein *Mensch.* Er war ein ... emotionsloser Korken! Trauben hier, Wein da. Ordnung muss sein, das Wohl des Weinguts steht über allem. Sie hätten Delia mal über ihn sprechen hören müssen. Er hat dafür gelebt, ihrer Mutter zu dienen und Trauben zu liebkosen. Es passt also irgendwie, dass er durch einen Korkenzieher in einem Weinfass sein Ende gefunden hat." Sein Blick glitt erschrocken zu Rispo. „Was aber natürlich nicht bedeutet, dass ich ihm den Tod gewünscht habe! Wirklich. Ich kannte ihn doch gar nicht gut genug, um ihn zu hassen oder so. Aber wie gesagt: Demnach zu urteilen, was Delia erzählt hat, vermisst ihn niemand wirklich. Er war alleinstehend, hat nur gemeckert, war ein furchtbarer Perfektionist und hat allen das Gefühl gegeben, ein Idiot zu sein. Keine Ahnung, warum Eva-Maria ihn nicht gefeuert hat. Wahrscheinlich, weil er wirklich was vom Weinmachen verstand und dieser Gaumenhoch-Award ziemlich sicher seinem Wissen zu verdanken ist und nicht Eva-Marias. Aber er wusste nicht von Delia und mir. Niemand außer ihr Bruder Paul weiß es. Glaubt mir: Wenn Jörg es herausgefunden hätte, wäre er direkt zur Chefin gerannt, die Delia wahrscheinlich ... keine Ahnung, Zimmerarrest gegeben hätte. Gott, die Frau ist wirklich untragbar. Und ich dachte immer, meine Eltern wären schlimm."

„Niemand außer Paul weiß von Ihrer Beziehung?", wiederholte Josh nachdenklich und machte sich eine Notiz. „Sind Sie sicher?"

„Ja! Wir sind seit drei Jahren zusammen, Kommissar Rispo." Er lachte freudlos auf. „Wir sind in Geisenheim ein Paar und seitdem ziemlich gut darin geworden, unsere Beziehung geheim zu halten. Delia hat es nur Paul erzählt, weil die beiden sich sehr nahestehen und sie es *irgendwem* erzählen musste und er uns ab und zu hilft, wenn wir zusammen Zeit verbringen und seine Mutter fragt, wo Delia ist. Aber wenn es jemand anderes herausgefunden hätte, *wüssten* wir es. Sie haben meinen Vater doch gestern gesehen. Er ist kein Mann, der sonderlich viel Selbstbeherrschung besitzt. Er wäre schnurstracks zu Eva-Maria gegangen und hätte ihr vorgeworfen, eine Betriebsspionin bei uns einzuschleusen." Gequält rieb er sich über das Gesicht. „Dabei ist es uns so egal, welches Weingut erfolgreicher ist! Ja, wir lieben, was wir tun, aber ... wir lieben uns mehr. Wir wollen einfach nur zusammen sein und nichts mit dieser dummen Fehde zu tun haben. Sie ist absolut albern und geht schon viel zu lang, aber wir wissen einfach nicht, wie wir unsere Eltern zur Vernunft bringen sollen. Wir hätten doch nie gedacht, dass deswegen jemand ... jemand ... jemand den Tod findet!" Er schluckte hörbar und sah Rispo flehentlich an. Als *müsse* er ihm einfach glauben. Und Joshs Gesichtsausdruck nach zu urteilen, tat er es.

„Was genau ist das überhaupt für eine Fehde? Also, wie hat sie angefangen?", fragte ich leise. Jetzt, da Julian zeitweilig vergessen zu haben schien, dass ich seine Wohnung durchwühlt und mich auf seinem Balkon versteckt hatte, hatte ich das Gefühl, ihm diese Frage stellen zu können.

Julian stieß einen frustrierten Ton aus und fuhr sich mit beiden Händen durch die Haare. „Es ist einfach lächerlich. Wirklich. Aber jetzt, da ich darüber nachdenke, hat der Streit mit Jörg angefangen."

„Inwiefern das?", wollte Josh wissen. „Und warum erzählen Sie *ihr* das, der Frau, die bei Ihnen in die Wohnung eingebrochen ist, aber nicht mir, dem Polizisten, der Sie gestern mehrfach danach gefragt hat?"

„Ähm. Sie sieht so harmlos aus. Nicht, als wolle sie mir etwas Böses", antwortete er perplex.

„Sie ist bei Ihnen eingebrochen!"

„Ja, aber sie hat mich nicht beschuldigt, ein Mörder zu sein. Sie ist ... harmlos. Wie gesagt."

Ich verkniff mir ein Lächeln und warf Josh einen vielsagenden Blick zu.

„Harmlos", wiederholte er trocken. „Dass ich nicht lache. Aber schön, erzählen Sie weiter. Ihre Familien waren mal miteinander befreundet, oder nicht?"

„Jaja. Vor acht Jahren oder so haben wir noch Weihnachten zusammen gefeiert." Er prustete, als sei diese Vorstellung jetzt undenkbar. „Eva-Maria und ihr Mann haben meine Eltern auf irgendeiner Wein-Convention kennengelernt und sie waren sofort ein Herz und eine Seele. Haben sich gegenseitig unterstützt, einander empfohlen, ihr Wissen geteilt. Es war alles lächerlich harmonisch. Und dann hat Eva-Maria Jörg angestellt,

nachdem er aber schon bei meinem Vater Probe gearbeitet hatte und von ihm in das Business eingeführt
worden war ... und das Drama ging los. Denn der Wein,
den das Gut König in jenem Jahr gemacht hat, hat einen
Award bekommen und mein Vater war sich sicher,
dass der Award eigentlich uns gebührte. Weil der Wein
unserem zum Verwechseln ähnlich schmeckte und er
fest davon überzeugt war, dass Jörg das Rezept oder die
Besonderheiten unseres Reifeprozesses oder irgendwelche anderen Infos aus seinem persönlichen Safe gestohlen hätte. Dass Eva-Maria ihn eingeschleust hat,
um unseren Betrieb auszuspionieren. Eva-Maria hat
Jörg verteidigt und behauptet, dass mein Vater einfach
ein schlechter Verlierer und ein schlechter Geschäfts-
mann noch dazu sei, und so fing der Teufelskreis an.
Seitdem hassen Sie sich.“

Ich stieß einen Schwall Luft aus. „Wow.“

„Ja, ich weiß. Es ist albern. Aber keiner wollte Schwä-
che zeigen und sich dem anderen wieder annähern
und ... Es ist anstrengend. Delia und ich haben uns wit-
zigerweise in Geisenheim mehr aus Protest darüber
wieder angefreundet und tja: Hier sind wir.“

Seine Schultern sackten nach unten, und eine plötzli-
che Welle des Mitleids überkam mich. Seit drei Jahren
hielten sie ihre Beziehung geheim, nur um die Feindschaft zwischen ihren Eltern nicht weiter anzusta-
cheln. Das musste unfassbar anstrengend sein. Mir war
es ja schon schwergefallen, gestern und heute so zu tun,
als würden Josh und ich uns nur flüchtig kennen.

Rispo nickte, schrieb noch etwas in seinen Block, bevor er ihn wegsteckte. „Sind Sie den ganzen Abend lang
mit Delia zusammen gewesen?“

„Ja, so ziemlich", murmelte er. „Sie musste nach dem Essen noch mal kurz zum Weingut. War sich nicht mehr sicher, ob sie abgeschlossen hatte."

„Um wie viel Uhr war das?", fragte Rispo. „Als sie noch kurz zum Weingut musste."

„Keine Ahnung. So um zwölf?"

„Okay ..."

„Aber sie hätte niemanden umbringen können", ergänzte er hastig. „Sie war nur da, hat abgeschlossen und ist wieder gefahren. Sie war keine halbe Stunde weg. Man braucht mehr Zeit, um jemanden zu killen, oder?"

Darauf antwortete Josh nicht. „Was haben Sie währenddessen gemacht?"

„Ich war ... auf Toilette." Er lief rosarot an. „Ähm, mexikanisches Essen ... Sie verstehen."

Josh nickte nur, während Trudi verkündete: „Ich finde es immer lustig, nach mexikanischem Essen nach dem Mais in meinem Stuhlgang zu suchen. Weil Mais nämlich nicht verdaut wird und im Ganzen wieder rauskommt. Daran kann man sehen, wie gut und schnell die eigene Verdauung ist!"

Julian sah sie verständnislos an.

Josh schüttelte nur kaum merklich den Kopf.

Meine Mundwinkel zuckten. „Das ist ein interessanter Fakt, Trudi."

„Ja, deswegen erzähle ich ihn ja", antwortete sie irritiert.

„Louisa, was denkst du?", meinte Josh angespannt und atmete tief durch. „Ist es Zeit, zu gehen?"

„Oh ja!", sagte ich hastig. „Jaja. Wir sollten gehen. Es gibt rein gar nichts mehr zu besprechen."

Er hatte vergessen, dass ich bei ihm eingebrochen war, oder? Er war so entsetzt über den Mordverdacht gewesen, dass Julian es einfach vergessen hatte.

„Ähm, also ...", fing er genau in diesem Moment an.

„Bis dann, Kommissar Rispo, komm Trudi", unterbrach ich ihn und lief hastig zu meinem Wagen. Trudi zog ich an der Hand hinter mir her.

„Aber die Anzeige, also eigentlich –"

„Das können Sie gern mit mir besprechen", hörte ich Josh noch sagen, dann erreichte ich die Sicherheit des Passats. Ich beeilte mich damit, die Tür zu öffnen und hinters Steuer zu sinken. Trudi brauchte etwas länger und als sie endlich drin saß, startete ich hastig den Motor.

„Meinst du, wir kriegen wirklich eine Anzeige?", wollte sie wissen und schnallte sich an. „Ich hatte noch nie eine und bin mir noch nicht sicher, ob es aufregend wäre, eine zu bekommen, oder eher nicht."

„Keine Anzeige, Trudi! Wir wollen *keine* Anzeige."

„Mhm. Na gut. Dann keine Anzeige", gab sie nach – und ich hoffte sehr, dass Julian genauso dachte.

# Kapitel 12

Als ich zurück zur Arbeit kam, war ich so unglaublich erschöpft, dass all das Adrenalin des Tages wohl endlich abgeflaut war. Doch jedes Mal, wenn ein Kunde die Tür öffnete, zuckte ich unwillkürlich zusammen. Als wäre es wieder Julian, der mich auf seinem Balkon erwischt hatte.

Ich musste Josh recht geben, ich hielt ihn auch nicht für den Mörder, aber beim, ähm, Recherchieren erwischt zu werden, war eine Erfahrung, die ich nicht noch einmal wiederholen wollte.

Um Punkt sechs Uhr machte ich Feierabend und schloss den Laden, während in meinem Kopf noch immer die Informationen herumratterten, die ich an dem heutigen Tag gesammelt hatte.

Jörg war der Grund für den Hass zwischen den Familien gewesen ... und unwillkürlich fragte ich mich, ob er tatsächlich als Betriebsspion eingesetzt worden oder das alles nur ein dummer Zufall gewesen war. Egal, was es war, es rechtfertigte keine jahrelange Feindschaft, oder? Und definitiv keinen Mord.

Delia war nachts allein beim Weingut gewesen. Sie hätte da womöglich die Chance gehabt, Jörg umzubringen. Aber war sie stark genug, eine Leiche auf einen Schuppen zu ziehen? Sie war relativ grazil. Und warum hätte sie Jörg überhaupt töten sollen?

Ich glaubte Julian aufs Wort, dass Eva-Maria die Erste gewesen wäre, zu der Jörg gerannt wäre, wenn er herausgefunden hätte, dass ihre Tochter sich mit dem Feind verbündet hatte. Das hätte ein riesiges Drama gegeben. Von noch größerem Ausmaß als ich es gestern bereits gesehen hatte.

Paul, Delias Bruder, hatte auch von ihrer Affäre gewusst, aber die beiden hatten bei dem Gespräch, das ich belauscht hatte, tatsächlich recht eng gewirkt. Ich hätte Emily auch nicht verraten, wenn sie mit einem bodenlosen Künstler angebandelt wäre – *obwohl* er Mama mit Sicherheit einen Herzinfarkt bereitet hätte.

Aber Paul hatte doch auch ein Geheimnis, oder? War da nicht irgendetwas gewesen?

Doch ich wusste zu wenig über die Familie König, um auch nur eine Vermutung anstellen zu können. Vielleicht sollte ich es wie Trudi machen und Herrn Google um Hilfe bitten. Ja, das würde ich tun, sobald ich zu Hause war.

Aber vorerst gab es noch etwas anderes, über das ich mir Gedanken machte. Denn es beunruhigte mich, nichts von Josh bezüglich einer möglichen Anzeige gehört zu haben. Sicherlich hätte er mir sofort Bescheid gesagt, wenn Julian sich dagegen entschieden hätte, damit ich mir keine Sorgen machen musste. Oder aber er erzählte es mir absichtlich nicht, weil ich seiner Meinung nach ein paar Sorgen verdient hatte. Das war natürlich auch möglich.

Was auch immer es war: Als ich eine halbe Stunde später in unserer Wohnung ankam, die Tür hinter mir zuwarf und mein Handy mit einer Nachricht vibrierte, zuckte ich nervös zusammen. Doch sie stammte nicht von Josh. Sie war von Ariane.

*Treffe mich um acht mit Marvin – wünsch mir Glück!*

*Viel Glück!*

tippte ich zurück, bevor ich eine weitere Nachricht mit denselben Worten an Marvin schickte.

Zu meiner Überraschung antwortete er sofort.

*Soll ich einen Anzug tragen? Oder eher eine Cappy, um leger zu wirken?*

Ich zog eine Grimasse.

*Keinen Anzug, außer ihr geht in ein Drei-Sterne-Restaurant. Keine Cappy, außer ihr geht zu einem Autorennen oder Rap-Konzert.*

*Gehen zum chinesischen All-you-can-eat-Buffet.*
*Dann reichen Jeans, T-Shirt und ein freundliches Lächeln!*

*Okay.*

Seufzend steckte ich das Handy weg, nur damit es eine Sekunde später mit einer weiteren Nachricht vibrierte. Wieder nicht von Josh. Diesmal von meiner Mutter.

*Habt ihr beiden jetzt endlich mal einen Termin festgelegt? Ich möchte den Frauen vom Club sagen können, welches Wochenende sie sich am besten freihalten.*

Stöhnend legte ich den Kopf in den Nacken. Die *Frauen vom Club* waren eine Reihe schrecklicher Personen, die sich einmal die Woche trafen, um irgendwelche Charity-Veranstaltungen zu organisieren, die Treffen aber eigentlich nur nutzten, um über andere herzuziehen. Ich war da ein beliebtes Thema und hatte nicht vor, auch nur eine Einzige von ihnen einzuladen. Meine Mutter mal außenvorgelassen. Also schrieb ich zurück:

*Entschuldigung? Wem gehört diese Nummer?*

*Sehr witzig, Louisa! Ich will, dass ...*

Ich hörte auf, die Nachricht zu lesen. Dafür hatte ich jetzt wirklich keinen Nerv. Josh und ich würden einen Termin festlegen, wenn wir die Location hatten. Und die Location würden wir haben, wenn ... wenn der Mord aufgeklärt war und wir den Kopf dafür hatten!

Wir würden auch die anderen Einzelheiten wie Hochzeitstanz und Torte noch einmal besprechen müssen. Ich verzog das Gesicht. Ich hatte heute keine Lust zu reden, was einem Wunder glich, da ich eigentlich nicht genug Worte benutzen konnte. Doch jetzt gerade war ich einfach nur erschöpft, also zog ich die Schuhe und meine Jacke aus, fütterte Twinky, der sich auf seinen

Napf stürzte, als würden Josh und ich ihm sonst nur Wasser und Brot geben, holte den Laptop aus unserem Schlafzimmer und ließ mich damit auf die Couch sinken.

Ich hatte noch anderthalb Stunden Zeit, bis Emily und Finn kommen wollten, also nutzte ich die Chance, um ein wenig im Netz die Mitglieder der beiden Weingüter zu googeln.

Das war gar nicht so einfach, denn alle Familienmitglieder sowie Mitarbeiter ergaben eine doch recht umfangreiche Anzahl.

Familie Baumann bestand neben dem Sohn Julian und dem herrischen Vater Sigmar aus Mutter Cornelia, die ein Lächeln wie sieben Tage Regenwetter hatte, und dem Bruder von Sigmar, Bruno, der mich an eine Bulldogge erinnerte, die ein paarmal zu oft mit dem Gesicht voran gegen eine Wand gerannt war.

Das Weingut Baumann, dessen Slogan *Hals oder Weinbruch* war, was mir zugegebenermaßen ein Lächeln aufs Gesicht zauberte, war deutlich kleiner als das der Königs. Während die Königs zwei Mitarbeiter gehabt hatten, jetzt noch einen, waren die Baumanns ein reiner Familienbetrieb. Sie waren auch noch nicht ganz so lange im Geschäft wie die Königs, die sich ja bei der Weinprobe damit gerühmt hatten, schon in der dritten Generation Weinconnoisseure zu sein.

Doch sie waren ebenso stolz auf ihren Wein. Diese Info schwang in jedem Wort ihrer Webseite mit, auch wenn sie noch keinen Award zur Schau stellen konnten.

Die Bilder vom Weingut ließen darauf schließen, dass das einzig sinnvolle Mordmotiv der Familie Geld sein

könnte. Denn obwohl diverse Filter über die Bilder gelegt worden waren, war mir nach wenigen Minuten
klar, dass das Haus, in dem sie ihren Wein brauten und
verkauften, sehr heruntergekommen war. Auch wenn
ich gerne noch einmal persönlich dort vorbeigeschaut
hätte, um mich umzusehen. Aber hey, morgen war
auch noch ein Tag!

Ich sah noch einmal auf die Website der Familie König, deren Gesichter ich mittlerweile alle kannte, bevor
ich erst den Vater googelte, der unter Eva-Marias Scheffel stand, und schließlich Paul, den Sohn.

Waldemar König war, wie sich herausstellte, gelern-
ter Betriebswirt, der seinen Abschluss mit Auszeich-
nung gemacht hatte. Zumindest wurde er in einem Artikel erwähnt, der schon mehrere Jahrzehnte alt war.
Er war wohl erst dank seiner Ehefrau auf den Wein gekommen, die Alleinerbin des Weinguts gewesen war,
das ihr Vater und ihr Großvater vor ihr geführt hatten,
die übrigens allesamt ähnlich streng aussahen wie sie.
Ihr Charakter kam also nicht von ungefähr.

Paul hingegen fand ich erst nicht. Es gab eine unge-
heure Menge an Paul Königs in ganz Deutschland und
es war schwierig, den richtigen zu finden. Irgendwann
landete ich jedoch auf einem LinkedIn-Profil, das mir
auf Seite drei ausgespuckt wurde. Paul König: BWL-Ab-
schluss vor drei Jahren, seitdem angestellt im Weingut
König.

Hm. Stirnrunzelnd beugte ich mich vor und scrollte
herunter, um das Bild genauer zu studieren. Ein geleckt
aussehender junger Kerl, der die Haare enthusiastisch
zurückgegelt hatte, als habe er nicht vor, seine Frisur

innerhalb der nächsten zehn Jahre zu ändern. Wahrscheinlich, weil er nicht konnte, da seine Haare für immer auf seinem Kopf festgeklatscht waren.

Ja, das war Paul König, der Standardvertreter der BWL-Zunft. Er trug einen Anzug und ein arrogantes Lächeln. Doch sein Gesicht war nicht, was mich interessierte. Vielmehr war es die Angabe neben seinem Gesicht. Denn dort stand, dass er zurzeit auf der Suche nach einem Job war.

Ungläubig weitete ich die Augen. Er suchte einen neuen Job?! War das das Geheimnis? Dass er nicht länger im Familienbetrieb arbeiten wollte? Liebe Güte, wenn Eva-Maria meine Mutter wäre, hätte ich diese Info auch vor ihr geheim gehalten.

Mich überflutete auf einmal eine Welle der Zuneigung für meine eigene Mutter. Nicht groß genug, um die Freundinnen aus ihrem Club einzuladen, aber zumindest um ihr kurz zu schreiben, dass sie die Erste sein würde, die erfuhr, wenn Josh und ich einen Termin festgelegt hatten.

Erst dann starrte ich erneut auf Pauls Profil. Wie lange stand da schon drin, dass er sich nach einem neuen Job sehnte? Waren seine Eltern zufällig darüber gestolpert? Wusste noch jemand anderes außer seiner Schwester davon? Und warum wollte er den Job hinwerfen? Also abgesehen davon, dass er es nicht mehr ertrug, mit seiner herrischen Mutter zusammenzuarbeiten. Aber warum dann überhaupt einen Job im Familienunternehmen annehmen? Und konnte ich dieses neugewonnene Wissen irgendwie als Mordmotiv verpacken? Mir fiel auf Anhieb nicht ein, wie, aber –

Die Wohnungstür schwang auf und Josh trat ein. Mein Herz machte einen Hüpfer. Einerseits weil es das immer machte, wenn es ihn sah – ich bezweifelte auch, dass ich meinem Herzen diese Reaktion jemals wieder austreiben konnte –, andererseits weil ich damit rechnete, dass er mir noch eine Standpauke halten würde. Das waren die Momente, in denen mir klarwurde, dass er einen ausgezeichneten Vater abgeben würde. Und dass es mich wirklich nervte, wenn er den Bullen raushängen ließ.

Doch als er sprach, war seine Stimme gelassen und ruhig. „Julian Baumann erstattet keine Anzeige", begrüßte er mich und schloss die Tür. „Er verlangt nur, dass wir seinen Eltern verschweigen, dass Delia und er seit drei Jahren ein Paar sind. Er meinte, er möchte den Streit zwischen den Weingütern nicht weiter eskalieren lassen."

Erleichtert ließ ich die Schultern sinken. Das war gut. Ich hatte nämlich wirklich keine Lust, einen weiteren Tag auf dem Polizeipräsidium zu verbringen, wo die Polizisten untereinander schon Wetten abschlossen, wann ich mich das nächste Mal in Schwierigkeiten brachte.

„Dir ist klar, dass du diesmal zu weit gegangen bist, oder?", hakte Josh im Plauderton nach, bevor er in die Küche schlenderte, um sich ein Glas Wasser einzuschenken. Seine Stimme war noch immer locker, doch seine Augen waren kaum merklich verengt. Ich hatte da mittlerweile einen Blick für. Also nickte ich nur wieder. Reden erschien mir nicht klug. Ähnlich wie Julian wollte ich nicht, dass ein eventueller Streit weiter eskalierte.

Misstrauisch musterte Josh mich über den Rand seines Glases hinweg. „Du bist sehr still, Lou", stellte er schließlich fest.

Ich zuckte lediglich die Achseln.

„Glaubst du ernsthaft, dass du dich nicht weiter reinreitest, wenn du einfach die Klappe hältst?"

Okay, die Taktik funktionierte wohl nicht. Das war gut. Schweigen war nämlich nicht meine Stärke. „Ich habe nur einfach nichts zu deiner Erfassung der heutigen Situation beizutragen", erklärte ich sachlich. „Außerdem denke ich noch immer darüber nach, wie Delia und Julian es geschafft haben, drei Jahre lang ihre Beziehung geheim zu halten. Das ist beeindruckend, oder?" Es war wahr, ich fand es beeindruckend. Aber größtenteils nutzte ich diesen Themenwechsel als Ablenkung. Wir beide wussten, dass ich Mist gebaut hatte. Meiner Meinung nach mussten wir nicht weiter darüber reden.

Josh wiegte seinen Kopf von der einen auf die andere Seite. Als wäge er ab, ob er anbeißen sollte. Letztendlich sagte er jedoch: „Na ja, sie waren die meiste Zeit davon in Geisenheim und nicht hier, also ..."

Ich seufzte und fasste meine Haare im Nacken zusammen. „Oh Mann, das ist doch furchtbar! Seinen Eltern nicht sagen zu können, dass man sich verliebt hat und glücklich ist."

„Wie lang hast du mich noch einmal vor deiner Mutter geheim gehalten?", wollte er mit gehobenen Brauen wissen.

„Das ist etwas völlig anderes!", sagte ich entgeistert. „Meine Mutter ist überglücklich darüber gewesen, dass ich endlich einen Mann mit vernünftigem Job gefunden habe. Sie hätte dich noch viel früher dazu gezwungen, mir einen Antrag zu machen, wenn ich es ihr sofort erzählt hätte."

„Und ich dachte, ich hätte selbst entschieden, dich zu heiraten."

„Nein, nein. Das war alles Gitti Manu. Sie lässt es nur gerne so aussehen, als wäre es deine eigene Entscheidung. Und du lenkst vom Thema ab!"

„Ich lenke von dem Thema ab, mit dem du von einem anderen Thema abgelenkt hast", erinnerte er mich schnaubend.

„Der Weinkeller ist der Tatort, oder?", ignorierte ich seinen Kommentar rigoros. Denn ich wollte es wirklich wissen.

Er seufzte schwer, stellte das Glas ab und fuhr sich mit einer Hand durch die Haare. Dennoch antwortete er: „Nicht der Keller. Ein ... Weinfass."

„Was?"

„Eines der Weinfässer", wiederholte er. „Wir haben eine Menge Blut darin gefunden. Sagen wir einfach, der Wein war sehr viel dickflüssiger, als er hätte sein sollen. Ich vermute, dass Jörg eines der Fässer geöffnet und sich darüber gebeugt hat und ihn jemand von hinten mit dem Korkenzieher attackiert und hineingeschubst hat. Sodass er mit Kopf und Schultern im Fass hing und dort ausbluten konnte."

Mein Hals wurde trocken und frische Übelkeit spülte in meinen Magen. „Wow. Aber ..." Angeekelt verzog ich das Gesicht und sah zu meinem Kater Twinky, der sich auf dem Couchtisch niedergelassen und selbst schon mal Blut geschlürft hatte. Damals, als eine Leiche auf meiner Couch gelegen hatte. Man sagte ja, dass Besitzer ihren Haustieren ähnelten, aber ... „Josh, der Wein, den ich getrunken habe ..., der ..."

„War nicht *dieser*, Lou!", beruhigte mich Josh. „Der war nur mit Finger gewürzt."

Erleichtert ließ ich die Schultern sinken. Das war ... na ja, nicht gut, aber besser? Blinzelnd konzentrierte ich mich wieder auf die eigentliche Frage, die ich hatte stellen wollen. „Warum hat der Mörder die Leiche denn nicht direkt drin gelassen?"

„Sie hat nicht reingepasst, schätze ich. Der Deckel ging nicht mehr zu."

„Oh, ich wette, das hat den Mörder sehr frustriert", bemerkte ich und verzog das Gesicht.

Josh hob eine Augenbraue. „Auf welcher Seite stehst du genau, Lou?"

„Ich weiß nicht ... Auf der Seite des Weins?", schlug ich schließlich unschuldig vor. „Der Wein, der jetzt absolut nutzlos ist? Die Zehntausende von Euro, die dadurch verloren gegangen sind?"

Josh hob auch die andere Augenbraue, doch ich sah, wie seine Mundwinkel sich nach oben bogen. „Ah, ja", sagte er nur, bevor er den Raum durchquerte und mich sacht zur Begrüßung auf die Lippen küsste.

Ich lächelte ... und wurde eine Sekunde später misstrauisch. Irgendetwas passte nicht. Ich hatte da ein Gefühl in der Brust. Ein flatterndes, aufgeregtes Gefühl, das mir zuflüsterte, dass irgendetwas nicht stimmte. Doch ich konnte nicht sagen, ob es mit dem zu tun hatte, was Josh gerade über den Fall gesagt hatte, oder mit seinem Verhalten ... Ich ließ mir seine Worte noch einmal durch den Kopf gehen, konnte jedoch nicht auf Anhieb etwas Auffälliges entdecken, bis ich …

Oh, jetzt wusste ich, was mich zumindest teilweise irritierte.

„Sag mal, bist du gar nicht wütend?", fragte ich überrascht und legte meinen Kopf in den Nacken, um besser in Joshs Gesicht sehen zu können.

„Weswegen wütend?", erwiderte er angespannt, und ich sah, wie er die Finger in die Lehne des Sofas grub. „Gibt es etwas, das du noch einmal in voller Länge mit mir besprechen möchtest? Für das du dich möglicherweise *rechtfertigen* möchtest? Von dem du glaubst, dass du dich dafür rechtfertigen *könntest*?"

Oh, oh. Okay. Der Anzahl seiner rhetorischen Fragen nach zu urteilen, wollte er nicht darüber reden. Na gut. Damit konnte ich leben. „Nein, nein", sagte ich deswegen hastig. „Überhaupt gar nichts. In einer Stunde kommen Emily und Finn, oder? Was wollen wir denn kochen?"

„Ich finde, du benutzt das Wort *wir* manchmal zu freigiebig", stellte Josh amüsiert fest. „Oder hast du mir gerade tatsächlich deine Hilfe beim Kochen angeboten?"

„Na ja, ich könnte dir zumindest beim Schnibbeln helfen."

„Nein, danke. Ich habe in den letzten Tagen wahrlich genug Blut gesehen. Ganz ehrlich: Ich hab keine Lust zu kochen. Keine Lust zu spülen. Keine Lust auf irgendetwas, das anstrengender ist, als an einem Tisch zu sitzen oder auf dem Sofa zu liegen … Also lass uns Emily und Finn einfach in irgendein Restaurant einladen, okay?"

Ich nickte. „Das klingt gut. Pizza um die Ecke?"

„Pizza um die Ecke.

# Kapitel 13

„Pizza? Wollt ihr mich um die Ecke bringen?" Vorwurfsvoll sah Emily mich eine Stunde später an. „Du weißt doch, dass mir geschmolzener Käse seit der Schwangerschaft schwer im Magen liegt!"

Ehrlicherweise war ich davon ausgegangen, dass geschmolzener Käse jedem *immer* schwer im Magen lag, aber okay. „Sorry, hab ich vergessen", meinte ich entschuldigend. „Aber du kannst hier auch Nudeln bestellen, Emmi. Oder Salat."

Finn verzog das Gesicht. „Wenn du Salat bestellst, muss ich dich verlassen. Salat in einer Pizzeria zu bestellen, ist so wie … Keine Ahnung. Einen Joint aus Rosmarin zu rauchen. Einfach nicht richtig."

„Es gibt Leute, die rauchen Rosmarin-Joints", murmelte Josh, der bereits schwer damit beschäftigt war, die Karte zu studieren. „Ein Kollege hat letztens ein Mädchen festgenommen, das seinen vierzehnjährigen Mitschülern das Zeug als Gras verkauft hat. Hat sich ein goldenes Näschen damit verdient."

„Ernsthaft?", fragte ich überrascht, doch ich war nicht die Einzige.

„Oh Mann, da hab ich mir ja echt was durch die Lappen gehen lassen", meinte Finn griesgrämig. „Ich hätte easy Basilikum in der Schule verticken können. Mir haben damals alle vertraut." Joshs Mundwinkel zuckten, bevor er mir zuflüsterte: „Ich habe das Gefühl, Finn gerade auf dumme Gedanken gebracht zu haben."

„Oh, auf schlechte Ideen kommt er schon von ganz allein", versicherte ich ihm ernst. „Die Lorbeeren kannst du nicht einheimsen."

„Worüber tuschelt ihr?", wollte Emily wissen. „Ach, mich ärgert es, dass ich voll den krassen Geruchssinn, aber kein besseres Gehör habe."

„Nichts", sagte ich hastig und winkte ab. „Lasst uns erst mal was bestellen, ja? Dann könnt ihr uns erzählen, warum ihr euch mit uns treffen wolltet. Ich verhungere gleich." Ich hatte heute nämlich fast nur Kekse gegessen.

Die beiden nickten. Finn nahm eine Calzone und Emily eine Vier-Käse-Pizza – verstehe einer die Welt. Ich blickte währenddessen öfter mal auf mein Handy. Es war kurz nach acht. Ariane und Marvin waren mittlerweile auf ihrem Date. Wie es wohl bei ihnen lief? Waren sie nervös? Wussten nicht, worüber sie reden sollten?

Oh Gott, am liebsten wäre ich direkt zu dem Chinarestaurant gefahren, in dem sie saßen, und hätte sie bei ihrem Treffen belauscht. Mann, Mann, ich musste meine Neugierde wirklich irgendwann unter Kontrolle kriegen. Nächstes Jahr. Wenn ich Zeit dafür hatte.

„Wieso guckst du die ganze Zeit auf dein Handy?", wollte Josh automatisch wissen, weil dem Typ einfach nichts entging. „Weil Marvin und Ariane heute ein Date haben und ich wissen will, wie es läuft."

„Ah." Er nickte. „Das Bestechungsdate."

Meine Wangen wurden heiß. „Marvin hat es sich redlich verdient."

„Mhm, klar."

„Sagt mal, wann kommen denn eigentlich eure Hochzeitseinladungen?", wollte Finn wissen, als der Kellner mit unseren Getränken kam. „Und wird es eine offene Bar geben? Wenn nicht, weiß ich nämlich noch nicht, ob ich komme. Da ich ja auch kein Trauzeuge oder so bin." Er warf Josh einen beleidigten Blick zu.

„Keiner oder alle. Das war meine Devise", erwiderte der schlicht. „Und wir schicken die Einladungen, sobald wir eine Location gefunden und einen Termin festgelegt haben."

„Wann habt ihr eine Location gefunden?", grätschte Emily rein.

Ich wechselte einen Blick mit Josh. Wir hatten keine Antwort darauf.

„Oh und Louisa", fuhr Emmi fort. „Machst du die Blumen für deine Hochzeit selbst oder darf ich? Und was für Blumen willst du?"

„Wir haben noch gar nicht über die Blumen geredet", meinte ich nachdenklich. „Aber ich will auf keinen Fall –"

„Rosen wären doch schön, oder?", meinte Josh.

„*Rosen?* Nein!", widersprach ich sofort.

„Aber sie sind klassisch."

„Klassisch ist ein Synonym für langweilig."

„Blödsinn. Klassisch ist gut. Klassisch ist ... nicht zu exzentrisch."

„Was ist schlecht an exzentrisch?"

„Gar nichts", sagte er sofort. „Aber so, wie ich dich kenne, nimmst du eine Aloe Vera, die bei einem tragischen Unfall einen ihrer Arme verloren hat, als Brautstrauß. Weil sie sonst so traurig wäre."

Oh, ein Aloe Vera-Strauß! Das wäre etwas Besonderes. Aber leider auch etwas stachelig, oder? Trotzdem, man könnte ...

Ich blinzelte mehrfach und schüttelte den Kopf. „Das stimmt nicht", widersprach ich vehement.

„Du hast es gerade in Erwägung gezogen, oder?", fragte er trocken.

Ach, er konnte mein Gesicht viel zu gut lesen, das war unfair! „Josh, wir werden keine Rosen-Hochzeit feiern."

Josh lehnte sich im Stuhl zurück und verschränkte die Hände im Nacken. „Ich finde, ich sollte das entscheiden dürfen, Lou."

„Was? Wieso? Ich bin die Blumenexpertin! Ich sollte die Entscheidung treffen."

„Ja, aber der heutige Tag hat wieder einmal gezeigt, dass du nicht dazu in der Lage bist, eine *gute* zu treffen."
„Oh, klasse. Du bist ja doch wegen heute Nachmittag wütend", sagte ich genervt.

„Was war denn heute Nachmittag?", wollte Finn wissen, doch wir ignorierten ihn.

„Natürlich bin ich wütend", sagte Josh ungläubig und ließ die Hände sinken. „Ich wäre heute beinahe dazu gezwungen worden, dich zu verhaften, Lou! Meine Güte, du musst jedes Mal noch eine Schippe draufsetzen, oder?"

„Es war ein Versehen!"

„Erwischt zu werden, meinst du?"

Nun ... ja! „Gott, Josh. Wenn du wütend bist, warum sagst du mir dann nicht, dass du wütend bist?", fragte ich frustriert.

„Also erstens: Komm schon, du kennst mich!", meinte er verärgert. „Du wusstest es. Zweitens: Ich versuche Privates und Arbeit zu trennen. Dieser Abend hier ist eigentlich privat."

„Moment, könnt ihr noch mal zurückspulen?" Finn sah mit gerunzelter Stirn von einem zum anderen. „Lou wurde heute beinahe verhaftet? Weswegen?"

„Finn ...", meinte ich seufzend.

„Och menno, das hört sich viel spaßiger an als Babyzeug zu kaufen", murrte Emily.

„Ja", stimmte Finn ihr zu. „Ich bin schon so lange nicht mehr beinahe verhaftet worden."

„Das ist etwas *Gutes*, Finn!", informierte ich ihn, bevor ich bissig an Josh gewandt hinzufügte: „Und ich treffe gute Entscheidungen."

„Ja? Welche?"

„Ich hab entschieden, *dich* zu heiraten, oder nicht?"

„Ja, und ob das eine gute Entscheidung war, fragen wir uns seit Monaten", sprang Finn wenig hilfreich ein. „Ich meine, willst du wirklich ein Rispo werden?"

„Nein, will ich nicht. Ich werde meinen Namen behalten."

Josh presste die Lippen zusammen. Finn machte große Augen. „Oh. Wirklich?" „Ja."

„Hm." Finn sah mit gerunzelter Stirn zu seinem Bruder. „Hat deine letzte Verlobte nicht auch schon den Namen behalten wollen? War dann ja wohl auch die richtige Entscheidung, was? Da sie dich dann ja nicht geheiratet hat und so."

„Was ist falsch an Manu?", wollte Emily wissen. „Es ist ein toller Name!"

„Es klingt wie die Abkürzung von Manuel", stellte Finn fest.

„Und Rispo klingt, als hättet ihr Tomaten angepflanzt und vergessen, wie man den Zweig nennt, an dem sie wachsen", feuerte Emily zurück.

„Hä?", machte Finn, doch ich hörte ihm gar nicht zu.

Ich sah mit geöffneten Lippen zu Josh. „Deine Ex-Verlobte wollte deinen Nachnamen nicht annehmen?"

„Nein", sagte er angespannt. „Aber das ist auch überhaupt nicht wichtig. Können wir über etwas anderes reden? Ihr wolltet was mit uns besprechen." Er sah zu Emily und Finn.

„Aber … deine Ex-Verlobte wollte deinen Namen nicht?", echote ich.

„Oh, großer Gott. Lou. Ich sagte: Können wir über etwas anderes reden?"

„Aber –"

„Nein", beharrte er.

„Puh." Emily beugte sich zu Finn und murmelte: „Und ich dachte immer, *wir* wären uns uneinig. Aber wir haben zumindest schon einen Namen fürs Baby."

„Einen Namen? Was denn für einen?", wollte ich wissen. „Und so uneinig sind wir uns nicht. Wir haben uns zumindest schon darauf festgelegt, dass …" Der Satz blieb im Raum hängen, während ich versuchte, mich daran zu erinnern, über welchen Teil unserer Hochzeit wir schon gesprochen hatten, bei dem wir uns tatsächlich einig geworden waren. Doch mir fiel keiner ein.

„Wir haben festgelegt, dass wir heiraten", sprang Josh ein.

Ich lächelte erleichtert. „Ja, genau. Das."

„Das ist nicht viel", stellte Emily das Offensichtliche fest. „Und wir verraten niemandem den Namen. Wir wollen nicht, dass ihn jemand kaputtmacht oder seinen Hamster so nennt." Ich nickte. Das war verständlich.

Die Pizzen kamen, ich sah erneut auf mein Handy, falls Ariane mir einen Hilferuf geschickt hatte, doch mein Display war leer ... Und was war das jetzt mit Joshs Ex-Verlobten gewesen? War das ein schwieriges Thema für ihn?

„Hör auf, mich so anzusehen, Lou", murmelte Josh und drückte kurz mein Bein.

„Aber ..."

„Ihr wolltet mit uns über etwas reden", unterbrach Josh mich und blickte zu Emmi und Finn. „Also redet!"

„Oh ja", antwortete Finn mit vollem Mund und nickte. „Also, uns ist klar, dass es noch sehr früh ist ..."

„... und wenn ihr weiter so zankt und euch doch noch trennt, nehmen wir das Angebot zurück", warf Emily ein.

Josh verdrehte die Augen. „Wir werden uns nicht trennen. Wir haben es mal versucht und es war scheiße, also ..."

„Das, was er sagt", bestätigte ich zufrieden und das flatternde Gefühl in meiner Brust beruhigte sich sofort ein wenig.

„Gut." Finn nickte fest. „Dann wollten wir fragen, ob ihr Bock hättet, vielleicht Paten zu werden."

Mein Magen zog sich freudig zusammen. „Wirklich?"

Emmi zuckte die Schultern. „Ganz ehrlich? Jannis hat mit seinen eigenen Kindern zu tun, Finns andere Brüder benehmen sich selbst noch wie Kinder, unsere Freunde rauchen zu viel Gras. Es war das einzig Logische."

Okay, sie hätte auch einfach sagen können, dass sie uns liebten und sich niemand Besseren als Paten vorstellen könnten. Aber das wäre wohl selbst für die schwangere Emily zu rührselig gewesen.

„Oh, vielen Dank! Das machen wir natürlich ... oder, Josh?"

Ich blickte zu meinem Verlobten, der mit gerunzelter Stirn auf sein Handy starrte. Ich rammte ihm zärtlich meinen Ellbogen in die Seite. „Josh?"

„Was? Oh ja, klar. Paten. Kein Problem. Tut mir leid ... Ich muss gehen."

Finn biss die Zähne aufeinander. „Also, ein wenig freuen könntest du dich schon. Ich erlaube nicht jedem, meinem Kind den Führerschein zu bezahlen. Das machen Paten doch, oder?" Er blickte mit hochgezogenen Brauen zu Emily. „Den Führerschein zahlen. So war es zumindest bei uns."

Emily nickte wie selbstverständlich. „Natürlich. Wahrscheinlich legen Luisa und Joshua noch morgen ein Konto an."

Ich musste lachen, doch Josh sah noch immer ernst aus und schob jetzt seinen Stuhl zurück.

„Was ist los?", wollte ich verwirrt wissen. „Wohin musst du?"

„Arbeit", sagte er knapp. „Jemand ist im Baumann-Weingut eingebrochen."

Ich machte große Augen und sofort arbeitete mein Gehirn auf Hochtouren. Im konkurrierenden Weingut der Königs war eingebrochen worden? Kurz nachdem einer ihrer Mitarbeiter getötet worden war? Das war mit Sicherheit kein Zufall. „Wer war es?", fragte ich atemlos.

Josh warf mir einen ironischen Blick zu. „Ich wünschte, ich wüsste es, Lou. Denn das würde mir meine Arbeit erleichtern." Im nächsten Moment hielt er einen Kellner an und bat ihn, die Pizza für ihn einzupacken.

„Also, das kannst du dann aber nicht bringen, wenn du wirklich Pate wirst", meinte Finn warnend. „Wenn ihr uns ins Phantasialand einladet, kannst du nicht nach der Hälfte des Tages einfach so verschwinden. Vor allem nicht, wenn wir mit eurem Auto hingefahren sind, da Emily und ich uns sehr lange Zeit keines werden leisten können."

Wieso bekam ich auf einmal das Gefühl, mir den Titel als Patentante erkaufen zu müssen?

„Na, dann werden wir euch wohl besser nicht ins Phantasialand einladen", stellte Josh pragmatisch fest.

Zornig sah Emily zu Finn, bevor sie meinte: „Nein, also das ist jetzt auch keine Lösung. Aber darüber reden wir, wenn die Bohne da ist." Sie deutete mit dem Zeigefinger auf ihren Bauch.

„Eine klasse Idee", stimmte Josh zu, zog sich die Jacke über und nahm die Pizza vom Kellner entgegen. „Sorry für die Unterbrechung, aber genießt den Abend."

Ich unterdrückte ein Seufzen. Das würde sehr schwer werden, da ich jetzt wusste, dass irgendwer bei den Baumanns eingebrochen war, und ich nicht hinfahren konnte, weil Josh dort herumhing und mich wahrscheinlich doch noch verhaftete, wenn er mich dort entdeckte. Aber wenn ich ihm schon nicht zum Weingut folgen konnte, dann doch zumindest zum Ausgang.

„Josh? Du bist jetzt wahrscheinlich schon wieder die halbe Nacht weg, oder?", fragte ich, als ich ihn gerade noch erwischte, bevor er das Restaurant verließ.

„Ich gehe davon aus."

„Können wir dann kurz über die Sache mit deiner Ex-Verlobten –"

„Wir müssen über überhaupt nichts reden, Lou", versicherte er mir und trat an die frische Luft.

„Ich würde aber gerne", stellte ich klar und ging mit nach draußen. „Ich meine, Josh: Ich bin *nicht* deine Ex-Verlobte. Ich bin deine *jetzige*."

„Ich weiß", sagte er verwirrt.

„Na ja, nur falls du dir Sorgen machst, wegen der Namen –"

„Lou", unterbrach er mich und seine Mundwinkel zuckten, als er die Hände warm auf meine Schultern legte. „Ich mache mir keine Sorgen. Wirklich. Ich bin nicht wegen der Namenssache oder deswegen sauer, weil wir uns bei nichts anderem einig geworden sind. Es ist immer schwer, gemeinsam eine Entscheidung zu treffen, und es ist dein gutes Recht, deinen Namen behalten zu wollen – was nicht heißt, dass ich nicht versuchen werde, dich davon zu überzeugen, dass mein Name cooler ist."

Mit geöffnetem Mund sah ich ihn an. „Aber du hast eben so angespannt gewirkt …"

„Ja, weil da draußen ein Mörder frei rumläuft … und ich wütend bin, dass ich dich beinahe hätte verhaften müssen. Das ist alles."

„Oh, okay … Wow." Beeindruckt blinzelte ich ihn an. „Bist du etwa emotional über dich hinausgewachsen?"

Er schnaubte. „Sagen wir einfach, ich habe in den letzten Jahren gelernt, dass wir uns streiten und vertragen und letztendlich egal ist, was passiert – wir kriegen es irgendwie hin. Meistens mit einer Menge diskutieren, aber das ist mir egal, wenn wir am Ende des Tages … trotzdem wieder zueinanderfinden."

Wärme breitete sich in meinem Bauch aus und arbeitete sich durch meine Brust bis zu meinem Hals hinauf.

„Okay", sagte ich leise und konnte mich nicht davon abhalten, zu lächeln. „Das ist tatsächlich sehr … süß von dir. Das zu denken. Das zu sagen."

„Ja, erzähl es nicht weiter. Ich habe einen Ruf zu verlieren", murmelte er mit einem schiefen Lächeln und küsste mich auf die Stirn. Bevor er einen weiteren Schritt auf die Straße tat, drehte er sich allerdings noch einmal um.

„Ach, das mit dem Hinkriegen gilt natürlich nur, solange du nicht entscheidest, heute Nacht zum Weingut zu fahren, um dort herumzuspionieren und dich in Gefahr zu begeben. Denn wenn das so sein sollte, kriege ich nichts mehr hin, außer dich anzuschreien."

Mist. Das hatte ich befürchtet. Das war äußerst ärgerlich, aber wir hatten einen Deal und wenn Josh mir eine klare Anweisung gab, die den Mordfall betraf, durfte ich ihm nicht widersprechen. Weil ich seiner Meinung nach sonst in meinen Tod rennen würde. Und Josh hatte zu oft recht, um es zu riskieren.

„Jaja, ist ja schon gut", antwortete ich deshalb. Morgen reichte wahrscheinlich auch.

„Wundervoll. Dann kann ich ja jetzt Marvin anrufen und sein Date kaputtmachen."

Oh, nein. „Kannst du ihm nicht noch eine halbe Stunde geben?", wollte ich hoffnungsvoll wissen. „Er träumt seit Monaten von diesem Date."

Josh seufzte und rieb sich den Nacken. „Ich fasse es nicht, dass ich das sage, aber schön ... eine halbe Stunde gönne ich deinem Fake-Verlobten noch. Die erste Bestandsaufnahme kann ich auch allein machen."

Ich grinste. „Du bist der Beste. Du willst ihn also nicht mehr als Undercover-Agent einsetzen?"

Er schüttelte den Kopf. „Die Baumanns kennen ihn nicht und ich brauche einen Partner. Irgendwen, mit dem ich meine Gedanken teilen kann. Und dieser jemand bist nicht du", fügte er hinzu, als er meinen interessierten Blick bemerkte.

Wow. Er war *wirklich* über sich hinausgewachsen! Er hatte sich schließlich jahrelang dagegen gewehrt, einen neuen Partner zu bekommen.

„Also mach keine Dummheiten", verabschiedete er sich und nickte mir zu. Selbst diese unschuldige Geste wirkte warnend. Im nächsten Moment drehte er sich um und verschwand in der Dunkelheit.

Seufzend sah ich ihm nach, bevor ich zurück ins Restaurant ging und zusammen mit Finn und Emily meine Pizza aß. Die beiden diskutierten eine halbe Stunde darüber, ob Ananas etwas auf einer Pizza zu suchen hatte oder nicht, und obwohl ich normalerweise eine Menge zu diesem Thema zu sagen hatte – nämlich, dass es diskriminierend war, irgendeinem Obst oder Gemüse verbieten zu wollen, sich auf eine leckere Teigplatte mit Tomatensauce zu legen –, waren meine Gedanken bei dem Einbruch. Wo genau war eingebrochen worden? Was war gestohlen worden? Wann war das Ganze passiert? Es war noch keine neun Uhr, der Täter hatte also am frühen Abend, vielleicht sogar bei Licht, agieren müssen. Hatte das Ganze etwas mit dem Mord zu tun? Und wenn ja, was?

Oh Gott. Josh hatte recht. Meine Neugierde würde mich irgendwann noch einmal umbringen. Aber nicht, weil ich einen Mörder damit dermaßen auf die Palme brachte, dass er mich kurzerhand erschoss, sondern weil mein Blutdruck schlichtweg jedes Mal in die Höhe schoss!

Als wir endlich fertig mit Essen waren, rauchte mein Kopf ... und der Käse lag mir schwer in meinem Magen. Ich würde morgen zum Weingut Baumann fahren müssen. Mir und meinem Blutdruck blieb nichts anderes übrig. Aber ich wollte nicht allein hin und ich war mir ziemlich sicher, dass ich Marvin nicht noch einmal dazu überredet bekam, meinen Verlobten zu spielen. Unter anderem deswegen, weil die Baumanns heute Abend erfahren würden, dass er Polizist war.

Doch mir gefiel diese Verlobten-Sache. Sie gab mir einen Vorwand, mich auf dem Weingut umzusehen, vorausgesetzt man konnte dort auch seine Hochzeit feiern. Und wenn weder Josh noch Marvin mein Fake-Verlobter sein wollten ... dann brauchte ich eine andere Option. Und als ich mich vor der Tür von Finn und Emmi verabschiedete, hatte ich eine Idee, wie ich meine Neugierde gleich doppelt befriedigen konnte.

Ich zog mein Handy aus der Tasche und wählte die Kurzwahlnummer zwei. Meine beste Freundin hob nach dem dritten Klingeln ab.

„Du hast vielleicht ein Timing. Marvin hat mich gerade eben sitzen lassen müssen."

„Ja, ich weiß. Rate mal, wegen wessen Verlobten dein Date unterbrochen wurde."

Ariane seufzte. „Hey, das heißt zumindest, dass Marvin nicht gelogen hat. Es war wirklich ein Arbeitsnotfall. Das ist beruhigend."

„Marvin lügt nicht. Ich glaube, das liegt ihm einfach nicht im Blut. Der Arbeitsnotfall ist tatsächlich auch, warum ich anrufe ... Du hast nicht zufällig Lust, meine Verlobte zu spielen? Morgen Nachmittag womöglich?" Da war Emily zusammen mit Leonie, meiner anderen Auszubildenden, im Laden und die Chance, dass die Polizei ihre Beweisaufnahme beendet hatte, relativ hoch.

Einige Augenblicke lang herrschte absolute Stille auf der anderen Seite. Dann: „Klar! Warum nicht? Wofür?"

Und genau das war der Grund, warum ich Ariane so liebte!

„Erkläre ich dir morgen, dann kannst du mir auch von deinem Date mit Marvin erzählen."

Denn ich wollte wirklich wissen, wie es gelaufen war!

# Kapitel 14

„Es gibt nicht viel zu erzählen, Lou!"

„Was soll das denn heißen? Es war ein Date mit Marvin Held. Natürlich gibt es *etwas* zu erzählen."

„Nein, nicht wirklich", meinte sie abwehrend und hob die Schultern. „Wir haben uns ganz gut verstanden, den Rest wird man sehen."

Also, das war ja mal die unbefriedigendste Antwort, seit meine Eltern mir mit sechs erklärt hatten, dass die Babys aus dem Bauch der Mutter kamen. Denn wie waren sie dort hineingekommen? Platzten sie heraus? Oder nahm man einfach die obere Hälfte des Bauches ab, wie bei einem Ü-Ei? Musste man eine magische Bohne essen, damit es funktionierte? All diese Dinge hatten sie mir nicht erklären können. Dabei waren das die Informationen gewesen, die wirklich zählten!

„Es tut mir leid, aber das kann ich nicht akzeptieren. Hast du Funken gespürt? Hast du dich zu ihm hingezogen gefühlt? War es leicht, mit ihm zu reden? Oder gab es ständig irgendwelche merkwürdigen Momente der Stille, die niemand zu füllen wusste?"

Es war wirklich ärgerlich, dass ich mich auf die Straße vor mir konzentrieren musste und somit nicht jede einzelne Gesichtsregung meiner besten Freundin mitbekam. Denn alles, was sie auf meinen Schwall an Fragen antwortete, war: „Och, ja."

Ich warf ihr einen hastigen Seitenblick zu – waren ihre Wangen rosa? – und schüttelte den Kopf. Keine Sekunde später hielt ich an einer Ampel und setzte gerade dazu an, sie weiter mit Fragen zu löchern, als sie meinte:

„Erzähl du mir lieber, was du über diesen Mord weißt. Und wo wurde jetzt eingebrochen? Marvin meinte gestern nur irgendetwas von Wein?"

„Ach, es gibt da diese Fehde zwischen zwei Weingütern. Und eine Romeo-und-Julia-Geschichte. Und einen toten Mitarbeiter, der in einem Weinfass mit einem Korkenzieher erstochen wurde. Lauter langweilige Dinge eben. Nicht so interessant wie dein Date mit Marvin gestern."

„Lou!", meinte sie lachend. „Das hört sich nach der besten Soap-Opera überhaupt an. Und damit rückst du erst jetzt raus?"

Ich winkte ab. Wenn ich ehrlich war, hatte ich selbst das Gefühl, nicht genug zu wissen, um sie vernünftig ins Bild zu setzen. Ich hatte heute Nacht versucht, Josh über den Einbruch auszuquetschen, doch er war um vier Uhr nachts ärgerlich müde gewesen, als er zu mir ins Bett gekrabbelt war, und überhaupt nicht hilfreich.

Auf meine Frage, was denn überhaupt gestohlen worden war, hatte er nur geantwortet: „Es wurde nichts gestohlen. Es wurde etwas hinterlassen. Und jetzt lass mich schlafen. Ich bin zu schwach, um mich gegen dich zu wehren."

Mehr hatte ich leider nicht aus ihm herausbekommen.

Also gab ich Ariane kurz und knapp wieder, was Josh mir widerwillig erzählt hatte, bevor ich ihr die Sache mit der verbotenen Liebe zwischen Delia und Julian sowie der Weinfehde näherbrachte.

„Oh, Mann. Immer, wenn du so etwas erzählst, habe ich das Gefühl, dass mein Leben absolut langweilig ist. Du hast gestern auf einem fremden Balkon festgesteckt, während ich Schokolade temperiert habe."

„Alles, was ich gehört habe, ist, dass ich *ohne* Schokolade auf einem Balkon festgesteckt habe, während du *mit* Schokolade ganz woanders warst. In meinem Kopf bist du die klare Gewinnerin. Abgesehen davon hattest du ein heißes Date mit einem Polizisten, während ich ein eiskaltes Date mit meiner Schwester und ihrem Freund hatte, die mich und Josh praktisch gefragt haben, ob wir es uns *leisten* könnten, die Paten für ihr Kind zu werden." Ich warf ihr einen unschuldigen Seitenblick zu. „Apropos Date: War es heiß?"

Sie verdrehte die Augen. „Du bist wie ein Hund mit seinem Knochen."

Sie war schon die Zweite, die das innerhalb der letzten Tage behauptete, auch wenn ich fand, dass der Vergleich hinkte.

Viel eher sollte sich dieser Hund mit dem Knochen mit *mir* vergleichen.

„Komm schon, Ariane", drängelte ich, als die Ampel auf Grün sprang und wir in eine etwas ländlichere Gegend der Stadt fuhren, auf der siebzig anstelle von fünfzig erlaubt war. Das Weingut befand sich außerhalb des Zentrums. „Gib mir zumindest ein paar Details. Habt ihr euch geküsst? Hast du ein Kribbeln gespürt? Hast du gedacht: Mann, Marvin ist wirklich ein cooler Typ." Denn dann wäre sie wahrscheinlich die Erste. Man konnte eine Menge Adjektive benutzen, um Marvin zu beschreiben, aber cool war keines davon.

„Wir hatten nur das halbe Date, Lou, schon vergessen?", antwortete sie ungeduldig und strich sich die glatten blonden Haare über die Schulter. „Wann hätten wir uns küssen sollen? Der Gutenachtkuss musste ja leider ausfallen. Ich kann dir also noch gar nicht sagen, ob die Chemie zwischen uns stimmt, weil wir keine … chemischen Experimente vollzogen haben." Sie hob einen Mundwinkel. „Obwohl Marvin mir allerhand zu den verschiedenen Farben erzählt hat, in denen Flammen unter Zusatz chemischer Stoffe erstrahlen können. Das zählt vielleicht zu fünfzig Prozent."

Oh je. Marvin hatte mit ihr über Flammen geredet? Das war eigentlich nichts, über das man beim ersten Date quatschte, oder? Ach, ich wusste es nicht mehr. Mein erstes Date lag Ewigkeiten zurück. Und wenn alles gut lief, würde ich nie wieder eins haben. Das hätte mir vielleicht Angst machen sollen, aber ehrlich gesagt war ich einfach nur erleichtert, dass mir der Stress erspart blieb.

„Vielleicht solltest du dir das mit dem Gutenachtkuss einfach für das nächste Mal vornehmen, wenn du ihn siehst", schlug ich vor. „Ihn einfach packen und küssen. Um herauszufinden, ob da irgendetwas zwischen euch ist. Damit sparst du dir womöglich eine Menge anderer Dates."

„Ich weiß nicht. Marvin scheint mir nicht so der spontane Typ zu sein. Vielleicht würde ich ihn mit einem derartigen Überfall abschrecken."

Ich drückte das Gas weiter durch, weil die Straße vor mir komplett frei war, und wiegte nachdenklich den Kopf von der einen auf die andere Seite. „Gibt nur eine Möglichkeit, das rauszufinden", stellte ich fest.

„Ich bin schüchterner als du, Lou! Wirklich, auch wenn ich Marvin ..." Ihre Stimme ging in einer lauten Sirene unter. Das war erstens schade, weil ich unbedingt wissen wollte, wie Aris Satz endete, und zweitens weil die Sirene von einem blinkenden Blaulicht begleitet wurde, das in meinem Rückspiegel aufleuchtete. Ein Polizeiwagen.

Automatisch fuhr mein Blick zum Tacho. Oh, Mist. Ich war fünfzehn Kilometer die Stunde drüber, weil ich zu sehr damit beschäftigt gewesen war, meiner besten Freundin Informationen aus der Nase zu ziehen, die sie mir partout nicht hatte geben wollen. Aber vielleicht hatte er die Sirene gar nicht meinetwegen angestellt, es könnte auch sein, dass ... Das Wort „Stopp" leuchtete rot zwischen den Blaulichtern auf. Shit.

Leise fluchend verlangsamte ich den Wagen und fuhr schließlich seitlich ran. Es war das zweite Mal innerhalb von zwei Tagen, in denen ich etwas Illegales tat und dabei erwischt wurde. Irgendetwas stimmte mit dem Universum nicht. Bis jetzt hatte ich mich doch auch immer sehr erfolgreich durchs Leben geschummelt, mit dem großen Zeh nicht immer, aber doch oft genug auf der Grenze des Gesetzes. Vielleicht hatte Trudi recht. Vielleicht war Josh ein schlechter Einfluss auf mich. Oder zumindest auf mein Karma oder die Glücksgötter, die sonst immer über mich gewacht hatten. Ich würde gegen ihn *Mensch ärger dich nicht* spielen müssen. Wenn ich dort verlor, war das ein Beweis dafür, dass sich mein Glück gewendet hatte. Denn in dem Spiel war ich seit achtzehn Jahren ungeschlagen.

„Das gibt ein Knöllchen", meinte Ariane zerknirscht. „Du warst zu schnell."

„Ja, aber ich bin auch mit einem Kriminalkommissar verlobt", gab ich zu bedenken.

Ich wollte wirklich keine dieser Frauen sein, die die Stellung ihres Mannes ausnutzten. Aber noch waren Josh und ich nicht verheiratet, noch traf das also gar nicht auf mich zu, wenn ich seinen Namen vor dem blonden Verkehrspolizisten, der nun auf uns zukam, fallen ließ. Er musste es ja nie erfahren.

Ich ließ mein Fenster herunter und setzte ein freundliches Lächeln auf, während der Polizist hinter uns stehen blieb, mein Kennzeichen notierte und dann zur Fahrerseite schlenderte.

„Guten Morgen", sagte er schroff. „Sie wissen, was Sie falsch gemacht haben, oder?"

Oje. Diese Frage versetzte mich sofort in meine Kindheit zurück. Denn sie war mir früher immer von meiner Mutter gestellt worden, wenn ich mal wieder im Garten herumgewühlt und mit zwei Litern Erde auf Hose und Shirt in ihre blank polierte Küche gelaufen war, um mir die Hände zu waschen. So, wie sie es mir beigebracht hatte. Aus irgendeinem Grund war sie darüber in diesen Momenten nicht glücklich gewesen. Verstehe einer die Erwachsenen!

„Falsch gemacht?", echote ich und hob besorgt die Augenbrauen. „Oh nein. Bin ich zu schnell gefahren?"

„Ich fürchte, ja. Und das nicht zu knapp."

„Ach." Ich strich mir die Haare aus der Stirn und blickte kurz zu Ariane. „Das habe ich gar nicht gemerkt. Du etwa?"

„Nein", sagte sie pflichtbewusst und gab sich Mühe, schuldig dreinzusehen. „Das ist ja wirklich blöd."

Ich seufzte schwer. „Na ja, da kann man nichts machen. Und das, obwohl mein Verlobter mir andauernd sagt, dass ich auf Landstraßen besser aufpassen muss. Weil man gerne mal denkt, man dürfe hundert fahren, obwohl nur siebzig erlaubt sind! Er ist auch Polizist, wissen Sie? Allerdings Kriminalkommissar."

Mein Gegenüber runzelte die Stirn. „Echt? Wer denn da?"

„Keine Ahnung, ob Sie ihn kennen ... Kommissar Joshua Rispo? Der wird überhaupt nicht glücklich sein, dass ich angehalten wurde, schätze ich."

Ich betrachtete das Gesicht des Polizisten genauer ... und erkannte genau den Moment, in dem es in seinem Kopf Klick machte. Denn Josh hatte die beste Aufklärungsquote im ganzen Kölner Präsidium und sein Name war nicht unbekannt.

Allerdings war ich selbst wohl noch ein wenig berühmter.

„Moment." Er runzelte die Stirn. „*Sie* sind Louisa Manu?"

Natürlich. Er kannte meinen Namen. War das jetzt gut oder schlecht?

Ich seufzte und lehnte mich im Sitz zurück, während der Verkehrspolizist mich neugierig musterte.

„Sie sehen gar nicht so verrückt aus", stellte er überrascht fest.

Düster sah ich ihn an. „Vielen Dank. Das sagen mir Leute ständig. Also, jetzt, da wir uns kennen: Ich weiß, dass ich etwas zu schnell war, aber können wir es nicht einfach vergessen und ... was *tun* Sie da?"

Der Polizist hatte mir den Rücken zugewandt und ein Handy aus der Tasche geholt, das er jetzt merkwürdig ungelenk in die Luft reckte. Machte er gerade ein verdammtes Selfie von uns beiden?

„Es glaubt mir doch sonst niemand, dass ich Sie wirklich getroffen habe", meinte er, grinste dämlich in die Kamera und machte das Foto.

Klasse. Ich war tatsächlich eine Berühmtheit. „Soll ich Ihnen das Foto auch noch unterschreiben, oder was?", fragte ich genervt.

„Nee, die Unterschrift krieg ich ja gleich, wenn Sie mir das Knöllchen unterschreiben", meinte er und winkte ab, ein hämisches Lächeln auf dem Gesicht.

Okay, jetzt pisste er mich langsam an.

„Möchten Sie wirklich der Typ sein, der ungefragt von Rispos Verlobten ein Bild schießt und ihr dann ein Knöllchen gibt?", fragte ich im Plauderton. „Ich weiß ja nicht, wie gut sie ihn kennen, aber Sie haben sicherlich gehört, dass er bereits einen Kollegen krankenhausreif geschlagen hat?"

Zugegeben, das war sein ehemals bester Freund gewesen, der seine ehemalige Verlobte gevögelt hatte, aber das ließ ich mal lieber unerwähnt. Des dramatischen Effektes wegen.

Tatsächlich sah der blonde Blöd-Jüngling etwas verunsichert aus. Er kratzte sich nachdenklich an der Stirn und wiegte den Kopf hin und her. „Hab schon gehört, dass er wütend sehr unangenehm ist", murmelte er dann.

„Oh, das ist er!", sprang Ariane ein und sah ihn ernst an. „Ich war schon einmal dabei … und Mann, das möchten Sie nicht erleben!"

Arianes große blaue, aufrichtige Augen hätten selbst mich fast davon überzeugt, dass Josh ein jähzorniges Monster war.

Der Polizist war aber noch immer unschlüssig. „Na ja, Sie haben dennoch das Gesetz gebrochen, Frau Manu. Das waren mindestens zehn zu viel!"

„Zehn sind doch fast fünf und fünf ist nichts", meinte ich und winkte ab.

Er zog eine Grimasse und schließlich zog er seufzend wieder das Telefon aus der Tasche. „Wissen Sie was? Ich rufe Kommissar Rispo einfach kurz an und frage, was ich tun soll. Er hat seine Nummer für genau solche Fälle ans Schwarze Brett gepinnt."

Meine Kinnlade klappte herunter. „Er hat … was?"

„Na ja, er meinte, falls Sie irgendwer mal an einem Tatort oder in einer prekären Lage erwischt, sollen wir ihn doch bitte anrufen. Ich glaub, er zieht es vor, Sie selbst anzuschreien, anstatt diese Aufgabe zu delegieren." Er gluckste und wählte im nächsten Moment eine Nummer.

Oh Gott.

Panisch sah ich zu Ariane, die nur hilflos die Achseln zuckte. Doch auch sie konnte sich wohl ungefähr vorstellen, wie Josh auf diesen Anruf reagieren würde, denn sie rutschte unwohl auf ihrem Sitzplatz hin und her.

*Bitte geh nicht ran, Josh, bitte geh nicht ran ...*

„Ja, hallo, Kommissar Rispo", sagte der Polizist, sein Rücken plötzlich gerade und das Grinsen von seinem Gesicht gewischt. „Hier spricht Fabian Kleist, ich bin Polizist und habe soeben Louisa Manu, Ihre Verlobte, wegen überhöhter Geschwindigkeit angehalten. Ich müsste ihr eigentlich ein Knöllchen geben, aber sie hat impliziert, dass", er räusperte sich, „nun, dass ich ein Auge zudrücken sollte. Weil sie doch Ihre Verlobte ist."

Einige Momente lang war da nur absolute Stille.

Dann: „*Sie hat Ihnen was* gesagt?"

Leider war Rispos Stimme durchdringend genug, um sie auch ohne Lautsprecher zu hören. Ich zuckte kaum merklich zusammen und verzog das Gesicht. Er würde mich nicht den Wölfen zum Fraß vorwerfen, oder? Nein, sicherlich würde er ...

„Wie viel war sie drüber?"

„So fünfzehn."

„Dann geben Sie ihr natürlich ein Knöllchen!", sagte er so laut, dass der Polizist instinktiv das Handy von seinem Ohr weghielt. „Und wissen Sie was? An Ihrer Stelle würde ich ihr noch versuchte Erpressung anhängen und überprüfen, ob sie Warnweste und Warndreieck dabeihat."

Oh, dieser Mistkerl. Er sagte mir seit Monaten, dass ich mir beides kaufen sollte, weil es illegal war, ohne herumzufahren. Natürlich hatte ich ihn ignoriert. Ich presste die Lippen zusammen und sah zornig zu dem Polizisten auf. Der stolperte erschrocken zurück. „Sie sieht gerade sehr wütend aus", sagte er perplex.

„Ach, der Blick gilt nicht Ihnen", sagte Rispo trocken.

„Josh! Die blöde Warnweste steht jetzt gerade nicht zur Debatte!", fuhr ich ihn übers Telefon an. Doch ich sah nur den Polizisten zusammenzucken, nicht Rispo. Das war nur halb so befriedigend.

„Ähm, die überprüfe ich schon nicht", beeilte er sich zu sagen.

„In Ordnung. Ihre Entscheidung. Dann –" Josh brach ab, und mir war klar, dass er etliche Kilometer entfernt war und ich nur den gedämpften Hall seiner Stille hören konnte – aber ich hätte schwören können, dass die Stille geschwängert von Anspannung war. „Moment, warten Sie kurz", sagte er langsam. „Wo genau haben Sie sie aufgelesen?"

Oh, nein. Ich legte mir eine Hand über die Augen.

„Ähm, auf der Landstraße Richtung Weiden."

„Oh, verdammt, Lou, du solltest auf der Arbeit sein!", ging Josh den armen Polizisten an.

Der sah fragend zu mir, doch ich verweigerte ihm eine Antwort.

„Gott, wissen Sie was?", erklang Rispos genervte Stimme. „Verhaften Sie sie. Wegen Beamtenbeleidigung."

„Aber sie hat mich nicht be-"

„Josh, du mieser Kackblödmann!", fuhr ich ihn ungehalten an und lehnte mich so weit wie möglich aus dem

Fenster, damit er mich auch ja hörte. „Was soll der Mist? Ich darf langfahren, wo ich will."

„Sehen Sie", hörte ich ihn sagen. „Beamtenbeleidigung."

„Öhm." Der Streifenpolizist sah sichtlich unwohl zu mir. „Das fühlt sich für mich nach einem privaten Disput an, in den ich mich nicht einmischen sollte."

„Da haben Sie verdammt recht!", informierte ich ihn. „Legen Sie auf."

„Lou", rief Josh wütend über das Telefon. „Dreh um! Es gibt beim Weingut Baumann nichts zu sehen."

„Ich hab keine Zeit, darüber zu diskutieren, Josh", rief ich zurück. „Mein Verlobter wartet auf mich!"

„*Ich bin* dein Verlobter!"

„Den anderen, meinte ich. Oder besser gesagt *die* andere."

„Lou! Wen hast du jetzt schon wieder da mit reinge-"

„Bis dann, Josh", unterbrach ich ihn hastig und nahm dem Polizisten rigoros das Handy aus der Hand. „Ich muss auflegen, bevor mir noch eine weitere Beamtenbeleidigung rausrutscht." Dann legte ich auf.

Der Polizist sah mich mit großen Augen an. „Was für eine Art von Pärchen sind Sie beide?"

„Das ‚guter Cop, böser Cop'-Pärchen", stellte ich klar, ging in seine Galerie, löschte das Foto, das er von mir gemacht hatte, und reichte ihm das Telefon zurück.

Der Polizist lachte nervös auf. „Ähm, Sie sagen ihm, dass ich alles richtig gemacht habe, oder? Dass ich nach offiziellem Prozedere vorgegangen bin und so? Es kann nie schaden, wenn Kommissar Rispo eine gute Meinung über einen hat."

Ich verdrehte die Augen, doch nickte. „Jaja, ich werde ihm erzählen, dass Sie der freundlichste Polizist waren, der mir je Geld abgeknöpft hat. Und jetzt geben Sie mir das blöde Knöllchen, damit ich weiterfahren kann. Ich hab noch was vor."

Das nächste Mal, nahm ich mir vor, würde ich Geld fürs Foto verlangen. Damit ich wenigstens was von meiner ungewollten Berühmtheit hatte.

# Kapitel 15

Ariane kicherte auf dem gesamten restlichen Weg zum Weingut der Baumanns, und ich war so genervt von der ganzen Sache, dass ich sogar das Interesse daran verloren hatte, sie weiter nach ihrem Date mit Marvin auszufragen. Sie würde ja ohnehin darauf pochen, dass sie mir keine zufriedenstellenden Informationen geben konnte.

Das Weingut der Baumanns lag neben einem noch grünen Senffeld, von denen ich bis zu diesem Moment noch behauptet hätte, dass es keines in Köln gab. Ich stellte den Passat in einer der sechs Parkbuchten ab, die das Weingut zu bieten hatte, während die Maisonne hinabschien und das Haus vor uns zum Glühen brachte.

Ich kniff die Augen zusammen und ließ den Blick schweifen. Das Haus der Baumanns war eindeutig kleiner als das der Königs. Es war auch kein Fachwerkhaus, sondern eines aus rostrotem Klinker. Es war dreckig und abgewetzt und wirkte insgesamt, als könne es jeden Moment den Backstein abgeben.

„Sieht ... gemütlich aus", kommentierte Ariane. „Aber ich sehe gar keine Weinberge." Mit der Hand über den

Augen, um sie von der Sonne abzuschirmen, besah sie sich die Umgebung.

„Nee, sie lassen sich die Trauben herbringen. Ist super untypisch und es gibt auch wirklich nur eine Handvoll Weingüter, die das machen, aber ... Ach, keine Ahnung, warum man ein Weingut in Köln eröffnen will. Die Konkurrenz untereinander ist ... groß."

„Mordsmäßig groß", fügte Ari hinzu.

Ich schloss den Wagen ab, sah einmal forschend den Straßenrand entlang – um sicherzugehen, dass keine Polizeiwagen hier standen, was sie nicht taten – und schlenderte dann zum Haus.

„Also, wir sind verlobt, nicht vergessen", meinte ich zu Ariane, die neben mir herlief.

„Oh, wie könnte ich? Ich liebe dich zu sehr, um auch nur eine Sekunde nicht daran zu denken", bemerkte sie lächelnd und hakte sich bei mir unter.

Ja, Marvin konnte noch eine Menge von Ariane lernen, was das Fake-Verlobten-Dasein anging. Mir war sofort klar, dass Ariane ein Naturtalent darin war.

„Vielen lieben Dank, ich dich auch", meinte ich und drückte sie kurz an mich. „Du hättest keinen Polizisten dazu aufgefordert, mich zu verhaften."

„Doch. Wenn ich dich dabei erwischt hätte, wie du hinter meinem Rücken mit Rispo schläfst, hätte ich das definitiv", erwiderte sie überzeugt. „Aber wenn du es klug anstellst, will ich nichts sagen."

„Oh, ich bin sehr gewieft darin, Dinge hinter dem Rücken anderer zu tun!", versicherte ich ihr. „Du wirst sehen."

Wir liefen über den schmalen Kiesweg zur offenstehenden Eingangstür, während ich mich beeindruckt im Vorgarten umsah.

Wenn das Haus der Königs ein Palast war, dann war dieses hier der Stall. Doch der Garten der Königs war ein verdorrter Rasen im Vergleich zu dem Aufgebot an Blumenpracht, mit dem allein dieser Vorgarten aufwartete. Ja, die Einfahrt der Königs war hübsch gewesen. Das Kakteenbeet mal etwas anderes. Doch hier säumten riesige weiße Kletterhortensien die Eingangstür, die nur von den rosa Kirschblüten der Baumgruppe zu unserer Rechten übertroffen wurden. Und zu meinem Entzücken konnte ich am Rande des Hauses den Anfang einer Wildwiese erkennen, auf dem haufenweise Klatschmohn – meine Lieblingsblume – blühte. Klar, es wirkte etwas heruntergekommen, aber ebenso … idyllisch.

„Die Blumen sind sehr hübsch", las Ariane meine Gedanken. „Perfekt für eine Hochzeit. Ich glaube, wir wären hiermit sehr glücklich, wenn der Rest stimmt." Die letzten zwei Sätze sagte sie lauter als nötig, und ich nickte ihr anerkennend zu. Sie hatte das Spiel verstanden.

Wir traten ein und liefen über eine Reihe knarrender Dielen, die dringend hätten abgeschliffen werden müssen. Wenn man sich hier auf den Boden warf, hatte man mit Sicherheit zwei Dutzend Splitter in Knien und Handflächen stecken. Nicht dass ich plante, mich hinzuwerfen, aber in meinem Leben bestand immer die Eventualität, dass ich den Boden näher als gewollt kennenlernte.

Der Putz bröckelte von den Wänden, die Bilderrahmen waren zusammengeklebt und eher Marke Ikea als antikes Herrenhaus. Staub sammelte sich auf den Deckenlampen und die alten Teppiche, die unsere Schritte dämpften, rochen muffig. Es hatte dennoch seinen Charme, aber es war glasklar, dass Weingut Baumann nicht dieselben finanziellen Mittel zur Verfügung standen wie Familie König.

Zu unserer Rechten stand ein großer Weidenkorb gefüllt mit kleinen Weinflaschen, über denen ein *Zu verschenken*-Schild hing. Die linke Seite des Zimmers füllte ein Tresen, der zwar nicht als Rezeption beschriftet, anhand des Computers und der älteren Frau mit mausbraunen kurzen Haaren und rundlichem Gesicht, die dahinter saß, jedoch sehr leicht als solche zu identifizieren war.

Ich erkannte sie sofort als Ehefrau von Sigmar Baumann, denn sie war ebenfalls auf dem Foto in dem Flur der Königs abgebildet gewesen. Auf dem *Alle sind so glücklich-Bild*, das jetzt keinen Wert mehr zu haben schien.

Es war gut, dass sie es war, die dort stand, denn nicht wenige Mitglieder der Familie Baumann kannten mich schon. Ich stieß spielerisch mit der Schulter gegen Arianes, bevor ich mit strahlendem Gesicht auf Frau Baumann zulief.

„Hallo. Ihr Vorgarten ist ja wunderschön!", begrüßte ich sie. „Ich bin Besitzerin eines Blumenladens und ... wow! Wirklich." Ich hatte keinen Grund, wegen meines Berufs zu lügen. Tatsächlich hatte ich bei Morduntersuchungen die Einstellung: Je mehr mich die Leute mochten, desto unvorsichtiger waren sie in meiner Gesellschaft und desto mehr Geheimnisse verrieten sie mir. Und mich mit anderen blumenbegeisterten Leuten anzufreunden, tat ich praktisch im Schlaf.

„Oh, vielen Dank." Ihre Wangen erröteten freudig. „Die Kirschen blühen dieses Jahr wirklich lang und sobald sie zur Erde fallen, erblühen auch schon die Rosen."

„Oh, hast du gehört, Ariane? Sie haben auch Rosen!" Aufgeregt zog ich am Arm meiner besten Freun–, äh, meiner Verlobten. „Die blühen mehrfach. Das heißt, im September oder Oktober könnten sie wieder in Blüte stehen."

„Das ist ja schön." Ariane klang zu Recht beeindruckt. „Wir sind nämlich hier, um zu fragen, ob sie vielleicht noch im September oder Oktober Platz für eine Hochzeit hätten?" Sie zog eine Grimasse. „Wir sind wahrscheinlich viel zu spät dran, aber ... Ich will einfach nicht mehr allzu lang warten, falls Louisa es sich noch mal anders überlegt." Sie warf mir einen missbilligenden, aber gleichzeitig zärtlich liebevollen Blick zu. Dann lehnte sie sich verschwörerisch über die Theke. „Ganz ehrlich: Sie hat so ewig lang gebraucht, mir einen Antrag zu machen. Hat den Ring zwischen Töpfen versteckt und mich monatelang in den Wahnsinn getrieben."

Ich verdrehte die Augen – höchstwahrscheinlich sehr überzeugend, denn sie hatte gerade Rispos und meine Verlobungsgeschichte zum Besten gegeben.

„Du hättest ebenso den Antrag machen können!", beschwerte ich mich.

„Ja, aber du hattest schon den Ring. Ich wollte dir deinen Moment nicht kaputtmachen."

Ich seufzte schwer, lächelte jedoch. „Sehen Sie, wogegen ich angehen muss?", wollte ich von Frau Baumann wissen. „Aber sie hat recht, ich möchte auch nicht länger warten."

„Oh, Sie sind ja süß", meinte sie mit großmütterlichem Blick. „Tatsächlich haben wir Ende September sicherlich noch ein paar Plätze frei."

„Wirklich?" Ich seufzte erleichtert auf. „Wir haben uns nämlich schon etliche andere Orte angesehen, aber keiner war so charmant wie ihr Vorgarten und ... also, na ja, wir waren bei diesem einen Weingut, auf dem gerade ein *Mord* stattgefunden hat." Ich schüttelte mich und gab mir Mühe, besonders entsetzt auszusehen. Nicht so, als würde mir praktisch jeden zweiten Tag eine Leiche begegnen. „Das ist nicht ganz so romantisch, wie wir es uns vorgestellt hatten."

„Oh, Sie waren beim Weingut König", sagte Frau Baumann langsam und schürzte kaum merklich die Lippen.

„Ja, genau! Das war der Name", bestätigte ich. „Kennen Sie es etwa?"

„Flüchtig", sagte sie und winkte ab. „Es ist schwer, die anderen Weingüter im Kölner Umland nicht zu kennen. Es gibt nicht allzu viele Menschen, die auf die Idee kommen, eines aufzumachen, obwohl sie nicht in der Nähe von Weinbergen wohnen." Sie lachte.

Ariane und ich fielen in das Lachen mit ein.

„Glauben Sie mir, es ist Ihr Glück, dass gerade jemand dort ermordet wurde und Sie hierhergefunden haben", versicherte sie uns dann freundlich. „Sie streiten es zwar ab, aber ich bin mir sehr sicher, dass sie ihren Wein mit Zucker anreichern, um den Alkoholgehalt und somit die *Qualität*", sie setzte das Wort mit ihren Fingern in Anführungszeichen, „zu verbessern. Der Pinot Noir, für den sie einen Award bekommen haben? Den haben sie sich auf diese Weise erschummelt! Aber na ja." Sie seufzte. „Darüber wollen Sie bestimmt gar nichts hören", schätzte sie uns vollkommen falsch ein. „Was wollen Sie denn gerne wissen, und –" Sie brach ab und ihr Blick glitt über unsere Schultern. „Sind Sie etwa schon fertig?", fragte sie dann lauter.

Ariane und ich sahen uns verwundert um. Zwei Männer im Blaumann waren eine schmale Treppe direkt neben dem *Zu verschenken*-Korb heruntergekommen. *Hugo's Schlösser und Schlüssel* war ihnen in Weiß auf die Brust gestickt und sie schleppten zwei riesige Werkzeugkoffer mit sich.

„Ja. Die passenden Schlüssel liegen auf dem Schreibtisch. Ihr Schloss ist jetzt sehr viel sicherer", brummte er und hob die Hand, bevor er mit seinem Mitarbeiter aus der Tür spazierte.

„Sie haben Schlösser ausgetauscht?", fragte ich verwundert. „Gab es dazu einen Anlass? Wurde hier etwa eingebrochen?" Schockiert sah ich zu Ariane. „Ein Mord auf dem einen Weingut, ein Einbruch auf dem anderen!"

Ariane sah so überzeugend beunruhigt aus, dass ich sie direkt als Protagonistin meines Theaterstücks gecastet hätte – sollte ich je eins schreiben. „Ist die Location etwa nicht sicher?", wollte sie besorgt wissen.

„Doch, doch. Natürlich", beeilte sich Frau Baumann zu sagen und ihre Wangen wandelten sich von einem schüchternen Rosa zu einem verlegenen Beerenrot. „Uns wurde gestern nur ein kleiner Streich gespielt, das ist alles."

„Was denn für ein Streich?"

„Ach, ein paar Jugendliche sind in das Büro meines Mannes eingebrochen und haben eine Weinflasche dort hinterlassen. Reden wir nicht drüber." Peinlich berührt lächelte sie. „Es ist nur ein Schloss beschädigt worden, deswegen haben wir es lieber austauschen lassen. Also: Sie beide wollen heiraten, ja?" Ihr Lächeln wurde breiter, doch es wirkte etwas gezwungen, als sie den Blick zwischen Ariane und mir hin und herschweifen ließ.

Eine Weinflasche war hinterlassen worden? In einem Weingut, das davon wahrlich genug hatte?

Es kostete mich einiges an Beherrschung, meine Stirn davon abzuhalten, sich zu runzeln.

Was für ein Wein war das gewesen? Und *warum* hatte ihn jemand dagelassen? Und *wer*?

Die Rädchen in meinem Kopf fingen an zu arbeiten und Ariane schien zu merken, dass ich nicht mehr ganz funktionsfähig war, denn sie plauderte fröhlich weiter. Fragte nach ihren Preisen, danach, ob sie eine Catering-Firma bei der Hand hätten und all die Dinge, die man vermutlich wirklich fragen sollte, wenn man entschied, welche Örtlichkeiten man für seine Hochzeitsfeier mieten wollte, während ich immer wieder abschweifte und mich fragte, was für eine Botschaft eine Weinflasche wohl hinterließ.

War sie vom Mörder?

Ich konnte es mir kaum vorstellen. Denn bisher hatte er oder sie ganze Arbeit geleistet, seine Identität zu verschleiern. Es wäre doch albern, zu riskieren, entdeckt zu werden, nur um Familie Baumann eins auszuwischen.

„Hallo, Frau Baumann. Ist Ihr Mann hier? Für den Termin?", unterbrach eine männliche Stimme meine Gedanken ein paar Minuten später und ich blinzelte. Sie kam mir bekannt vor.

Ich warf einen Blick über die Schulter ... und drehte mich schleunigst wieder um. Oh, Mist. Das war Paul König. Der mein Gesicht kannte. Der mich schon einmal beim Spionieren erwischt hatte, auch wenn ich mich ja mit meiner originellen *„Ich suche die Toiletten"*-Ausrede noch gerettet hatte.

Was tat er hier? Auf feindlichem Terrain! Und er hatte einen *Termin*? Was zur Hölle ging hier vor sich? Wer war denn nun verfeindet und wer nicht?

Ich spürte, wie Blut in meinen Kopf stieg. Weil ich nicht verstand, warum Paul hier war. Weil Denken mit jeder Sekunde anstrengender wurde. Und ich Angst hatte, erwischt zu werden. Schon wieder! Also drehte ich meinen Körper noch etwas weiter in die entgegengesetzte Richtung, damit er wirklich nur meinen Rücken sehen konnte, und tat so, als würde ich ein Plakat studieren, das neben der Rezeption hing, auf dem der Prozess der Weinherstellung von Weinlese bis Abfüllung erklärt wurde.

Keltern, Gärung, Stabilisierung, Ruhen und dann die Abfüllung. Sehr informativ.

Was war denn Keltern überhaupt?

Ich las den Absatz dazu und nickte betont interessiert – ah ja, es beschrieb den Vorgang des Traubenpressens –, während Frau Baumann sagte: „Ja, er ist gerade im Garten, Paul." Ihre Stimme war angespannt ... oder? Ich hätte ihr gern ins Gesicht gesehen, gern Paul ins Gesicht gesehen. Also wandte ich mich langsam um ...

Nope. Paul sah zu uns rüber.

Das Plakat. Ja, das Plakat. Was passierte nach dem Keltern?

Selten wird nach dem Keltern Zucker zugesetzt. Dies ist eigentlich nicht nötig, da die Trauben bereits genug Zucker enthalten, um den Gärungs- beziehungsweise Fermentierungsprozess voranzutreiben. Diese Anreicherung wird jedoch oft angewandt, um den Alkoholgehalt zu erhöhen. Das Hinzufügen von Zucker nennt sich Chaptalisation, benannt nach ihrem Erfinder, dem französischen Chemiker Jean-Antoine Chaptal.

Aha, aha, sehr interessant ... War er weg?

„Danke", hörte ich Pauls Stimme, bevor seine schweren Schritte sich entfernten. Erleichtert ließ ich die Schultern sinken. Das war knapp gewesen ... und es würde noch knapper werden, denn es war klar, dass ich Paul würde folgen müssen.

Was blieb mir für eine Wahl? Es war keine Option, *nicht* zu erfahren, was er mit dem Weinmeister aus Weiden zu besprechen hatte.

Ich warf Paul einen hastigen Blick hinterher. Er hielt geradewegs auf eine Tür zu, die direkt gegenüber dem Eingang lag und vermutlich zum Garten hinausführte.

Zumindest konnte ich weitere Blumen und grünen Rasen erkennen.

„Das ist der Sohn der Königs", wisperte ich Ariane ins Ohr und drückte ihre Hand, um ihre Aufmerksamkeit zu gewinnen, während Frau Baumann noch immer mit verengten Augen Paul hinterhersah. „Der verfeindeten Familie!"

„Hä? Aber was macht er hier?", flüsterte sie zurück.

Ja, das war die Frage.

„Ähm, wo waren wir stehengeblieben?", fragte Frau Baumann und blinzelte uns fragend an.

„Ich weiß es auch nicht mehr", sagte ich kopfschüttelnd. „Aber tatsächlich würde ich mir gerne den Garten ansehen, wäre das möglich? Der dürfte doch mitbenutzt werden, oder? Wenn das Wetter mitspielt?"

„Oh ja, natürlich!" Frau Baumann erwachte aus ihrer Starre und nickte eifrig. „Soll ich sie herumführen?"

„Ach, das schaffen wir schon allein", meinte Ariane freundlich. „Dann können wir auch noch einmal zu zweit die anderen Punkte besprechen, bevor wir uns entscheiden."

„Natürlich. Das verstehe ich. Na dann: einfach geradeaus durch die Tür."

Sie gestikulierte in die Richtung, in die Paul verschwunden war, und ich nickte hastig, bevor ich meine Füße dazu zwang, ruhig zu bleiben und nicht in den Garten zu hetzen, weil ich Angst hatte, etwas Wichtiges zu verpassen. Und die Angst war legitim! Denn wer konnte schon sagen, was die beiden Männer draußen besprachen? Vielleicht machten sie sich gerade darüber lustig, wie leicht es gewesen war, Jörg umzubringen!

Meine Schritte wurden länger.

„Du hast es aber eilig", stellte Ari fest und beschleunigte ebenfalls ihren Schritt.

„Ich kann eben kaum erwarten, dich zu heiraten", murmelte ich und trat ins Freie.

# Kapitel 16

Die Sonne schien in mein Gesicht und automatisch blieb ich stehen, um mich zu orientieren.

„Also, warte mal", murmelte Ariane und neigte den Kopf. „Paul gehört der Familie König an, hat mit dem Toten, Jörg, zusammengearbeitet ... und hat jetzt einen Termin hier?"

„Genau das."

„Das ist schon recht verdächtig, oder? Vielleicht hat er ja gemeinsame Sache mit den Baumanns gemacht?"

„Vielleicht", murmelte ich nachdenklich und wiegte den Kopf hin und her. „Aber gemeinsame Sache in was? Ich versteh immer noch nicht, warum jemand Jörg töten wollte."

„Weil er so gut in seinem Job war! Ohne Jörg sind die Königs vielleicht aufgeschmissen."

Ich zuckte die Achseln, denn ich wusste einfach nicht, ob an Arianes Worte etwas dran war. War es so schwer, jemanden zu finden, der sich mit Wein auskannte? War Frau König nicht auch kompetent? Und warum Jörg *jetzt* umbringen? Er arbeitete doch fast schon ein Jahrzehnt bei den Königs. Was war jetzt anders?

Vielleicht würden wir es gleich erfahren.

Ich seufzte und sah mich um. Der Garten der Baumanns war riesig. Wir standen auf einer breiten Terrasse, die von hüfthohen Buchsbaumhecken umgeben war und auf der Tische für hundert Leute Platz finden würden. Dahinter lag eine Wiese, auf der ein Bierzelt aufgespannt war, direkt daneben ein Rosengarten. Zu unserer Rechten befanden sich Dutzende Obstbäume. Hohe, in Blüte stehende Obstbäume. Oh, Mann, hier konnte man bestimmt wunderschöne Fotos machen ... und Leute belauschen, die sich zwischen den Bäumen verbargen. Denn ich hatte gerade Paul König und Sigmar Baumann gesichtet.

„Willst du ein paar Apfelblüten betrachten?", schlug ich leise vor und zog Ariane von der Terrasse zur Obstwiese hin.

„Nichts würde ich lieber tun", sagte sie mit ebenso gesenkter Stimme.

Ich hielt den Blick auf die beiden Männer geheftet, die Gott sei Dank so tief in ihre Unterhaltung versunken waren, dass sie gar nicht bemerkten, dass sich jemand zu ihnen in den Garten gesellte.

Der Ältere stand mit den Armen vorm Körper verschränkt da, sein Rücken steif, sein Blick so scharf, dass er damit ein paar der Obstbäume hätte spalten können. Paul hingegen sah recht entspannt aus. Das Einzige, was auf eine gewisse Nervosität hindeutete, war die Tatsache, dass er immer wieder auf die Hacken und zurück wippte.

Wir liefen übers Gras, nicht unbedingt auf Zehenspitzen, aber auch nicht mit dem ganzen Fuß, und drückten uns im Schatten eines riesigen Kirschbaumes herum. Ich hielt den Atem an, spitzte die Ohren und hoffte, dass Paul und Sigmar auch nur ansatzweise das durchdringende Stimmvolumen besaßen wie Josh.

Ihre Stimmen waren zwar leise, doch wenn ich mich vorbeugte, fast um den Baum herum sah, konnte ich sie hören.

„... sehr verdächtig, Paul, und eigentlich habe ich das Bedürfnis, die Polizei zu rufen!"

„Um mich *weswegen* anzuzeigen?", wollte er mit freundlicher Stimme wissen. „Dass ich ein Geschäftsmeeting mit dir ausgemacht habe? Dass ich mich nach einem neuen Job umsehe?"

Sigmar lachte freudlos auf. „Du kannst nicht ernsthaft denken, dass ich dir auch nur eine Sekunde lang glaube. Deine Mutter hat dich doch geschickt, um uns erneut auszuspionieren."

Pauls Kiefer spannte sich an. „Meine Mutter hat *nichts* hiermit zu tun. Es ist *mein* Leben und sie mischt sich schon viel zu lang darin ein!"

„Was du nicht sagst, sie ist schließlich bei uns eingebrochen und hat eine Flasche Leichenwein auf meinem Schreibtisch hinterlassen. Ich werde dich ganz sicher nicht anstellen."

Okay, vielleicht machten die beiden auch nicht gemeinsame Sache. Und überhaupt: Paul wollte einen neuen Job beim Konkurrenten seiner Mutter? Mir war klar, dass er sich nach was anderem umsah, das hatte ja bereits sein Linked-In-Profil bewiesen ... aber er wollte *hier* anfangen?

Das war schon ein sehr großer Mittelfinger in Richtung seiner Mutter ... nein, seiner ganzen Familie!

„Es war nicht Mama. Mit dem Wein.“

„Das würde ich an deiner Stelle auch sagen“, regte sich Sigmar auf.

„Nein, sie *kann* es nicht gewesen sein“, beharrte Paul angespannt. „Ich war gestern den ganzen Tag mit ihr zusammen in der Eifel, bei unseren Weinbergen. Pläne schmieden, was wir dieses Jahr machen sollen, wo wir doch die ganze Lese verloren haben.“

Sigmar schnaubte so laut und ausdrucksstark, dass mein Gehirn automatisch das Bild eines Drachen malte, der heißen Feuerodem auspustete.

„Ach ja? Wer war es denn dann?“

„Ich habe keine Ahnung.“

„Irgendwer von euch *muss* es gewesen sein!“, erwiderte Herr Baumann zornig.

„Ja, aber ich war es nicht“, beteuerte Paul kühl.

„Warum bist du dann hier?“

„Weil ich einen neuen Job will, das sagte ich doch bereits“, erwiderte er ungeduldig.

„Aber *warum*?“

Paul lachte hohl auf. „Wirklich? Das musst du noch fragen? Du kennst meine Mutter, oder? Es ist eine Zumutung, für sie zu arbeiten. Obwohl es seit Jörgs Tod definitiv leichter geworden ist, aber so was darf man ja auch nicht laut aussprechen, ohne direkt für den Mörder gehalten zu werden.“ Die Worte kamen gepresst über seine Lippen.

„Leider haben wir ohne Jörg auch einige neue Probleme. Er hat den Wein praktisch im Alleingang hergestellt. Auch wenn Emil ihm natürlich geholfen hat.

Aber Mama war im Krankenhaus wegen des Herzinfarktes, ich kenne mich nur mit Zahlen aus, Delia war in Geisenheim, mein Vater ist unbrauchbar ... Jörg hat die ganze letzte Saison allein gestemmt. Und wir finden keinen Nachfolger für ihn. Warum also nicht das sinkende Schiff verlassen?"

„Paul, es fällt mir schwer, dir irgendetwas zu glauben", knurrte Sigmar. „Du würdest deine Familie nie derart hintergehen. Du willst doch nur herumschnüffeln, um Dreck über uns ans Tageslicht zu bringen."

„Nein!", sagte er genervt und stieß einen Schwall Luft aus. „Gott, diese ganze Fehde ist mir so egal! Ich bin nicht hier, um darüber zu reden. Und ganz ehrlich, *ihr* regt euch auf, dass *wir* Dreck über euch suchen oder euch schlechtmachen ... aber wenn ich jetzt bei *dir* ins Büro spazieren würde, Sigmar, könnte ich da etwa keine Schublade mit Schmutzkampagnen über meine Mutter finden"?

Ich konnte nicht anders. Ich musste am Baumstamm vorbeisehen, um mitzubekommen, wie Sigmar reagierte. Die Rinde schürfte mir meine Unterarme auf, weil ich möglichst nah im Schatten der Kirsche bleiben wollte, doch ich erhaschte einen guten Blick auf den Besitzer des Weinguts. Es war sogar sehr schwer, ihn zu übersehen. Denn sein Gesicht leuchtete auf wie ein gerade freigewordenes Zimmer im Rotlichtmilieu.

Oh mein Gott. *Was* befand sich in seinem Büro, das eine solche Reaktion hervorbringen konnte?

Das Herz flatterte aufgeregt in meiner Brust und meine Handflächen wurden feucht. Zwei eindeutige

Anzeichen dafür, dass ich eine dumme Idee hatte, die ich auf der Stelle umsetzen würde.

„Irgendetwas ist in diesem Büro", hauchte ich Ariane zu, die etwas ängstlich meine Schultern umfasst hielt.

Vielleicht fürchtete sie, ich würde umfallen. Es wäre nicht das erste Mal.

„Dann ... nichts wie hin?", sagte sie, konnte die Zweifel jedoch nicht ganz aus ihrer Stimme filtern.

Ich zog eine Grimasse. „Ist es eine blöde Idee?"

„Nein – denn noch steht das Büro offen, schon vergessen? Die Schlosser haben die Schlüssel auf dem Schreibtisch liegen lassen. Das heißt, es wäre leicht, dort hineinzukommen."

Beeindruckt hob ich die Augenbrauen. „Und da sagen sie immer, *ich* würde denken wie eine Kriminelle."

„Na ja, es war deine Idee, dort einzubrechen", gab sie zu bedenken.

„Nicht *einzubrechen*!", wisperte ich, denn dieses Wort ging mir gehörig auf den Geist. „Untersuchungen anzustellen."

Und diesmal würde alles glattgehen. Denn dreimal innerhalb von zwei Tagen konnte ich wirklich nicht erwischt werden. Das war äußerst unwahrscheinlich.

Oder?

Wir hatten Glück. Als wir zurück in den Eingangsbereich traten, war die Rezeption unbesetzt. Frau Baumann war nirgends zu entdecken und ich machte mir nicht die Mühe, länger als nötig hier unten herumzuhängen, um herauszufinden, wo sie war. Stattdessen wandte ich mich mit Ariane auf meinen Fersen zu den Treppen, die in den ersten Stock führten. Dort waren vorhin die Schlosser heruntergekommen, das Büro musste also oben liegen.

Leider waren die Stufen mindestens genauso alt wie das Haus, denn sie knarzten bei jedem unserer Schritte. Es war mir schleierhaft, wie jemand unbemerkt hier hatte eindringen und eine Weinflasche hinterlassen können. Das morsche Holz war doch praktisch eine kostenlose Alarmanlage!

Andererseits stand die Eingangstür sperrangelweit offen und wir spazierten hier gerade hoch, als gehörte uns das Haus, also ... ja, vielleicht war es auch ein Kinderspiel gewesen, hier einzubrechen. Oder eben etwas zu untersuchen, so wie wir es taten.

Auf dem obersten Treppenabsatz erwartete uns ein weicher dunkelblauer Teppich, der sich durch die gesamte obere Etage zu ziehen schien. Vor uns lag ein breiter Absatz, von dem ein schmaler Flur sowie zwei Türen abgingen. Die Wände waren mit irgendwelchen Informationsplakaten behängt, nicht mit Familienfotos oder teurer Kunst wie in dem Haus der Königs. Beide Türen standen offen. Als hätte die Familie nichts aus dem Einbruch gestern gelernt. Hinter der einen ließ sich ein weiß gefliestes Bad erkennen, hinter der anderen ein wuchtiger Schreibtisch und eine Horde Bücherregale. Bingo. Das sah sehr nach einem Arbeitszimmer aus.

Ich nickte zur besagten Tür und Ariane folgte mir hinein. Sie wollte die Tür hinter sich schließen, doch ich schüttelte den Kopf.

„Lass sie nur angelehnt", murmelte ich. „Damit wir hören, wenn jemand kommt." Obwohl das das letzte

Mal ja auch nicht geklappt hatte. Aber das verriet ich Ariane nicht. Ich wollte sie nicht unnötig beunruhigen. Abgesehen davon würde die knarzende Treppe uns hoffentlich ein paar Minuten mehr Vorlauf geben als das PVC im Flur zu Julian Baumanns Apartment.

Ariane tat wie geheißen und drehte sich um die eigene Achse. Sie sah vermutlich das, was ich auch sah: nicht viel. Der Raum war keine zehn Quadratmeter groß, hatte kein Fenster, dafür aber vier Wände, die aus überfüllten Bücherregalen bestanden. Unter normalen Umständen hätte ich diesen Raum geliebt. Denn diesmal waren es nicht nur Weinratgeber, die ich fand, sondern auch Werke, die man tatsächlich lesen wollte. Doch sie ließen den ohnehin engen Raum noch bedrückender wirken, sodass ich einige Sekunden lang ernsthaft überlegen musste, ob ich unter Klaustrophobie litt. Ich erinnerte mich jedoch schließlich daran, dass ich eine Menge Ängste hatte, diese jedoch nicht dazu gehörte. Also entspannte ich mich wieder und atmete gezielt ein und aus.

Es roch muffig, so als sei der Teppich unter unseren Füßen lange nicht mehr gestaubsaugt worden, und der Schreibtisch war ein einziges Chaos aus Papieren, Weinkorken, diversen Taschenrechnern und einem Snickers. Kopfschüttelnd betrachtete ich den Schokoriegel. Also, Herr Baumann konnte schon einmal nicht der Mörder sein. Denn um jemanden im Affekt einen Korkenzieher in den Hals zu rammen, brauchte man schwache Nerven und keinerlei Selbstkontrolle. Den besten aller Schokoriegel – den Knoppersriegel jetzt mal außen vor gelassen – einfach so unbehelligt auf seinem Schreibtisch liegen zu lassen, ohne ihn zu essen, zeugte von einer derartigen Kontrolle, dass Mord aus Leidenschaft mir völlig unwahrscheinlich erschien. Andererseits hatte ich mir von Josh sagen lassen, dass nicht jeder seine Schokoriegel so ernst nahm wie ich. Vielleicht bedeutete es also gar nichts.

„Wo sollen wir suchen?", wollte Ariane wissen und trat von einem Bein auf das andere, während ihr Blick unwohl über den Haufen Habseligkeiten glitt, die es fast unmöglich machten, die Tischplatte darunter zu erkennen. „Er wird doch sofort merken, dass hier jemand herumgestöbert hat, wenn wir das Zeug durchwühlen."

„Wir müssen einfach vorsichtig vorgehen, das, was wir anheben, direkt wieder zurücklegen", schlug ich vor und umrundete den Schreibtisch. Mein Vorschlag war jedoch gar nicht so leicht in die Tat umzusetzen, denn jedes Mal, wenn wir etwas anhoben, drohte etwas anderes von der Platte zu rutschen. Dennoch fand ich ein paar Rechnungen, die noch nicht bezahlt worden waren, eine ausgedruckte E-Mail eines Kunden, der sich erkundete, ab wann die Erzeugnisse der Weinlese des letzten Jahres zu kaufen seien, und außerdem eine vertrocknete Schreibe Brot, die eine Karriere als Zwieback anstrebte.

Etwas angeekelt zog ich meine Hand wieder zurück. Gleich morgen würde ich meinen Schreibtisch aufräumen. Vielleicht fand ich darauf ja ein paar Kekse, die es noch nicht so schlimm erwischt hatte wie dieses Brot.

„Und?", fragte Ariane nach fünf Minuten. „Hast du irgendetwas entdeckt, das du auffällig findest?"

Ich schüttelte den Kopf. Die blutigen Handschuhe, die ich gehofft hatte zu entdecken, waren unauffindbar. Aber es gab ja noch den Schreibtisch an sich, der vier Schubladen hatte, und die Bücher, zwischen denen definitiv Papiere versteckt worden sein konnten. Vielleicht war auch eines der Bücher ausgehöhlt worden und wurde als Geheimversteck benutzt. Was wusste ich schon. Noch gab ich nicht auf.

Ich gestikulierte zu den Schubladen und Ariane machte sich an die rechten, während ich mir die linken vornahm. Keine von ihnen abgeschlossen – aber wenn ich ehrlich war, rechtfertigte der Inhalt auch kein Schloss.

Die erste war ausschließlich mit Korkenziehern in allen möglichen Farben und Formen gefüllt. Ein Korkenzieher mit Delfinkopf als Griff, ein samtbezogener Korkenzieher, ein Korkenzieher, der aussah, als stamme er aus dem achtzehnten Jahrhundert.

Liebe Güte, war Sigmar Baumann etwa ein Sammler? Und hatte er wirklich nirgendwo anders Platz gefunden für den Metallschrott? Kopfschüttelnd betrachtete ich das Arsenal. Wow, diese Leute *lebten* Wein. Da blieb ich lieber dabei, ihn zu trinken. Wenn ich irgendwann den Leichengeschmack losgeworden war.

Ich schloss die Schublade wieder und öffnete die zweite. Diese war gefüllt mit handgroßen Bildern in hübschen Rahmen, die vermutlich einmal auf der Tischplatte gestanden hatten, dann jedoch von dem Chaos verdrängt worden waren. Auf dem ersten sah man die Familie Baumann. Das Foto kannte ich bereits, es war auf ihrer Website. Das zweite zeigte Julian Baumann bei der Abschlussgala seines Studiengangs in Geisenheim. Das dritte ... Ich hielt inne. Das dritte zeigte Familie König und Familie Baumann zusammen an einem Bierzelttisch in einem Garten, von dem ich mir sicher war, dass ich ihn mir gerade noch angeguckt hatte. Alle lächelten in die Kamera, zwischen ihnen ein Festmahl aus Käse, Brot und Wein. Jörg war nicht auf dem Bild zu sehen, fiel mir auf. Außerdem waren Paul, Delia und Julian fast noch Kinder. Es musste also vor einer halben Ewigkeit aufgenommen worden sein. Trotzdem hatte Sigmar Baumann es behalten. Trotzdem hatte er es nicht weggeschmissen oder in irgendeiner Kiste verstauben lassen. Nein. Er hatte es in seiner Schreibtischschublade liegen, wo er es jeden Tag angucken konnte, wenn er wollte.

Langsam ließ ich es sinken, während mein Blick über die glücklichen Gesichter schweifte. Sie waren wirklich gut befreundet gewesen. Doch heute war nichts außer Missgunst und Misstrauen zwischen ihnen übrig geblieben. Das war tragisch. Nicht ganz so tragisch wie der Korkenzieher in Jörgs Hals, aber nah dran. Wenn die beiden nur miteinander reden würden, Eva-Maria und Sigmar oder auch Julian und Delia mit ihren Eltern. Irgendwie mussten sie doch wieder –

Ein lauter Knall durchschnitt die Stille.

# Kapitel 17

Mein Herz sprang mir in den Hals und ich ließ das Foto fallen, das mit einem dumpfen *Klonk* auf dem Teppichboden auftraf.

Was zur Hölle war das gewesen?

Ein geplatzter Luftballon? Ein Hundertkilomann, der umgeboxt worden war? Oder doch nur eine Tür, die zu energisch ins Schloss geworfen worden war?

Wie erstarrt stand ich da, sah Ariane an, die die Augen geweitet und den Mund geöffnet hatte, während ich lauschte, ob da noch etwas kam. Ob man irgendetwas anderes hören konnte als ...

„Paul! *Ernsthaft?* Ich fass es nicht!", drang ein weiblicher Schrei durch den Türschlitz.

Okay, ich schloss aus, dass etwas Tödliches passiert war. Denn das war kein Angstschrei gewesen. Viel eher ein Wutschrei. Ein „Ich reiße dir gleich deinen Kopf ab"-Schrei.

Ariane und ich blickten uns schockiert an ... und im nächsten Moment erklangen laute Schritte, die näher kamen.

Oh, nein. Ich konnte nicht schon wieder erwischt werden. Ich konnte nicht ... Doch ehe ich den Gedanken zu Ende gedacht hatte, liefen die Schritte auch schon uns vorbei und polterten die Stufen hinab.

„Alter, was schreit ihr so rum?", kam eine neue männliche Stimme dazu. Julians? Ich war mir nicht sicher.

„Ich schreie noch nicht laut genug!", erwiderte die weibliche Stimme herrisch, die ich ziemlich sicher Delia zuordnen konnte, auch wenn ich mir nur zu achtzig Prozent sicher war, da sie noch immer gedämpft klang.

Julian sagte wieder etwas, doch diesmal verstand ich ihn nicht. Diesmal redete er in einer normalen Lautstärke.

Okay, nein. Das war inakzeptabel. Ich musste wissen, was unten vor sich ging. Andererseits war ich noch nicht fertig mit Suchen. Vielleicht versteckte sich hier oben noch etwas Skandalöses, was mir bei der Lösung des Mordfalls half.

Hin- und hergerissen stand ich da. Blickte zur Tür, blickte zum Bild vor meinen Füßen ... Bis mir aufging, dass ich mich überhaupt nicht entscheiden musste.

„Ari, such weiter, okay? Nach irgendetwas, was Familie König belasten könnte", wisperte ich. „Guck in den Regalen, in den Büchern, vielleicht liegt dort ja irgendein Zettel, der sie oder irgendwen anderes schlecht dastehen lässt. Ich gucke, was los ist und ... sorge dafür, dass hier niemand reinkommt, okay?"

Ariane rieb sich nervös über die Arme. „Ich weiß nicht, Lou ... allein?"

„Du kannst auch runtergehen und gucken, was passiert ist, während ich hierbleibe", schlug ich vor.

Arianes Gesichtsfarbe glich einer angelaufenen Guacamole. „Nee, lass mal. Das hört sich nach Drama an. Das ist eher deine Expertise."

Da gab ich ihr Recht, also hob ich nur die Hand, bevor ich mich auf Zehenspitzen wieder in den Flur begab. Doch ich hätte wirklich nicht so leise sein müssen, denn niemand hätte mich über das Gebrüll hinweg, das nun unten anschwoll, hören können.

„Du bewirbst dich *hier?* Ich hab gedacht, Julian erzählt Blödsinn, aber, oh mein Gott, es stimmt! Was soll das, Paul?" Delias Stimme überschlug sich fast, während ich langsam die Treppen hinunterging, jedoch nicht die Ecke umrundete.

Erstens weil man Ecken nicht um*runden* können sollte und zweitens weil mich so niemand sah.

„Leute, seid leise", zischte Julian, der sich einen Absatz unter mir befand.

Ich hatte nun Sicht auf die Eingangshalle, in der Delia und ihr Bruder sich zornfunkelnd gegenüberstanden.

„Ich habe keine Lust, *leise* zu sein", fuhr Delia ihren Freund an. „Ich habe Lust, meinen Bruder zur Sau zu machen, der keinerlei Respekt vor Familie und Pflichten hat!"

„Was für eine Familie ist das, vor der man alles geheim halten muss, aus Angst, direkt verstoßen zu werden, Delia?", erwiderte Paul wütend. „Und ganz ehrlich: Du *schläfst* mit dem Feind, *ich* möchte nur für ihn arbeiten." Kühl sah er auf sie hinab. „Was ist so falsch daran? Ohne die Einnahmen des verdorbenen Weins gehen wir doch ohnehin pleite."

„Gott, Paul!", rief sie wütend und warf die Arme in die Luft. Wie eine Cartoonfigur, der gleich Feuer aus der Stirn stoßen würde. „Ich verstehe, dass du nicht mit Mama zusammenarbeiten willst, und ich habe bereitwillig für mich behalten, dass du einen neuen Job suchst – aber das hier geht zu weit! Willst du Mama unbedingt ins Grab bringen?"

„Das musst du gerade sagen. Wer vögelt denn hier mit Julian?"

„Okay, nicht so laut!", zischte Julian. „Großer Gott, wir gehen besser raus." Im nächsten Moment packte er Delia bei der Hand und zog sie vor die Tür. Paul folgte mit finsterem Gesicht – ich mit neugierigem.

Ich wusste nicht, ob die drei mich nicht bemerkten, weil sie zu sehr in ihrer Misere gefangen waren, oder ob sie mich ignorierten. Was immer es auch war, ich schaffte es bis vor die Tür, ohne dass auch nur ein Wort an mich gerichtet wurde.

Die Sonne schien draußen von einem wolkenlosen Himmel und stand im hübschen Kontrast zum Hundert-Tage-Regenwetter-Gesicht der Geschwister und der Donnerwetter-Miene von Julian.

„Reißt euch zusammen, okay?", sagte Julian warnend. „Wir sollten die Vernünftigen in unseren Familien sein. Wir sollten es *besser* machen. Wir sollten –"

„Du hast gut reden, Julian", unterbrach Delia ihn mit zitternder Stimme und entriss ihm ihre Hand. „Deine Familie steht nicht vor dem Ruin. Deine Eltern verhalten sich nicht, als würden sie Kaiserin und Sklave spielen. Deine Mutter ist freundlich. *Die ganze Zeit!* Egal, ob du etwas falsch machst oder nicht. Und du hast keinen

Bruder, der dich mit dem ganzen Mist *allein lassen* will."
Ihre Augen funkelten vor Tränen und Zorn.

„Scheiße, Delia, ich lasse dich nicht allein", bemerkte
Paul ungehalten. „Ich tue das, was *klug* ist. Ich rette
mich, weil der Rest nicht zu retten ist! Und ich hab dir
gesagt, dass du dich ebenfalls nach einem neuen Job
umsehen solltest. Ich hab dir gesa–"

„Du bist so ein herzloser Mistkerl, Paul!", fiel ihm Delia ins Wort, ihre Hände zu Fäusten geballt. „Mama
bricht gerade das Herz, weil sie darauf wartet, dass
heute Abend der schlechte Wein und somit Tausende
von Euro abgepumpt werden! Und du rennst derweil
zum Feind, um einen neuen Job zu erbitten? Was zur
Hölle! Selbst dir muss doch klar sein, dass das moralisch verwerflich ist."

„Der *Feind*, Delia?", fragte Julian schneidend und Un-
glaube zierte seine Miene. „Seit wann sind wir jetzt
auch für dich der Feind?!"

„Seit ihr Jörg umgebracht habt!", konterte sie hitzig.
Julian wurde schlagartig bleich. Er stolperte einen
Schritt zurück, als hätte sie ihm einen Schlag versetzt,
und starrte sie mit offenem Mund an. „Das ist nicht
dein Ernst. Du hast mir gestern noch gesagt, dass du
nicht glaubst, dass es einer von uns war."

„Das war vor diesem albernen Einbruch bei euch, Julian", regte sie sich auf. „Den ihr doch bestimmt selbst
fingiert habt. Denn ganz ehrlich, wieso sollten wir einbrechen und euch eine Flasche Wein schenken? Das
ergibt doch alles keinen Sinn! Ihr wolltet damit den
Mord uns in die Schuhe schieben."

„Es war Wein, in dem vor Kurzem ein Finger geschwommen ist! *Euer* Wein! Wie hätten wir da überhaupt rankommen sollen?", fragte er entgeistert.

„Keine Ahnung … aber du weißt genau, wie du dich bei uns reinstehlen musst." Sie lachte hoch und ein wenig hysterisch auf. „Ich habe dir schließlich alle Wege in mein Zimmer gezeigt, oder?"

Julian sah sie an, als wäre sie plötzlich ein anderer Mensch.

„Was redest du da, Delia? Ich dachte, wir beide wollten uns raushalten. Ich dachte, wir wollten es besser als unsere Eltern machen."

„Aber ich bin es so leid, Julian!" Ihre Augen schwammen in Tränen. „Sich verstecken zu müssen. Niemandem erzählen zu können, dass wir zusammen sind. Innerhalb der letzten Monate hat sich alles beruhigt und ich dachte, bald könnten wir uns vielleicht trauen … Aber jetzt ist Jörg tot und unsere Eltern streiten sich noch mehr als zuvor – oder viel eher fährt Mama Papa an, während er seine Eier sucht! – und mein Bruder geht hinter meinem Rücken zu euch, um dem Weingut den letzten Todesstoß zu versetzen!" Sie machte eine ausschweifende Bewegung zu Paul hin.

„Das Weingut ist doch schon tot, Delia", fuhr er sie an. „Ich weiß, du hast gern mit Jörg neue Rebsorten recherchiert und mit Geschmäckern experimentiert – aber ich muss mich um die beschissenen Zahlen kümmern! Ich musste die letzten Tage aufschreiben, wie viel Geld uns der Mord gekostet hat. Ich sage dir, wir sind geliefert. Wer immer Jörg umgebracht und dessen Finger in diese Fässer getan hat, wusste ganz genau, was er tut.

Wir können einpacken. Wir überleben dieses Jahr nicht. Und ich hab versucht, es Mama zu erklären, aber sie hört nicht auf mich. Sie hält mich für inkompetent und hat mir an den Kopf geworfen, dass ich mich verrechnet hätte. Dass ich keine Ahnung hätte, was ich da sage. Und ganz ehrlich: Den Mist muss ich mir nicht antun!"

„Aber sie haben unsere Weinlese zerstört, Paul! Sie waren es."

„Was? Denkst du das wirklich?" Julian sah sie entgeistert an. „Du hast gesagt –"

„Ich weiß, was ich gesagt habe, aber wer soll es sonst gewesen sein?", fragte sie verzweifelt. „Niemand von unserem Weingut würde mutwillig unsere Arbeit zerstören. Unser aller Job hängt daran. Und dein Onkel Bruno ist etwas verrückt, Julian. Das sagst du selbst immer."

„Aber doch nicht verrückt genug, um jemanden umzubringen!", stieß er schockiert aus. „Wie kannst du mit mir zusammen sein und denken, dass ... dass ich ... oder meine Familie ..."

„Was ist denn das für ein Lärm?"

Oh, Klasse. Das war Frau Baumann, die nun hinter dem Haus hervorkam.

„Da sind Sie ja! Ich konnte Sie nirgendwo finden", fügte sie an mich gewandt hinzu.

Leider veranlasste das alle Anwesenden dazu, sich unisono zu mir umzudrehen.

Delia sah überrascht aus. Paul verwirrt. Julian fuchsteufelswild.

„*Sie!*", schrie er mich an. Als wäre ich der Ursprung all seines Leids. Obwohl ich mir höchstens zwanzig Prozent zugeschrieben hätte. „Was machen *Sie* hier?"

Ich wollte gerade den Mund öffnen, um zu erklären, dass ich nur mit meiner Verlobten hier war, um mir eine Hochzeitslocation anzusehen ... als ein schwarzer Audi A4 neben meinem Passat parkte.

„Oh nein", murmelte ich und legte stöhnend den Kopf in den Nacken, noch bevor Rispo und Marvin daraus ausstiegen. Ja, was wir brauchten, waren *noch mehr* Leute!

Sie warfen die Türen laut ins Schloss, sodass alle sich zu ihnen umwandten. Toll. Jetzt würden sie sich ganz bestimmt nicht mehr weiterstreiten und mehr verraten. Andererseits war der Zug wohl schon abgefahren gewesen, als sie meine Anwesenheit registriert hatten. Na, dann konnte ich sie auch höflich begrüßen.

„Was zum Henker tut ihr hier?", rief ich über den Vorgarten hinweg und verschränkte die Arme vor der Brust. „Habt ihr gehört, dass Paul und Delia hier sind? Wollt ihr einen Aufstand verhindern? Dann seid ihr zu spät."

„Nein", sagte Josh schroff und ließ den Blick gemächlich über die sich vor ihm entfaltende Szene gleiten. Einige Sekunden länger blieb er an den wutverzerrten Gesichtern von Paul und Delia hängen. „Aber ich hab gehört, dass *du* hier bist, und dachte, es kann nicht schaden, dem Weingut noch einen Besuch abzustatten."

Verärgert – darüber, dass er auch noch recht hatte – sah ich ihn an. „Ich hab hier alles unter Kontrolle. Es ist nichts Schlimmes oder Illegales passiert."

Die Tür zum Büro hatte schließlich offen gestanden!

„Moment, was ... Ihr kennt euch alle?", rief Delia sichtlich verwirrt. Ihr Blick saugte sich an meinem Gesicht fest – und es war kein freundlicher. „Sie kennen Julian und Kommissar Rispo? Und Moment, Sie sind Polizist?" Delia sah irritiert zu Marvin.

„Ähm, ja. Mein Verlobter ist Polizist", sagte ich. „Hatte ich das nicht erwähnt?"

Ich gratulierte mir selbst für diese Nicht-Lüge, doch Delia schien nicht in Feierlaune.

„Was genau geht hier vor?", fragte sie ungläubig. „Was soll denn dieser Mist?"

„Das würde ich auch gern wissen", hakte sich Frau Baumann ein, die skeptisch zu mir herübersah. „Verlobter? Was soll das denn heißen? Wollen Sie überhaupt heiraten? Oder sind Sie mit der Polizei im Bunde?"

„Doch, doch", sagte ich hastig und blickte flüchtig zu Josh. „Ich will schon heiraten. Und ich finde Ihren Vorgarten wirklich wunderschön! Und was genau bedeutet *im Bunde?*"

Denn ohne genaueren Definitionsrahmen konnte ich das weder bejahen noch verneinen.

Frau Baumann schnappte nach Luft, als würden sie meine Worte aufregen. Herrje, sie mochten es nicht, wenn ich log, sie mochten es nicht, wenn ich die Wahrheit sagte ... Ich konnte es niemandem recht machen!

„Ich verstehe nicht", meldete sich Paul zu Wort, warf mir jedoch feindselige Blicke zu. Er verstand die Situation nicht, aber dass ich der Feind war, schien ihm klar.

„Ich auch nicht", regte sich Frau Baumann auf.

„Sie ist eine Kriminelle", fuhr mich Julian an.

„Sie ... Was? Was geht denn jetzt ab?", hakte sich Delia in die Unterhaltung mit ein.

Und ich stand da und schwieg. Weil ich das Gefühl hatte, nichts sagen zu können, was mir dabei half, meine Person in ein besseres Licht zu rücken.

Kopfschüttelnd sah Josh mich an. „Wie schaffst du es, Chaos zu stiften, ohne auch nur einen Finger zu rühren? Ernsthaft. Das ist keine rhetorische Frage. Ich würde es gern wissen."

„Das hier ist nicht *mein* Chaos", sagte ich augenverdrehend. „Eigentlich ist es Pauls Chaos." Ich deutete auf das BWL-Model.

„Was?" Er fuhr zu mir herum.

„Na ja, du hast dich hier um einen Job beworben." Ich hob eine Schulter. „Deine Schwester hat recht. Das ist ein kleiner Verrat an deiner Familie."

„Er hat was?", wollte Rispo stirnrunzelnd wissen.

„Aber ..." Ungläubig öffnete Paul den Mund. „Es ist die einzig richtige Entscheidung! Ich werde nicht allein mit Mama, Emil und Delia das Weingut leiten. Gott, der arme Kerl war doch schon vor Jörgs Tod heillos überfordert. Mama wird ihn weiter zur Sau machen und ihren Unmut an uns auslassen, und darauf habe ich keinen Bock mehr."

„Das verstehe ich", meinte ich und nickte. „Aber es wäre trotzdem nett gewesen, deine Schwester vorzuwarnen."

„Ja, wäre es", zischte Delia.

„Wovon redet ihr?", mischte sich Frau Baumann ein. Die Arme sah grundverwirrt aus. „Paul wird auf *gar keinen Fall* bei uns arbeiten!"

„Nun, ihr Mann zieht es in Erwägung", meinte Paul achselzuckend.

„Er tut *was?*" Frau Baumanns Stimme überschlug sich. „Nein! Das kann nicht sein Ernst sein. Und was tust du hier, Julian?" Ihr Blick schwenkte zu ihrem Sohn. „Befürwortest du das Ganze etwa?"

„Ich habe keine Meinung zu irgendetwas", meinte er steinern. „Außer dazu, dass Delia denkt, wir wären *alle* Mörder."

Seine Freundin presste die Lippen aufeinander. „Nicht *alle*, Julian. Aber einer muss es getan haben, oder nicht?"

Frau Baumann schürzte die Lippen. „Julian, es kann dir wirklich egal sein, was die Brut des Teufels denkt. Sie ist doch genau so wie ihre Mutter."

„Ich bin so wie *meine Mutter?*", echote Delia fassungslos, denn dieser Vergleich schlug ihr anscheinend schlimmer auf den Magen als die Sache mit der Brut des Teufels. Mit aufgerissenen Augen blickte sie zu ihrem Freund. „Und dazu sagst du nichts, ja? Mich darf deine Mutter beschimpfen, wie sie will, aber wenn ich eins und eins zusammenzähle und ihr als Mörder herauskommt, bist du wütend? Ich war *da*, Julian! In der Nacht. Weil ich vergessen habe, das Tor abzuschließen.

Und ich habe nichts gesehen, aber was gehört, und ... und du wusstest, dass ich das Tor offenstehen lassen hab. Mein Auto ist langsamer als deins. Du kennst alle Geheimwege und ... du hättest die Möglichkeit gehabt."

„Was?" Frau Baumann blinzelte verwirrt. „Worüber redet sie, Julian?"

Doch ihr Sohn achtete überhaupt nicht auf sie. Ihm traten zwei Adern auf der Stirn hervor, während er schrie: „Fuck, Delia, das ist doch nicht dein Ernst! Willst du mich eigentlich *verarschen*? Du denkst, *ich* bin der Mörder?"

„Nein!", rief sie verzweifelt. Eine Hand an ihrem Kopf. „Nein, eigentlich nicht, aber ... aber ... vielleicht ist dir vor deiner Familie ja mal rausgerutscht, dass du ein paar gute Geheimwege kennst, die in unser Weingut führen. Vielleicht –"

„Worüber redet ihr?", fuhr Frau Baumann mit hysterischer Stimme dazwischen. „Woher sollte mein Julian wissen, wie er in euer Weingut kommt?" Hektisch sah sie zwischen ihrem Sohn und Delia hin und her.

Oh Mann. Also ernsthaft. Falls ich je noch einmal denken sollte, dass meine Familie dysfunktional war, würde ich mich an diesen Moment zurückerinnern.

„Marvin", sagte Rispo hart. „Wären Sie so freundlich, Frau Baumann ins Haus zu geleiten? Ich würde Delia gern noch ein paar Fragen stellen – denn merkwürdigerweise hat sie mir nie erzählt, dass sie am Abend des Mordes am Weingut war und etwas *gehört* hat! Und ich habe das Gefühl, dass sie nicht zu Wort kommen wird, wenn Frau Baumann hierbleibt."

Delias Wangen liefen rosarot an und sie zog die Schultern fast bis zu den Ohren.

Frau Baumann hingegen bäumte sich eher auf. „Das hier ist *mein* Grundstück. Das hier –"

„Marvin!", bellte Rispo.

„Ähm, natürlich", sagte Marvin sofort und eilte an den streitenden Geschwistern und dem noch immer zornig dreinblickenden Julian vorbei. „Frau Baumann, wären Sie so freundlich?"

Frau Baumann schnaufte pikiert, ließ sich jedoch von Rispos Partner ins Haus begleiten.

„Es ist eigentlich nicht der Rede wert, wirklich", sagte Delia hastig, sobald Frau Baumann im Haus war. „Sie müssen mir glauben, es ist halb so schlimm, dass ich Ihnen nicht davon erzählt habe. Ich meine: Ich hätte es erwähnt, wenn ich gedacht hätte, dass es helfen könnte. Aber Sie wissen ja, Julian und ich wollten nicht, dass herauskommt, dass wir zusammen sind, und –"

„*Was* haben Sie gehört, Delia?", unterbrach Josh sie seufzend. „Der ganze Rest interessiert mich nicht im Geringsten. Wenn ich Ausreden hören möchte, kann ich mich auch mit Lou unterhalten." Er deutete unwirsch in meine Richtung.

Ich schnaubte, schwieg jedoch. Denn Delia sprach bereits weiter.

„Also, ich war da. Und das Tor war noch auf und die Tür zum Haus auch. Als hätte es jemand hastig verlassen und keine Zeit gehabt, sie zu schließen. Mir ist das aufgefallen, weil Mama ausrastet, wenn wir Türen offen lassen. Sie hat immer Angst, dass dann Termiten reinkommen und unsere Weinfässer angreifen. Ist auch egal. Die Türen standen offen und ich habe sie natürlich schnell geschlossen und als ich das große Tor zugemacht habe ... da hat jemand geseufzt." Ihre Wangen waren mittlerweile weinrot.

„Geseufzt?", echote Rispo und zog seinen Block aus der hinteren Hosentasche. „Was für ein Seufzen war das? Männlich? Weiblich? Genervt, traurig?"

„Ich weiß es nicht genau", sagte sie verzweifelt. „Es war so leise. Ich dachte, ich hätte es mir eingebildet. Oder es wäre ein Tier gewesen. Ich konnte es nicht zuordnen. Aber es hat sich ... genervt und erschöpft angehört? Nicht traurig auf jeden Fall. Es war kein Schniefen. Es war ein ... lautes Luftausstoßen."

„Erschöpft im Sinne von: Jemand hat sich körperlich betätigt? Oder als wäre jemand unzufrieden mit einer Situation?", hakte Josh nach.

„Ich weiß nicht ..." Sie hob die Schultern. „Beides vielleicht?"

„In Ordnung." Rispo nickte. „Also war möglicherweise jemand nicht zufrieden damit, dass Sie das Tor geschlossen haben."

„Vielleicht."

Josh machte sich eine Notiz, während ich stirnrunzelnd zu Delia sah.

War das möglicherweise der Grund, warum die Leiche noch auf dem Schuppen gelegen hatte? Weil sie jemand dort versteckt hatte, als Delia gekommen war, und sie dann das Tor geschlossen und dem Täter somit die Möglichkeit genommen hatte, die Leiche vernünftig zu entsorgen?

Das bedeutete, der Mörder hatte keinen Schlüssel, oder? Aber wer besaß denn einen ...

„Wer besitzt einen Schlüssel zum Tor, Delia?", nahm mir Josh die Worte aus dem Mund.

„Nur ich und meine Mutter. Ähm ... und Jörg. Weil wir es immer sind – waren –, die als Letztes gehen. Oder eben gegangen sind." Sie räusperte sich peinlich berührt. „Und weil Mama niemandem wirklich vertraut. Sie ist leicht paranoid."

Paul schnaubte, Josh nickte und ich runzelte die Stirn. Niemand anderes hatte einen? Nicht einmal ihr Vater? Ihr Bruder? Der andere Mitarbeiter?

Oh Mann. Frau König wurde mit jeder Sekunde unsympathischer.

„Vielen Dank, das ist sehr hilfreich", sagte Josh leise, bevor er lauter an die anderen hinzufügte: „Gibt es sonst noch irgendetwas, das jemand *vergessen* hat zu erwähnen? Von dem er vielleicht glaubte, dass es nicht relevant sei? Denn *ich* entscheide, was relevant ist oder nicht. Und ich will ehrlich sein, ich bin es langsam leid. Denn warum ... *warum* kriegt es niemand hin, der Polizei einfach zu sagen, was er oder sie weiß?", fragte er und knirschte mit den Zähnen. „Das verstehe ich noch weniger als die Chaostheorie nach Louisa Manu."

Ich nickte zufrieden. Manchmal war es schön, nicht den ersten, sondern nur den zweiten Platz zu belegen.

„Also, wollen Sie mir noch etwas sagen?", fuhr er die beiden Jungs vor ihm an.

Julian und Paul schüttelten hastig den Kopf.

„Nichts", sagte Julian atemlos.

„Ich hab Ihnen alles gesagt", fügte Paul pflichtbewusst hinzu.

„Schön", erwiderte Josh abgehackt. „Sie fahren nach Hause, Paul, und werden erst eine neue Stelle suchen, sobald der Mordfall abgeschlossen ist. Damit ich einen Tod nach dem anderen untersuchen kann, haben Sie verstanden?"

Paul öffnete protestierend den Mund. „Sie sind Polizist. Sie können mir nicht vorschreiben, wann ich meinen Job –"

„Haben Sie *verstanden*, Paul?", sagte Josh lauter, seine Augen die Tore zur Hölle, in der sich die Brut des Teufels eigentlich hätte wohlfühlen müssen, aber Paul sah nicht danach aus.

Er nickte nur mit bleichem Gesicht.

„Wundervoll. Sie kommen noch einmal mit rein, Delia, ich muss ihre Aussage aufnehmen, und du", sein Blick schweifte zu mir, „du fährst."

„Ich kann noch nicht fahren", widersprach ich leise. „Ich muss erst noch … eine Freundin holen. Ich bin ihre Mitfahrgelegenheit."

Ich hoffte sehr für Ariane, dass sie nicht mehr in dem Büro von Herrn Baumann herumschnüffelte. Ich hatte nämlich im Gefühl, dass es sehr viel unangenehmer werden würde, wenn Josh sie dort fand, als ein Mitglied der Familie Baumann selbst.

„Fantastisch", knurrte Josh. „Dann komm auch mit rein."

„Kann ich erst … Kann ich kurz noch mit Julian reden?", fragte Delia leise und sah hilfesuchend zu ihrem Freund.

„Oh, es gibt nichts mehr zu reden", erwiderte der kalt. „Ich glaube, du hast alles gesagt." Im nächsten Moment drehte er sich auf dem Absatz um und stapfte zu den Parkplätzen.

„Julian!", rief Delia ihm flehentlich hinterher. „Komm schon. Ich hab das nicht so gemeint. Ich bin einfach im Moment etwas verzweifelt, weil alles den Bach runtergeht, ich ..."

Doch Julian hörte sie nicht mehr. Er war bereits in einen kleinen Ford Fiesta gestiegen und davongefahren.

„Oh, nein", wisperte Delia und hielt sich eine Hand an die Stirn, während Tränen ihre Wangen hinabliefen. „Ich habe gerade alles kaputtgemacht, oder?" Zu meiner Überraschung sah sie zu mir. Als könne ich ihr widersprechen und alles wiedergutmachen.

„Dinge, die kaputt sind, können wieder heile werden", murmelte ich. „Jetzt gerade sind alle nur ... sehr verwirrt und wütend. Das ist es, was ein Mord mit einem macht."

Sie schniefte und schluckte fest. „Aber ich habe ihn beschuldigt, der Mörder zu sein!"

„Ach ... ich habe meinem Verlobten schon viel schlimmere Dinge an den Kopf geworfen", wisperte ich. „Ich würde die Hoffnung noch nicht aufgeben."

Josh hob eine einzelne Augenbraue, sagte jedoch nichts dazu. Stattdessen lief er neben uns her, öffnete die Tür zum Haus ...

*Was zum Teufel!?*

Schockiert blieb ich stehen, während mir die Kinnlade herunterklappte. Und ich war nicht die Einzige, die sichtlich überrascht war. Josh hatte ungläubig die

Augen geweitet – was bei ihm einer totalen Gesichtseskalation gleichkam – und Delia schlug entsetzt die Hand vor den Mund.

Nun, eines zumindest war jetzt klar: Ariane befand sich nicht mehr im Büro von Herrn Baumann.

Stattdessen stand sie direkt vor uns – eng umschlungen mit Marvin, sodass man nicht erkennen konnte, wo der eine aufhörte und der andere begann. Die beiden küssten sich so innig, dass ich einem Kind jetzt die Augen zugehalten hätte. So intensiv, dass ich sie selbst gern geschlossen hätte. Doch ich konnte nicht. Denn ... oh mein Gott, sie küssten sich!

Marvin und Ariane.

„Bin ich eine fantastische Kupplerin, oder was?", wisperte ich Josh zu.

„Hm", machte er. „Das ist nicht die Reaktion, die ich von der Frau erwartet hätte, die gerade ihren Verlobten dabei erwischt, wie er fremdgeht."

„Was?" Verwirrt sah ich ihn an. „Wovon ... Oh, ja! Richtig", fiel der Groschen und hastig sah ich über meine Schulter, wo Delia noch immer schockiert auf das umschlungene Paar sah. Ich räusperte mich vernehmlich, stemmte beide Arme in die Seiten und gab mir Mühe dabei, möglichst grimmig und wütend auszusehen. Das war gar nicht so schwierig, ich stellte mir einfach vor, Rispo wäre an Marvins Stelle. Okay, es war doch schwierig. Rispo und Marvin hatten in etwa so viel gemein wie ein stattlicher Löwe und eine gebrechliche Gazelle, aber ich hatte viel Fantasie.

„Was zur Hölle tust du da, *Liebling*?", fuhr ich Marvin – oder Ariane, sie waren ja beide irgendwie meine Verlobten – an.

„Liebling?", kommentierte Rispo zweifelnd, seine Stimme so leise, dass nur ich ihn verstehen konnte. „Würdest du einen Fremdgeher ernsthaft noch Liebling nennen?"

„Ich würde überhaupt niemanden Liebling nennen", stellte ich leise klar, bevor ich lauter hinzufügte: „Ich bin ... *schockiert*! Überaus schockiert! *Wer* ist diese Frau?"

Ich spürte, wie Rispos Schultern neben mir vibrierten, und ja, mir war klar, dass das hier ein schlechtes Shakespeare-Stück war, aber Delia war ohnehin zu sehr auf Marvin und Ariane fixiert, als dass sie mir sonderlich viel Aufmerksamkeit geschenkt hätte.

„Wa-wa-was?", stotterte Marvin und stieß Ariane erschrocken von sich. „Ojemine. Ich habe euch gar nicht gesehen."

„Das ist uns aufgefallen, ja", bemerkte Josh amüsiert.

„Oh, Gott, das ist ja schrecklich!", löste sich Delia aus ihrer Starre. „Wie *können* Sie nur? Während Ihre Verlobte direkt vor der Tür steht!", fuhr sie Marvin fassungslos an. „Sie sind wirklich das *Allerletzte!*"

„Was?" Der Polizist sah äußerst bedröppelt drein.

„Ja, Marvin", stimmte ich ihr etwas hölzern zu. „Was soll das? Ich bin ... getroffen. Genau hier." Ich klopfte mir auf meine Brust. Dorthin, wo ich mein Herz vermutete. „Wie kannst du mich so schrecklich behandeln?"

Okay, ich war eine schlechte Schauspielerin. Das merkte ich an dem irritierten Blick von Delia – der nichts im Vergleich zu dem von Marvin war.

„Was?", fragte er erneut, während Ariane die Hand zu ihrem Mund führte, vermutlich um ihr Lächeln – oder ihre geschwollenen Lippen – zu verstecken.

„Marvin", zischte ich ihm zu. „Es wäre gut, wenn du jetzt beschämt den Raum verlässt. Du hast soeben deine Verlobte betrogen."

„Oh, ja. Richtig", sagte er hastig und sah mit großen Augen zu Delia, deren Gesicht eine gute Plakatwand für eine Droge namens *Der Wahnsinn im Blut* abgegeben hätte. „Ähm. Oh, nein, Louisa. Du hast mich erwischt!", sagte er so steif wie Pinocchio, der eben aus dem Wal gespuckt worden war. „Ich ... Es tut mir ... *Oh, nein!*"

Ich seufzte schwer. Gut, wir hatten das Ende des Tunnels erreicht und es war noch immer düster. Und ganz ehrlich: Es lohnte sich nicht, weiter nach dem Licht zu suchen. „Es tut mir leid, Delia", sagte ich zerknirscht

„Marvin ist *nicht* mein Verlobter. Er hat nichts Falsches, nur etwas sehr Überraschendes getan."

„Was?" Ihre Augen wurden rund wie Flaschenböden.

„Nein, natürlich nicht", sagte Ariane hastig und räusperte sich vernehmlich. „*Ich* bin deine Verlobte – und auch zutiefst beschämt über meine Tat."

„*Was?*", wiederholte Delia, nur diesmal lauter. Mittlerweile sah sie mich an, als sei ich ein Haar an ihrem Kinn, das schnellstmöglich beseitigt gehörte.

„Mann, wie viele Verlobte hast du, Lou?", wollte Josh interessiert wissen.

„Eine Menge", gab ich zu, bevor ich tief Luft holte. Es war völlig sinnlos, die Lügen weiter aufrechtzuerhalten, also sagte ich feierlich: „Delia: Auch Ariane ist nicht meine Verlobte. Ich will keinen von den beiden heiraten." Ich fuchtelte zu meinen Freunden. „Nur ihn hier." Ich nickte zu Josh.

„*Was?*" Also, langsam fühlte sie sich wohl mit der Benutzung des Wortes. „Kommissar Rispo und Sie ... Ich *verstehe* nicht! Er würde doch nicht zulassen, dass sie mit einem fremden Mann eine Weinprobe besuchen. Und er ist *Polizist*! Und Sie sind ... äußerst unhöflich und verrückt."

Rispos Mundwinkel zuckten. Was für ein Verräter!

„Ich bin nicht verrückt ... nur neugierig", stellte ich klar. „Und er würde es nicht *zulassen*? Er will mich heiraten, nicht *kaufen*. Aber wie gesagt, es tut mir leid. Dass ich gelogen habe."

Delia schnaubte laut und hoch und ein wenig hysterisch. „Was zur Hölle passiert hier die letzten Tage? Kann mir das mal jemand sagen? Leute sterben, Leute lügen, Leute erfinden Verlobte, mein Bruder will zur Konkurrenz ... Wie soll man da nicht *durchdrehen*?" Im nächsten Moment drängte sie sich an mir und Ariane vorbei, eilte durch den Empfangsbereich und verschwand die Treppen hoch, die zu Herrn Baumanns Büro führten.

Wir alle sahen ihr einige Momente lang nach, bis sie verschwunden war.

Josh seufzte.

Marvin kratzte sich beschämt den Kopf.

Ariane lief rekordrot an.

Ich zuckte nur die Achseln. „Mann kann ihr keinen Vorwurf machen", stellte ich fest. „Es war wirklich viel in den letzten Tagen. Und dann noch eure Vorstellung ..." Ich gestikulierte zu Marvin und Ariane.

„Sorry, Lou", meinte Ariane und beugte sich zu mir vor, bevor sie mit gesenkter Stimme sagte: „Ich wollte unsere Tarnung nicht torpedieren, aber ... ich hab deinen Rat befolgt. Ich hab ihn einfach gepackt und geküsst, das nächste Mal, dass ich ihn gesehen habe. Es war eben nur früher als gedacht."

Josh schüttelte ungläubig den Kopf. „*Das* hast du ihr geraten?"

Offenbar war Ariane nicht leise genug gewesen.

„Na ja, es kann ja nicht jeder eine Beziehung im Schneckentempo anstreben, oder?", meinte ich und sah ihn vielsagend an.

Er schnaubte. „Es war trotzdem verdammt unprofessionell von euch beiden", stellte er fest und sah Marvin mit verengten Augen an.

Der nickte nur hastig, während Ariane hilflos die Arme hob und mir zuwisperte, diesmal noch leiser: „Ich konnte nichts tun. Es war seine geballte rohe Sexualität! Wie sollte ich da widerstehen?"

„Seine ... *was*?" Bisher hatte Marvin für mich immer die Sexualität einer Qualle gehabt ... Sie war eben nicht ersichtlich. Ich war immer noch nicht überzeugt davon, dass er sich nicht mithilfe von Zellteilung fortpflanzte.

„Ist auch egal", flüsterte sie hastig und winkte ab. „Halb so wild, dass sie jetzt weiß, dass du mit keinem von uns verlobt bist, oder?"

„Schon", gab ich zu. „Es war zum Schluss hin auch etwas verwirrend. Ich hatte wirklich zu viele Verlobte. Hat sich wie ein verrücktes Doppelleben angefühlt."

Josh schnaubte. „Ja, vielleicht muss ich mir doch anfangen, Sorgen zu machen?", stellte er dann trocken fest. „Da du dir innerhalb von drei Tagen schon *zwei* andere Verlobte neben mir gesucht hast?"

Ich zog eine Grimasse. „Na ja. Marvin ist nett und Ariane liebt Schokolade. Das sind zwei Dinge, mit denen du nicht auffahren kannst."

„Du hast vollkommen recht. Damit kann ich einfach nicht konkurrieren." Er beugte sich zu mir vor und ließ seine Lippen über meine Ohrmuschel streichen. „Obwohl ich durchaus *nett* sein kann", wisperte er. „Wenn ich will."

Ein Schauder überlief meinen Nacken. Oh ja. Das konnte er. Und ich hoffte wirklich sehr, dass meine Kamikazeaktionen ihn nicht davon abhielten, zu vergessen, *wie* nett er sein konnte. Ich räusperte mich und trat hastig einen Schritt zurück, das hier war nämlich der absolut falsche Ort für die Richtung, in die meine Gedanken gerade wanderten.

„Wir sollten gehen, Ari. Du kannst auch später noch mit Marvin knutschen", sagte ich hastig.

„Nein, kann sie nicht", bemerkte Josh hart. „Nicht, während er im Dienst ist."

„Na dann eben nur Feierabendgeknutsche", korrigierte ich mich und grinste. „Aber bin ich eine Mega-Kupplerin, oder nicht?"

„Bis dann, Lou", sagte Josh mit Nachdruck, drehte mich an den Schultern herum und schob mich aus der

Tür. Aber nicht ohne mir noch: „Sonst bin ich nie wieder nett", ins Ohr zu flüstern.

Also ging ich und zerrte Ariane mit mir. Denn manche Dinge riskierte man einfach nicht.

# Kapitel 18

„Ist das jetzt gut oder schlecht gelaufen?", wollte Ariane wissen, als wir eine Viertelstunde später im Passat auf dem Weg zurück in die Kölner Innenstadt saßen.

„Sag du es mir! Du bist es, die mit Marvin geknutscht hat", meinte ich amüsiert. „Ist er ein guter Küsser? Ich hab mich das nie gefragt, aber jetzt gerade –"

„Lou!", beschwerte sie sich sofort und schlug mir gegen die Schulter. „Lass das."

„Du kannst nicht Marvin küssen und erwarten, dass ich dazu nichts sage!", meinte ich lachend. „Ernsthaft, Ariane: Wow. Wer hätte damit rechnen sollen?"

„Du! Weil du uns verkuppelt hast und weil du mir gesagt hast, dass ich ihn küssen soll", erwiderte sie ungläubig.

Auch wieder wahr. Aber ich hatte wirklich nicht damit gerechnet, dass es so gut laufen würde – und dass Ariane dann auch noch auf mich hörte. Und Marvins *rohe* Sexualität spüren konnte. Nein, das hätte selbst ich mir nicht geglaubt, und ich erzählte andauernd irgendwelches verrücktes Zeug.

Ich lächelte breit. „Es freut mich für dich, Ari", sagte ich dann weich. „Dass du ihn offensichtlich magst."

„Na ja, ich kenne ihn wirklich noch nicht gut", wehrte sie sofort ab. „Aber ... Gott, Lou, er ist so *freundlich und ehrlich*. Und er hat mir direkt auf dem ersten Date erzählt, dass er irgendwann eine Familie möchte. Welcher Mann macht das? Welcher Mann ist so ... mutig?"

Mein Lächeln vertiefte sich. Also, wenn ihr diese Qualitäten so wichtig waren, dann war sie bei Marvin wirklich genau richtig. „Freut mich", wiederholte ich. „Er ist ein guter Kerl. Und du musst ja nicht direkt nach einem Kuss entscheiden, ob er der Mann fürs Leben ist."

Marvin, der Mann fürs Leben. Liebe Güte, Delia hatte recht! Die letzten Tage waren sehr überraschend und überfordernd gewesen.

„Eben", bestätigte sie und nickte erleichtert. „Außerdem habe ich vorhin nicht die Sache mit Marvin gemeint. Ich wollte wissen, ob der Nachmittag heute bezüglich des Falls gut oder schlecht gelaufen ist."

„Ah. Ja, das ist eine berechtigte Frage", meinte ich nachdenklich. „Leider kann ich es nicht genau sagen. Hast du denn noch irgendetwas Interessantes bei Herrn Baumann im Büro gefunden? Etwas, das uns helfen könnte?"

„Nein, tut mir leid." Sie warf mir einen entschuldigenden Seitenblick zu. „Da war nichts. Obwohl ich die Hälfte seiner Bücher aus dem Regal gezogen habe."

Ach, Mist. Also hatte er entgegen Pauls Annahme kein kompromittierendes Material gegen seine Mutter gesammelt. Weswegen war er dann so rot geworden? Etwa wegen dem Foto in seinem Schreibtisch? Das von ihren beiden Familien, das bewies, dass er ihrer Freundschaft noch immer hinterhertrauerte?

Nun, nicht alle Männer waren so mutig wie Marvin und sagten direkt, was sie dachten. Es war also möglich. Interessanter fand ich aber die Frage, welche Art von Mörder laut aufseufzte, wenn vor seinen Augen das Tor zum Tatort abgesperrt wurde. In meinem Kopf war der Täter ein kaltblütiger Killer ... doch das passte nicht zu dem, was Delia erzählt hatte.

Überhaupt wusste ich nicht, ob die drei Mittzwanziger einfach nur extrem gute Schauspieler waren, die ihren Kopf aus der Schlinge ziehen wollten, indem sie einfach den jeweils anderen beschuldigten, oder wirklich allesamt unschuldig waren. Es machte mich wahnsinnig, dass jeder Hinweis nur weitere Fragen aufwarf, nicht etwa beantwortete.

Ich seufzte und hielt an einer Ampel. Wenigstens war ich bisher nicht wieder von einem Polizisten fürs Zuschnellfahren angehalten worden. Das war doch durchaus etwas Positives, oder?

„Mir fehlt noch immer ein Motiv, weißt du?", meinte ich und trommelte mit den Fingern aufs Lenkrad. „Warum jemanden mit einem Korkenzieher erstechen? Wenn man *plant,* jemanden umzubringen, dann nicht damit, oder? Und dann verfrachtet man die Leiche auch nicht notdürftig auf dem Dach eines Schuppens. Der Täter hat im Affekt gehandelt, da bin ich mir fast sicher. Aber *warum?* Was hat Jörg getan?"

„Keine Ahnung", meinte Ariane achselzuckend. „Ich hatte ehrlich gesagt schon wieder vergessen, dass das Opfer überhaupt Jörg hieß, bin also wahrscheinlich keine große Hilfe. Aber weißt du, Lou." Sie lächelte breit. „Der Nachmittag war zumindest kein totaler

Reinfall, denn ich habe kostenlosen Wein abgestaubt."
Im nächsten Moment zog sie eine Flasche Rotwein aus
ihrer Handtasche und schwenkte sie vor mir hin und
her.

Ich lachte. „Du hast Wein mitgehen lassen?"

„Nicht mitgehen, er war zu verschenken", korrigierte
sie mich. „Und der sieht ziemlich edel aus, meinst du
nicht? Schon komisch, dass sie die einfach so verschenken."

„Vielleicht sind es Mängelexemplare oder so?",
meinte ich, sah kurz zur Ampel, die noch immer rot
war, und griff dann nach dem Wein.

Ariane hatte recht, er sah wirklich sehr edel aus.

Das Etikett war dunkelgrün und das Logo des Weinguts war eine vergoldete Weinrebe, auf der eine Krone
saß und ...

Moment. Eine Krone? Wie in ... *König*?

Mein Mund wurde trocken. Das war nicht der Wein
der Familie Baumann!

„Ariane ... woher hast du den?", fragte ich alarmiert
und reichte ihn ihr zurück, bevor die Ampel umsprang
und ich die Kupplung kommen ließ.

„Hab ich doch gesagt", meinte sie überrascht. „Er
stand in dem *Zu verschenken*-Korb."

Was machte ein Wein der Familie König im Weingut
der Baumanns? „Und welcher Jahrgang ist das?"

„Keine Ahnung. Letztes Jahr? Ich glaube –"

„Shit, Ariane, das ist der Leichenwein!", unterbrach
ich sie mit dezenter Panik in meiner Stimme. Der Ein-
brecher hatte offenbar mehr als nur eine Flasche hinterlassen!

„Der ... was? Nein!"

„Doch! Guck dir das Logo an. Das ist das der Königs!"

„Oh, Mann, Lou ... ernsthaft?", sagte sie angeekelt. *„Das* ist der Wein, in dem Körperteile herumgeschwommen sind?"

„Wahrscheinlich", erwiderte ich und zog eine Grimasse. „Scheiße." Fieberhaft rieb ich mir über die Stirn. Was zur Hölle tat dieser Wein im *Zu verschenken*-Korb der Baumanns? „Kannst du Josh kurz eine Nachricht von meinem Handy aus schreiben, Ari? Ihm sagen, dass er den Korb nach Wein der Familie König absuchen soll? Gott." Ich seufzte. „Das ist gefährlich, oder nicht? Wein, in dem eine Leiche herumlag, kann nicht gesund sein. Wenn man ihn trinkt ... was passiert dann?"

„Ich weiß nicht. Es kann einen doch nicht umbringen, oder?", fragte Ariane schockiert.

„Keine Ahnung. Wenn man zu viel davon zu sich nimmt, vielleicht. Ich meine, Leichenteile geben Gifte ab, oder? Mir war schon schummerig, obwohl ich nur einen Schluck im Mund hatte, den ich dann wieder ausgespuckt habe."

„Ja, aber dir war schummerig, weil du *wusstest*, dass ein Finger in dem Wein geschwommen ist."

Ja, okay, da war etwas Wahres dran. Trotzdem. „Das ist nicht gut! Leichenwein unter einem *Zu verschenken*-Schild herumstehen zu lassen."

„Aber ich verstehe nicht ... Glaubst du etwa, dass der Mörder absichtlich Leichen-Wein in das Körbchen gelegt hat, um die Kunden der Baumanns zu vergraulen?", fragte Ari schockiert.

„Keine Ahnung", murmelte ich und presste die Lippen zusammen. „Ich habe absolut keine Ahnung."

Nichts ergab mehr einen Sinn.

Ich setzte Ariane bei ihr zu Hause ab, bevor ich weiter zum Laden fuhr. Es war schon nach fünf, lange würde er also nicht mehr geöffnet haben, aber es schadete nie, zu sehen, ob Leonie und Emily miteinander auskamen. Zumindest Emily war bis vor Kurzem kein großer Fan von Leonie gewesen. Weil sie zu vernünftig und gut in ihrem Job war. Das waren Qualitäten, mit denen Emily nichts anzufangen wusste. Seit ihrer Schwangerschaft jedoch beobachtete ich meine Schwester immer öfter dabei, wie sie Leonies Arbeitsweise genauer unter die Lupe nahm und mich dann fragte, ob es wirklich besser war, so wie sie es machte.

Meistens war die Antwort Ja. Denn natürlich war es besser, die Dornen der Rosen abzumachen, bevor man sie dem Kunden in die Hand drückte.

Als ich jedoch um viertel vor sechs in den Laden kam, die Leichenwein-Flasche in meiner Hand, weil ich mir erhoffte, vielleicht irgendwelche Hinweise auf ihr zu entdecken, standen Leonie und Emily gerade lachend hinter der Verkaufstheke und verkauften einem amüsiert aussehenden Mann drei verschiedene Blumentöpfe.

„Nein, nein. *Sie* ist die Kompetentere, weil sie genau wusste, welche Blumentöpfe winterfest sind", hörte ich Emily ernst sagen.

„Oh, nein, du hast die Farbmuster ausgewählt! Du bist es, die das Lob verdient", erwiderte Leonie.

Der Mann lächelte und meinte, dass er sie einfach beide loben würde, womit sie letztendlich einverstanden waren.

Skeptisch schloss ich die Tür hinter mir, nickte dem Kunden aber noch einmal freundlich zu, als er den Raum verließ, bevor ich laut fragte: „Was ist denn hier los?"

„Was soll los sein?", fragte Emily überrascht. „Du sagst uns doch immer, wir sollen Spaß bei der Arbeit haben."

„Ja, aber … normalerweise habt ihr ihn getrennt voneinander", bemerkte ich und stellte den Wein auf den Tresen, da ich beide Hände brauchte, um sie auf mein Gesicht zu pressen und ausgiebig zu gähnen. Der Tag hatte mich erschöpft. Ich hatte geglaubt, Drama gewöhnt zu sein, aber das der Familien Baumann und König überstieg das der Familien Manu und Rispo um Längen.

„Nein, wir verstehen uns sehr gut", sagte Leonie überrascht und blickte mich mit großen Augen an.

Ach ja, ich hatte vergessen, dass Emily ihr gegenüber nie erwähnt hatte, dass sie Krieg miteinander führten. Es war eine beachtliche Leistung von Leonie gewesen, so viele Schlachten zu gewinnen, obwohl ihr nicht klargewesen war, dass sie einen Kampf führte.

„Ich bin nur überrascht, weil es doch schon so spät ist und ihr normalerweise erschöpft seid, wenn es auf den Feierabend zugeht", fing ich mich und strich mir die Haare aus der Stirn.

„Oh, wir haben den Tag schon herumbekommen", meinte Emily fröhlich und grinste Leonie an.

„Jaja", erwiderte sie und gluckste.

Misstrauisch sah ich zwischen meinen Mitarbeiterinnen hin und her. „Wie habt ihr ihn denn herumbekommen?"

„Oh, Trudi ist da", meinte Emily. „Und wir haben ... die Zeit genutzt."

Ich wollte erneut nachfragen, wovon sie sprach, doch da ging die Tür zu meinem Büro auf und Trudi trat heraus. Heute in knallgelbem Hosenanzug, sodass sie aussah wie eine runzelige Tube Senf.

„Oh, Lou ist da!", sagte sie und winkte mir fröhlich zu, bevor sie sich direkt an Emily wandte. „Diesmal habe ich eine Stunde ausgehalten, ohne auf Toilette zu müssen", verkündete sie stolz. „Ich hab es auf meinem Klug-Phone gemessen." Sie wedelte mit ihrem Handy vor Emilys Gesicht herum.

„Das hast du sehr gut gemacht", meinte Emily lächelnd. „Zeig mir dein Stickerheft."

Trudi wackelte aufgeregt mit Kopf und Schultern, bevor sie aus der Hosentasche des Anzugs ein quadratisches Heft zog und es Emily hinhielt, die ihrerseits Sticker aus der Tasche zauberte und einen davon – mit einer Diddl-Maus darauf, die den Daumen in die Höhe reckte – ins Heft klebte.

Mir fielen fast die Augen aus dem Kopf.

„Was genau tust du, Emily?", zischte ich angespannt an ihrem Ohr, während Trudi mit leuchtenden Augen ihr Heft durchblätterte.

„Ich bringe Trudi bei, längere Zeit nicht die Toilette aufzusuchen und somit ihren Harndrang zu kontrollieren", erklärte mir meine Schwester sachlich. „Damit sie windelfrei wird."

„Trudi trägt keine Windeln!"

„Nein, das stimmt. Dann eher: damit sie windelfrei *bleibt*", bestätigte Emily.

„Oh Gott." Ich legte mir eine Hand an die Stirn. „Das mit dem Stickerheft ist aus deinem Mutterschaftsbuch, oder?"

„Ja und es funktioniert richtig gut! Guck nur, wie sie sich freut." Sie gestikulierte zu Trudi, die gerade Leonie all die Sticker zeigte, die sie heute schon gewonnen hatte.

„Einer davon glitzert sogar", meinte Emmi stolz. „Das war, als sie es mal zwei Stunden geschafft hat. Trudi hat vier von Leonies Aufgaben gemeistert und fünf von meinen, das heißt, zurzeit bin ich in Führung und werde eine bessere Mutter als sie."

Ungläubig sah ich sie an. „Wie viele von diesen Experimenten habt ihr heute schon gemacht?"

„Neun, Lou. Ich sagte doch gerade: vier von Leonie, fünf von mir. Behauptest du nicht immer, du wärst gut in Mathe? Oh, dafür hat Trudi übrigens auch einen Sticker bekommen. Weil Leonie ihr schriftliche Multiplikation beibringen konnte, was ich ihr wirklich nicht zugetraut hatte. Weder Trudi noch Leonie."

Seufzend verdrehte ich die Augen. „Das, was du tust, ist moralisch verwerflich", stellte ich fest. „Quasi ein Menschenexperiment. Das weißt du, oder?"

„Ach was." Verärgert sah Emmi mich an. „Ich mache Trudi *glücklich*, Lou."

Wie auf Kommando sah Trudi auf und blickte mich mit zusammengezogenen Brauen und verkniffenem Zug um den Mund an. „Louisa, ich muss sagen, dass ich etwas enttäuscht von dir bin", stellte sie pikiert fest. „Ich fand, wir waren gestern ein gutes Team. Und heute nimmst du mich nicht mit auf Mörderjagd?"

„Siehst du?", meinte Emily selbstzufrieden. „*Ich* mache sie glücklich. *Du* machst sie unglücklich."

Ich schnaubte nur. Denn: *Wir waren ein gutes Team gewesen?* Wir waren *erwischt* worden! Und überhaupt, wie konnte sie von mir enttäuscht sein, während Emily Sozialexperimente an ihr durchführte, um ein besserer Elternteil zu werden?

Ich beschloss, auf ihre Aussage mit einem lauten Seufzen zu antworten und dann einfach an ihr vorbeizuspazieren.

„Ich muss kurz auf Toilette. Danach können wir den Laden wahrscheinlich auch schon schließen. Ich bleibe aber noch, um Papierkram zu machen, das kann ich also übernehmen."

„Oh, wir haben gerade so viel Spaß, wir können gerne noch helfen", sagte Leonie lächelnd.

„Ha, sie hofft nur auf eine weitere Chance, meinen Vorsprung zunichtezumachen", wisperte Emily. „Aber das kann sie vergessen."

Ich blieb nicht, um herauszufinden, was Leonie plante, um einen neuen Punkt zu erzielen, denn der Nachmittag war lang gewesen und meine Blase sehr voll.

Ich benutzte also die Toilette, wusch meine Hände, stellte fest, dass ich sehr tiefe Augenringe und sehr verstrubbelte Haare, aber nicht die Muße hatte, etwas daran zu ändern, und kehrte dann kurz noch einmal in den Verkaufsraum zurück, um Emily und Leonie zu sagen, dass sie anfangen konnten, die Blumen in die Kühlfächer zu stellen und die Kasse abzurechnen, bevor ich selbst mit dem Papierkram anfing, der sich die letzten Tage über auf meinem Schreibtisch gestapelt hatte.

Trudi, Leonie und Emily standen allesamt um den Verkaufstresen herum, während Gläser klirrten und schließlich ein *Plop* ertönte.

Stirnrunzelnd stellte ich mich auf die Zehenspitzen, um über Trudis Schulter sehen zu können. „Was macht ihr da? Ihr ... Oh Gott, nein, stell das Glas wieder hin, Trudi!"

Erschrocken drängte ich mich zwischen sie und Emily und entwand ihr das Glas mit der roten Flüssigkeit. Sie hatten die Flasche Wein geöffnet, die ich mitgebracht hatte, und Trudi großzügig eingeschenkt.

„Was soll das, Louisa? Ich habe mir nach all der Arbeit heute den Wein redlich verdient", meckerte sie mich sofort an.

„Trudi, was habe ich dir dazu gesagt, diesen Ton anzuschlagen?", fragte Emily tadelnd.

Beschämt sah sie auf ihre Finger. „Entschuldige. Was ich sagen wollte: Lou, es ist unhöflich, mir den Wein wegzunehmen. Kann ich ihn bitte zurückhaben?"

„Nein", sagte ich seufzend. „Leute, warum habt ihr den aufgemacht? Das ist der Leichenwein des Weingut Königs."

„Na, wir dachten, du hast ihn uns mitgebracht, um uns was Gutes zu tun", meinte Emily. „Ich hab mich gerade schon aufgeregt, weil ich ja nicht trinken darf."

*„Leichenwein?"*, bemerkte Trudi naserümpfend. „Warum verkaufen sie den denn unter diesem Namen? Der scheint mir doch recht schwer zu vermarkten."

„Sie verkaufen ihn nicht! Diese Flasche hier ist ... hoffentlich ein Einzelstück. Irgendwer hat sie abgefüllt und dann beim feindlichen Weingut stehengelassen."

„Leichenwein?", echote Leonie. „Was bedeutet das?"

„Oh, es haben Leichenteile darin schwimmen gelernt", verkündete Emily fröhlich, griff nach dem Glas in meiner Hand und schwenkte die Flüssigkeit darin umher. „Also, für mich sieht er nach ganz normalem Wein aus. Allerdings ..." Sie roch kurz an dem Glas und erschauderte dann. „Allerdings riecht er echt schrecklich. Unfassbar salzig."

„Leichenteile ... im Wein?" Leonie wurde blass. Sie war im Vergleich zu uns allen so unschuldig, was Morde anging, dass sie eigentlich nur in einem weißen Kleid hätte herumlaufen dürfen.

„Salzig?", fragte ich skeptisch. „Nein, das riecht ausschließlich nach Leichen-Wein."

„Hä? Sind Leichen salzig?", wollte Emily verwirrt wissen.

„Nein, modrig, oder?", meinte Trudi.

„Ja, modrig ist ein tolles Adjektiv. Sehr gut, Trudi", lobte Leonie sie.

Emily verdrehte die Augen in ihre Richtung. Was wohl in etwa so viel hieß wie: *Dafür hat sie keinen Sticker verdient!*

Ich nahm das Glas zurück und roch ebenfalls dran.

Mhm. Tatsächlich roch er für meine Nase gar nicht so furchtbar. Also, es war klar, dass irgendetwas mit dem Wein nicht stimmte, aber ich hatte nicht das Bedürfnis, mich zu übergeben. „Ich rieche nichts Salziges", meinte ich kopfschüttelnd.

„Ja, weil du keine Schwangerschaftsnase hast", beschwerte Emily sich. „Aber ich schon. Und der Wein riecht salzig!"

„Man kann kein Salz riechen, Emily."
„Sag mir nicht, was ich kann und was ich nicht kann!", erwiderte sie verärgert. „Ich rieche, was ich rieche, Lou!"

„Ja, das mag ja sein, aber ich glaube nicht –"

„Warte, wir probieren das mal", unterbrach Emily mich unwirsch. „Hast du eine Tomate, Lou?"

„Eine ... was?" Mit großen Augen sah ich sie an.

„Na ja, so kann man die Dichte von Wasser bestimmen." Sie schnalzte mit der Zunge. „Ernsthaft, hast du in der Schule denn überhaupt nicht aufgepasst?"

„Doch! Aber du nicht", erinnerte ich sie.

„Nein, aber Finn hat sich so ein Buch ausgeliehen, in dem tolle chemische und physikalische Experimente für Kinder drinstehen. Ich meinte, dass es etwas zu früh dafür sei, doch ich glaube, er fand sie einfach selbst spannend." Sie zuckte die Achseln. „Auf jeden Fall steht da drin, dass Tomaten in normalem Wasser zu Boden sinken, aber wenn man genug Salz hinzufügt, schweben sie. Es ist also ein einfacher Test, den wir durchführen können. Also: eine Tomate?"

„Oh, ich hab Tomaten hinten im Kühlschrank. Wollte mir morgen Tomaten-Mozzarella-Salat machen", verkündete Leonie aufgeregt, bevor sie in meinem Büro verschwand und eine Sekunde später mit einer kleinen Cocktailtomate zurückkam.

Emily füllte derweil Trudis Glas mit mehr Wein, bevor sie ein anderes mit Wasser befüllte.

„Siehst du, hier schwebt sie nicht", verkündete sie und ließ die Tomate ins Wasserglas plumpsen. Sie sank sofort zu Boden und blieb dort liegen. „Falls hier jedoch genug Salz drin ist", sie deutete auf das Weinglas, „dann sollte die Tomate ..." Ganz vorsichtig ließ sie die Frucht ins Glas sinken.

Wir alle starrten sie gebannt an. Zuerst glitt sie unter Wasser, sodass sie kaum noch zu erkennen war, doch dann ... dann trieb sie ganz langsam zurück zur Oberfläche und blieb dort schweben.

Mir klappte die Kinnlade herunter.

Was zur Hölle?

Erstens: Emily konnte Salz *riechen*?

Zweitens: Emily konnte *beweisen*, dass irgendwo zu viel Salz drin war?

Drittens: Es war *Salz* in dem Wein?

*Warum?*

„Ha, siehst du?" Triumphierend richtete Emily den Zeigefinger auf mich. „Chemie und Physik Vier minus am Arsch!"

Kopfschüttelnd und mit geöffnetem Mund starrte ich die Tomate an, die noch immer fröhlich an der Oberfläche dümpelte.

„Ich verstehe das nicht", sprach ich meine Gedanken aus. „Der Wein kann nicht *versalzen* sein. Das ergibt doch keinen Sinn! Ich meine: Es ist ernsthaft Salz darin? Wie kann Salz drin sein?"

„Na, jemand hat es reingemacht, Louisa", meinte Trudi ungeduldig und schnalzte mit der Zunge. „Das ist doch klar."

„Aber niemand fügt Wein Salz hinzu", sagte ich verwirrt. „Manche fügen ihm Zucker hinzu, um den Alkoholgehalt zu erhöhen. Und das auch nur sehr selten." Meine Gedanken wanderten zu der Plakette zurück, die ich heute Mittag gelesen hatte: *„Selten wird nach dem Keltern Zucker zugesetzt. Dies ist eigentlich nicht nötig, da die Trauben bereits genug Zucker enthalten, um ... die Gärung, oder was auch immer, voranzutreiben"*, zitierte ich frei. „Das nennt sich Chaptalisation. Davon, Salz beizusetzen, stand da hingegen nichts. Und es erscheint auch irgendwie logisch, dass Salz in Wein nichts zu suchen hat. Oder?"

„Das Internet sagt Ja", meinte Leonie und schwenkte ihr Handy. „Salz gehört nicht in Wein."

„Eben. Also sollte kein Salz drin sein."

„Die Tomate lügt nicht, Lou." Emily deutete auf die rote Frucht im Wein.

Ich lachte trocken auf.

Nein, die Tomate log nicht. Der Wein war versalzen.

Wie konnte das sein? Wieso sollte jemand Salz in den Wein tun? Zucker, ja klar, aber Salz? Das würde den

Wein doch sicherlich ungenießbar machen. Unbrauchbar. Niemand hätte …

Ich hielt inne. Doch meine Gedanken rasten.

Was hatte Delia vorhin noch gesagt? *Niemand von unserem Weingut würde mutwillig unsere Arbeit zerstören. Unser aller Job hängt daran.*

Sie hatte recht. Aber was war, wenn jemand sie nicht *mutwillig*, sondern aus Versehen zerstört hatte? Und sein Job nicht davon abhing, dass der Fehler korrigiert wurde, sondern dass niemand ihn bemerkte?

Schockiert führte ich die Hand zum Mund. Was, wenn der Wein unbrauchbar gewesen war, schon *bevor Jörg und seine* Finger darin gelandet waren? Wenn die Finger nur hineingeworfen worden waren, um einen Fehler zu vertuschen!

Und ich kannte jemandem auf dem Weingut der Königs, dem vorgeworfen wurde, dass er andauernd Fehler machte.

„Oh, Gott. Er hat es verwechselt", hauchte ich, während mein Erinnerungsvermögen nach jeder Begegnung mit dem mutmaßlichen Mörder stöberte. „Bei der Weinprobe. Er hat Zucker und Salz verwechselt. Was, wenn ihm das damals auch passiert ist? Wenn er Salz anstelle von Zucker –"

„Wovon redest du, Lou?", wollte Emily wissen und sah mich besorgt an. „Du weißt schon, dass Selbstgespräche das erste Anzeichen von Wahnsinn sind, oder?"

„Ich glaube, sie hatte einen Durchbruch", überlegte Trudi laut.

„Durchbruch? Was?" Leonie sah mir schockiert ins Gesicht, die Augen groß. „Blinddarm? Oje, Lou, du siehst blass aus, geht es dir gut?"

„Nee, nicht Blinddarm. Mordfall", korrigierte Trudi sie. „Durchbruch im Mordfall, oder Lou?" Erwartungsvoll sah sie mich an ... und ich nickte.

Denn scheiße, ja, das war ein Durchbruch!

Es könnte passen, oder? Dass Emil den Wein unbrauchbar gemacht hatte und seinen Fehler hatte vertuschen wollen. Und dann war da Jörg. Der überkorrekte Jörg, der Eva-Maria anbetete und sofort mit jedem Fehler zu ihr rannte. Jörg, der in ein Weinfass geschubst worden war ... in ein Weinfass, das er eigentlich nicht hätte öffnen dürfen.

„Oh Gott, es ergibt so viel Sinn!", rief ich aufgeregt und fischte mit klammen Fingern mein Telefon aus der Tasche. „So. Viel. Sinn. Denn Jörg hätte die Fässer doch sonst nie geöffnet. Er muss ein Glas probiert und geschmeckt haben, dass etwas nicht stimmt. Und um sicherzugehen, dass nicht vielleicht das Fass an sich, sondern der Inhalt die Schuld daran trägt ... Ja!"

„Ich versteh kein Wort", meinte Emily. „Ihr etwa?"

„Nee", machte Leonie.

„Ich verstehe alles, aber lasse sie gern erklären", fügte Trudi hochmütig hinzu.

Ich lachte nur laut auf. „Josh hat vermutet, dass Jörg eines der Fässer geöffnet und sich darüber gebeugt hat und ihn jemand von hinten mit dem Korkenzieher attackiert und hineingeschubst hat!", erklärte ich aufgeregt. „Aber Delia hat gesagt, dass sie die Fässer seit dem

Herbst nicht mehr geöffnet haben. Dass es den Wein verderben würde, wenn man es tut. Versteht ihr?"

„Nope." Emily schüttelte den Kopf.

„Na ja: Warum hätte Jörg, den alle als Weinfachmann schlechthin bezeichnet haben, diesen Fehler begehen sollen?" Meine Stimme wurde mit jedem Wort lauter. „Warum hat er die Fässer geöffnet? Irgendetwas muss mit dem Wein nicht gestimmt haben. Und es können nicht die Finger gewesen sein. Denn die hat Jörg doch erst verloren, nachdem er schon tot war! Das heißt ..." Mit geöffnetem Mund starrte ich Emily an. „Du hast absolut recht! Er ist versalzen. Der Wein war schon verdorben, bevor überhaupt Leichenteile dort hineingekommen sind. Der Täter hat die Finger nicht abgetrennt, weil er grausam ist, weil er Jörg so sehr hasste. Er hat die Finger nur benutzt, um zu vertuschen, dass er dem Wein versehentlich Salz anstelle von Zucker beigefügt hat. Dass er das Unternehmen Tausende von Euro gekostet hat! Deswegen waren sie in den Fässern." Hektisch tippte ich auf meinem Handy umher und suchte Joshs Nummer. „Aber das kann nur stimmen, wenn Familie König –" Ich brach ab und hielt das Handy an mein Ohr.

„Was ist los, Lou?", meldete sich mein Verlobter.

„Josh, weißt du, ob das Weingut König von der Chaptalisation Gebrauch macht?", begrüßte ich ihn atemlos.

Einige Sekunden lang herrschte absolute Stille auf der anderen Seite. Dann: „Der *was*?"

„Dem Anreichern von Zucker", sagte ich aufgeregt. „Fügen sie ihrem Wein extra Zucker hinzu, um den Alkoholgehalt zu erhöhen?"

„Ich ... Keine Ahnung! Woher soll ich das wissen? Warum ist das wichtig?"

„Josh, es *ist* wichtig! Ist Delia noch bei dir?"

„Ja, sie sitzt mir gegenüber. Sie –"

„Dann frag sie!", unterbrach ich ihn. „Frag sie, ob sie Zucker hinzufügen."

Josh seufzte schwer, gab die Frage jedoch weiter.

Delias echauffierte Stimme war selbst über den Hörer hinweg gut zu verstehen. „Nein, *natürlich* nicht", regte sie sich auf. „Das machen nur Weingüter, die ihre Qualität und ihren Alkoholgehalt erhöhen müssen. Wir würden nicht –"

„Die Wahrheit, Delia!", hörte ich Josh entnervt rufen.

Wieder herrschte Stille. Dann folgte ein aussagekräftiges Seufzen.

„Okay, ja", sagte sie laut. „Ja, wir fügen Zucker hinzu. Die Qualität des Weins war doch nicht so gut, wie wir gehofft hatten, also haben wir Zucker zugeführt. Zufrieden?"

„Wer ist *wir*? Wer hat den Zucker reingetan?", wollte ich wissen und war wohl mittlerweile so laut, dass Delia mich selbst ohne Joshs Hilfe verstand.

„Keine Ahnung. Jörg wahrscheinlich. Wenn er es nicht an Emil delegiert hat. Es ist wahrlich keine Raketenforschung, eine bestimmte Menge an Zucker hinzuzufügen."

„Oh, doch, das ist es", sagte ich kopfschüttelnd.

Denn Emil war die Aufgabe zugefallen. Ich *wusste* es. Emil, der Typ, der Salz und Zucker verwechselt hatte, als er Frau König letztens den Kaffee gemacht hatte.

„Scheiße", murmelte ich. „Josh, der Wein war schon ungenießbar, bevor die Finger darin gelandet sind. Er war versalzen! *Emil* hat ihn aus Versehen versalzen. Und ich glaub, Jörg hat davon Wind bekommen, hat den Wein getestet, wollte sichergehen, dass das Fass nicht das Problem war ... und der Rest ist Geschichte."

„Was? Woher weißt du das?"

„Wegen der Tomate!"

„Der ... was?"

„Der Tomate! Sie schwebt, wenn es zu salzig ist, und ... Ach, ist doch egal." Mein Herz schlug mir bis zum Hals und ich hatte wirklich keinen Nerv, Josh das Experiment zu erklären. „Ich bin mir sicher, dass der Wein schon ungenießbar war, bevor die Finger darin landeten. Und es ist ein gutes Motiv, Jörg umzubringen, weil Emil seinen Job sonst verloren hätte. Weil er für einen unfassbar hohen Schaden hätte aufkommen müssen."

„Fuck, du hast recht", stellte Josh tonlos fest. „Gott, ich liebe und hasse dich gleichermaßen dafür, dass du das herausgefunden hast. Ich liebe dich, weil du so verdammt klug bist, ich hasse dich, weil es dich nur darin bestärken wird, einen weiteren Mordfall zu lösen und einen weiteren und einen –"

„Josh, Konzentration!", fuhr ich ihn an. „Der Wein soll heute Abend abgepumpt werden. Das meinte Delia doch, oder? Sie werden das ganze Beweismaterial vernichten."

„Shit. Okay. Ich rufe dort an und fahre hin. Aber ich bin auf der Wache auf der anderen Seite der Stadt, ich werde etwas brauchen, um –"

„Kein Problem. Ich fahr auch hin."

„Lou, nein, du –"

„Josh, ich habe es herausgefunden, ich fahre hin!"

Er fluchte überhaupt nicht leise, bevor er abgehackt sagte: „Schön! Aber warte auf mich, in Ordnung? Und wenn du Emil siehst – konfrontier ihn um Gottes willen nicht damit, dass du denkst, er wäre der Mörder!"

Ich schürzte die Lippen. „Ich bin nicht blöd, okay?"

„Ach ja? Ich erinnere mich spezifisch daran, die Worte: ‚Ups, du bist der Mörder, oder?', aus deinem Mund gehört zu haben."

Ernsthaft? Daran erinnerte ich mich gar nicht mehr. „Jaja, ist ja schon gut. Ich werfe niemandem an den Kopf, dass er ein Schwerverbrecher ist, schon verstanden." Dann legte ich auf.

Ich hatte einen Fall zu lösen.

# Kapitel 19

Es war noch immer hell draußen, als ich eine halbe Stunde später auf dem Parkplatz vor dem Weingut der Königs hielt. Trudi hatte unbedingt mitgewollt, doch ich traute es ihr zu, sich innerhalb weniger Sekunden zu verplappern, sodass der Mörder floh, also hatte ich ihr einen Glitzer-Sticker dafür versprochen, wenn sie *nicht* mitkam. Leonie stand nicht so auf Mörderjagden und Emily war wegen des Babys nicht mitgekommen. Mörder seien kein guter Umgang für die Bohne.

Ich war also allein, als ich mich umsah und registrierte, dass noch diverse Autos hierstanden. Doch da ich nicht wusste, welches Emil fuhr, konnte ich nicht sagen, ob er hier war oder nicht.

Gott, ich hoffte fast nicht. Denn Josh hatte vollkommen recht: Meine Erfolgsgeschichte in Mörder-Konfrontation war sehr kurz. Den Fall lösen? Ja. Den Mörder festnehmen? Schwierig. Denn ich machte Mörder sehr wütend und dann taten sie dumme Dinge, wie mich mit einer Pistole zu bedrohen oder mich an einem Stuhl festzubinden und ... Ja, so hatte ich mir meinen Dienstagabend einfach nicht vorgestellt.

Also tippte ich ungeduldig mit dem Fuß auf den Boden, sah auf meinem Handy nach, ob Josh noch mal geschrieben hatte, hielt nach dem schwarzen Audi Ausschau ... doch er kam nicht.

„Scheiße", wisperte ich. Denn die Königs durften den Wein nicht abpumpen! Die Polizei würde ihn brauchen, um zu beweisen, dass der Salzgehalt zu hoch war.

Josh hatte gesagt, ich solle auf ihn warten. Aber er hatte nicht erklärt, *wo* ich warten sollte. Hier draußen? Drinnen? Im Garten?

Er würde so oder so ins Haus kommen, oder? Es konnte also nicht schaden, schon einmal in den Eingangsbereich zu spazieren. Nur um sicherzugehen, dass der Wein nicht bereits abgepumpt wurde.

Beide Tore standen offen, mehrere Mitglieder der Familie König befanden sich höchstwahrscheinlich im Haus und bereiteten das Abpumpen des Weins vor, ich war also nicht in Gefahr.

Ich nickte, wie um mir selbst meine Worte zu bestätigen, und lief an dem Schuppen vorbei durch das Tor, auf das Eingangsportal der Scheune zu.

Es quietschte, als ich es aufdrückte, war jedoch unverschlossen. Der Empfang war unbesetzt, der Raum leer. Nun, zumindest menschenleer, denn durch seine Mitte, zur Seitentür heraus, lag ein dicker Schlauch, der schmatzende Töne von sich gab.

Mein Herz sank. Oh, nein. Das sah nach einem Schlauch aus, der eine Flüssigkeit von einem Ort zum anderen pumpte. Und jap, der Schlauch reichte in den Keller.

„Scheiße", wisperte ich und rang die Hände ineinander, bevor ich nervös vor und zurück wippte. Das war nicht gut. Wurde der Wein direkt entsorgt oder in einen Laster geladen? Ehrlich gesagt wollte ich nicht nachsehen, denn was, wenn Emil allein bei einem Laster voller Leichenwein stand, in dem er mich perfekt ertränken könnte? Oder noch schlimmer: Was, wenn ich wieder auf Eva-Maria traf?

Also blieb ich, wo ich war. Schluckte, sah mich um, hoffte, dass Josh endlich kam ... dann hörte ich einen gedämpften Schrei.

Mein Herz sank.

Oh, nein.

Das war kein Wutschrei gewesen. Das war ein Angstschrei gewesen. Die konnte ich zu meinem Leidwesen mittlerweile ganz gut unterscheiden.

„Scheiße", wisperte ich und schluckte erneut, während ich zu den Treppen sah, die in den Keller führten. Die Wände da unten waren dick. Es gehörte einiges dazu, so laut zu schreien, dass man es bis hier oben hörte.

„Scheiße, scheiße, scheiße." Ich biss die Zähne aufeinander, stöhnte laut auf, während einzelne Schweißperlen sich auf meiner Stirn sammelten, und setzte mich dann trotzdem in Bewegung. Ich musste runtergehen. Ich hatte keine Wahl. Da unten könnte gerade sonst was passieren!

Tief holte ich Luft und tippte Josh im Gehen hastig eine Nachricht, bevor ich über den Schlauch stieg und die erste Treppenstufe nahm.

Ich war mir sicher, dass Josh sich nicht über die Worte: *Hab einen Schrei aus dem Keller gehört. Ich geh gucken*, freuen würde, aber so wusste er zumindest, wo ich war, was immer von Vorteil war.

Mein Herz hämmerte in meiner Brust, doch ein zweiter Schrei ertönte, der sich sehr nach „Was tust du?" anhörte, und erfahrungsgemäß folgten keine guten Dinge auf eine solche Frage. Also beschleunigte ich meinen Schritt, tastete meine Handtasche nach etwas ab, das ich vielleicht als Waffe nutzen könnte, fand jedoch nur meine Schlüssel, und dann war ich unten angekommen und sah, dass die Tür nicht ganz geschlossen war. Der Schlauch hielt sie offen. Deswegen hatte ich oben den Schrei hören können. Deswegen hörte ich jetzt die Stimmen, die aus dem Raum drangen.

„Emil, nimm das Messer runter, was soll denn das?", quietschte eine weibliche Stimme, die ich problemlos als Eva-Marias erkannte. „Ich hab doch nur gesagt –"

„Sie sagen jetzt gar nichts mehr!", fuhr er sie an. „Sie haben die letzten Monate wahrlich genug gesagt. Bei Gott, Sie hören *nie* auf zu reden und zu meckern und zu jammern und alles schlecht zu machen, und ich hab genug! Wenn Sie nur eine falsche Bewegung machen, ich *schwöre* Ihnen ..."

Mein Herz verkrampfte sich und meine Hände fingen an zu zittern. Das hörte sich nicht gut an. Das hörte sich nach einer Situation an, die kurz davor war, zu eskalieren, und ich wollte nicht dort hineinstolpern. Ich wollte nicht Teil davon sein. Aber wenn ich nichts tat und Frau König etwas zustieß ...

Ich biss die Zähne aufeinander, überwand die letzten Meter und riss die Tür auf.

Ich war nicht überrascht darüber, was ich sah. Aber entzückt war ich auch nicht. Emil stand im Profil zu mir im halbdunklen Kellergewölbe, ein Steakmesser in der Hand. Leider eine deutlich effektivere Waffe als ein Korkenzieher. Eva-Maria stand ihm mit offenem Mund und absolut verwirrtem Gesichtsausdruck gegenüber. Sie wirkte nicht unbedingt verängstigt, vielmehr sah sie einfach nur schrecklich schockiert aus. Als wüsste sie nicht, wo ihr Mitarbeiter das Messer herhatte und warum er es auf sie richtete.

Nur der Schlauch, der in einem der vorderen Fässer lag und lautstark vor sich hin pumpte, trennte die beiden.

Und jetzt war da ja auch noch ich.

Emil wirbelte beim Klang meiner Stimme herum.

„Hey", sagte ich betont fröhlich und hob die Hand. „Alles klar hier unten?"

„Was *tun* Sie hier?", fuhr Emil mich ungläubig an.

Ja, er war nicht der Einzige, der sich das fragte. „Ähm, ich hab Lärm gehört", sagte ich und räusperte mich, sog die Luft ein, die nach schalem Wein und Angstschweiß roch. „Und ... ui, das ist ein großes Messer."

„Ja und ich werde es benutzen, wenn Sie mich dazu zwingen!", blaffte er, doch seine hohe Stimme verriet, wie nervös er in Wirklichkeit war. „Also stellen Sie sich zu ihr." Er fuchtelte in Eva-Marias Richtung.

„Klar", meinte ich leichthin, hob die Hände und stieg über den Schlauch zur Weingutbesitzerin. Währenddessen ließ ich den Blick über Emil schweifen. Er war nicht viel größer als ich, aber er besaß einen Bizeps. Das hatte er mir also schon einmal voraus. Ich schätzte meine Chancen, ihn zu überwältigen, nicht sonderlich hoch ein. Aber das musste ich ja vielleicht gar nicht.

Ich konnte einfach Zeit schinden. Auf Josh warten. Wenn niemand etwas Unüberlegtes tat, musste nichts passieren.

„Er ist einfach ausgerastet!", meckerte Eva-Maria und stemmte genervt die Hände in die Seiten.

Ich presste die Lippen zusammen und sah sie warnend an. Ihr schien nicht ganz klar zu sein, dass sie es mit einem durchgeknallten Mörder zu tun hatte! Anders konnte ich mir ihre unvorsichtigen Worte nicht erklären.

„*Einfach?*", fuhr Emil sie an, seine Augen so wutentbrannt, dass ich ihre Farbe nicht mehr erkennen konnte. „Sie können es nicht lassen, *alle* zu kritisieren! Alle schlechtzumachen. Jetzt pumpe ich auch noch den Wein falsch ab, obwohl ich nicht einmal richtig damit angefangen habe? Warum können Sie nicht einfach mal die Fresse halten?"

Frau König schürzte die Lippen. „Jörg hatte recht. Ich hätte dich feuern sollen. Du redest wirklich sehr respektlos."

Ungläubig öffnete er den Mund. „*Ich* bin respektlos? Jörg hat mich behandelt wie Dreck! Es tat mir überhaupt nicht leid, ihn umzubringen!"

Eva-Maria wurde weißweinblass. „Was?", fragte sie zittrig. Endlich, der Groschen war auch bei ihr gefallen.

„Na, jetzt tun Sie doch nicht so überrascht." Er schnitt mit dem Messer scharf durch die Luft. „Sie sind doch schuld daran!"

„*Ich* bin schuld?", erwiderte Eva-Maria schockiert und jetzt schwang leichte Hysterie in ihrer Stimme mit.

Oh, Gott. Mit jedem ihrer Worte schien Emil wütender zu werden. Das war kontraproduktiv! Wir mussten ihn *beruhigen.*

Zum Reden bringen. Davon ablenken, wie sehr er Eva-Maria hasste. Also sagte ich: „Es war sehr viel Druck, oder? Von Jörg und Eva-Maria. Besser zu sein. Mehr zu arbeiten. Wenn der Druck nicht gewesen wäre, hättest du nie Zucker und Salz verwechselt."

Seine Augen weiteten sich. „Woher wissen Sie das?"

„Ich habe einfach daran gedacht, welche Fehler *mir* beim Gären von Wein unterlaufen könnten … und es war das Erste, was mir einfiel."

„Du hast *was?*", fuhr Eva-Maria ihn entgeistert an. „Salz anstelle von Zucker in den Wein getan?"

Oh, großer Gott, wusste die Frau denn nicht, wann sie einfach mal die Klappe halten musste?

„Es kann passieren", sagte ich und versuchte so viel Mitgefühl in meine Stimme zu legen, wie ich aufbringen konnte, während mein Herz mir bis zum Hals schlug.

„Die beiden sind kaum auseinanderzuhalten", fuhr er mich an. „Und auf den Säcken stand nichts! Warum beschriftet man die Zucker- und Salzsäcke nicht? Und warum stehen die Zuckersäcke in der Küche?!"

„Ich weiß, ich weiß", sagte ich hastig und hob die Hände, um ihm zu bedeuten, dass ich keine Bedrohung darstellte. Dass diese Situation nicht eskalieren musste. Obwohl das Messer in seiner Hand und der Wahnsinn in seinen Augen möglicherweise darauf hinwiesen, dass es dafür bereits zu spät war.

„Es war wirklich ein Fehler", fuhr er mit zitternder Stimme fort und bewegte sich langsam in Richtung Tür.

„Wirklich. Ich war nervös und hab nicht aufgepasst und Jörg hatte mich angeschrien und ... Es war keine Absicht!"

„Ich weiß, ich weiß", wiederholte ich und trat Eva-Maria auf den Fuß, weil sie schon wieder den Mund öffnen wollte.

„Ich brauche das Geld von diesem Job. Ich habe Schulden. Sie durften mich nicht feuern oder gar verklagen, weil ich einen Schaden von Zehntausenden Euro verursacht hatte!"

„Also hast du es vertuscht", folgerte ich.

„Ja! Und es hat gut funktioniert. Aber das Abfüllen des Weins rückte immer näher und dann hat Jörg den Wein probiert, weil er testen wollte, wie lange er noch braucht und ..."

„Und er hat gemerkt, dass irgendetwas nicht stimmt."

„Ja, natürlich! Ich habe ihn dabei erwischt, wie er in die Fässer reingeguckt hat, wie er jedes einzelne überprüft hat ... Und Gott, er war so wütend. Er wusste sofort, dass ich es war. Und er hat geschrien und mir gesagt, was für ein Versager ich doch wäre, und ... und da ist mir eben eine Sicherung durchgebrannt!"

Ich nickte. „Ich weiß. Ich verstehe es. Die Schikane muss furchtbar gewesen sein. Und es war ja nur ein *Versehen*."

„Eben!", bestätigte er und atmete fast erleichtert aus. Als hätte er nur jemanden gebraucht, der verstand, was er hatte durchmachen müssen.

Leider war Eva-Maria nicht dieser Jemand.

„Was reden Sie da?", fragte sie mich ungläubig. „Es war absolut idiotisch von ihm! Zucker und Salz verwechseln? Ist das dein Ernst, Emil?!"

Emils Kopf lief warnrot an. Das Messer begann in seiner Hand zu zittern und mein Puls schoss in die Höhe. „Eva-Maria", knurrte ich. „Das meinen Sie doch sicher nicht so, Sie –"

„Oh, doch! Ich meine das alles genau so, wie ich es sage!", verkündete sie laut. „Und mir reicht es jetzt! Gib mir einfach das Messer, Emil!" Im nächsten Moment warf sie sich nach vorn.

„Nein!", rief ich entsetzt, und dann passierte eine Menge auf einmal.

Emil schrie wütend auf und schwang die Waffe. Ich griff nach Eva-Marias Arm, sodass sie stolperte. Ihr Fuß verhakte sich in dem Schlauch, der den Wein pumpte. Sie fiel nach vorn auf den Boden und der Schlauch wurde aus dem Fass gerissen. Rotwein regnete herab, traf mich auf Brust und Beinen, spritzte Emil ins Gesicht, der wie wild mit dem Messer herumfuchtelte, während ich Mühe hatte, mich auf den Beinen zu halten. Der Boden war innerhalb kürzester Zeit überflutet mit Wein, sodass ich beinahe stolperte, als ich nach Eva-Marias Arm griff und sie zwischen die Fässer zerrte. Außer Sicht von Emil, der die Tür blockierte. Wir konnten unmöglich fliehen, aber wir konnten uns zumindest so weit von seinen unkontrollierten Bewegungen entfernen wie nur möglich.

Also zog ich an Eva-Marias Arm und hechtete tiefer in den Wald aus Fässern. Ignorierte den Geruch von saurem Wein, der von meinen Kleidern ausging, in meine Nase stieg und mich würgen ließ. Denn scheiße, ich war getränkt in Leichenwein!

„Was zur Hölle?", schrie Emil wütend. „Warum lauft ihr weg?"

Oh, wir liefen nicht weg. Wir versteckten uns nur. Auch wenn Eva-Maria nicht zufrieden damit aussah. Doch sie war älter und mein Überlebensinstinkt größer und ich hatte die Hand fest auf ihre Schulter gepresst, damit sie nicht auf die Idee kam, aufzustehen.

Das Adrenalin pumpte in Wellen durch meinen Körper, verschleierte meine Sicht und trieb mein Herz in einem harschen Rhythmus an.

Gott, wir brauchten mehr Zeit. Wir konnten uns nicht ewig hier verstecken. Uns nicht ewig auf den Knien an die Weinfässer pressen, in der Hoffnung, dass Emil sich nicht weit genug vom Ausgang entfernen würde, um uns zu finden ...

Aber vielleicht konnten wir ihn von hinten überraschen? Wenn er um eines der Fässer herumsah?

Ich schluckte, kroch zum nächsten Fass, warf Eva-Maria einen wütenden Blick zu und winkte sie hinter mir her. Ich hatte das Bedürfnis, in Bewegung zu bleiben. Die Fässer waren Gott sei Dank groß und solide und ich war mir sicher, dass Emil uns nur sehen

konnte, wenn er direkt dahinter schaute. Trotzdem ...
Zeit schinden und weiterbewegen. Im Kreis, Richtung
Ausgang. Ich hoffte, dass wir versuchen konnten, zur
Tür zu rennen, wenn Emil bei den Fässern nach uns
sah. Aber dazu mussten wir ihn tiefer in den Raum lo-
cken.

„Ich muss sagen, ich bin beeindruckt, Emil", rief ich
laut. Je lauter ich sprach, desto mehr hallte meine
Stimme von Decken und Wänden wider. Desto schwerer war es hoffentlich, zu bestimmen, wo genau wir uns
befanden. Ich wollte ihm nur eine grobe Richtung vor-
geben. Einen Grund, seinen Posten zu verlassen. „Du
hast es über Monate hinweg geheim gehalten! Über Monate hinweg, in denen ihr doch sicherlich Qualitäts-
tests gemacht habt."
„Ja! Ich hab das sehr gut gemacht, finde ich auch", bestätigte er, nicht ohne eine gewisse Portion Stolz ... und
dann hörte ich ein Plätschern. Bewegte er sich? Oder
fuhr er mit dem Fuß nur über den mit Wein bedeckten
Boden? „Aber das haben *Sie* natürlich nicht bemerkt,
Frau König! Sie sehen immer nur das Schlechte. Es
wundert mich überhaupt nicht, dass sie einen Herzinfarkt hatten, so negativ, wie sie immer an alles heran-
gehen."

„Das ist wirklich keine gute Eigenschaft", stimmte ich
zu, obwohl es mir gerade selbst sehr, sehr schwerfiel,
das Positive an meiner Situation zu sehen. Denn meine
Hände und Kleidung trieften von Rotwein und ich
fühlte mich, als wäre ich in einem schlechten Horror-
film. Denn in dem diesigen Licht, das von der Decke
drang, sah es aus, als wäre ich blutüberströmt. Nur dass

sich die Billigproduktionsfirma kein ordentliches Kunstblut hatte leisten können.

„Nein!", bestätigte er laut, und diesmal war ich mir fast sicher, dass ich einen Schritt hörte. „Dabei habe ich es am Anfang für *Sie* vertuscht, Frau König! Ich meine: Sie hatten doch diesen Herzinfarkt und alle meinten, wir dürften Sie nicht aufregen. Sie hätten erst mich umgebracht und wären dann selbst gestorben, wenn ich es erzählt hätte! Also habe ich den Mund gehalten ... weil ich *nett* bin!"

Kam seine Stimme näher? Gott, ich konnte es nicht sagen, es hallte so schrecklich hier unten! Und von welcher Seite kam er? „Und als Jörg den Wein getestet hat, ohne Bescheid zu sagen, hab ich es einfach nicht mehr ertragen, okay? Mich in seiner Gegenwart wie der letzte Idiot zu fühlen. Es ist nicht richtig, wie er seine Mitarbeiter behandelt hat. Immer von oben herab. Ich war so wütend und dann lag da der Korkenzieher und er stand nah am Fass und ... na ja. Ich hab die Halsschlagader überraschend gut getroffen und zu meinem Glück ist er nach hinten gefallen, den Hals überm Fass, sodass ich noch nicht einmal Blut aufwischen musste. Wer ist hier jetzt *unfähig*, hä?"

Bei seinem letzten Satz sprang mir mein Herz in den Hals. Denn seine Stimme war so klar und deutlich zu hören gewesen, als stünde er direkt neben mir. Rechts neben mir. Also presste ich den Finger auf die Lippen und nickte Frau König zu, damit sie mir nach links folgte und wir den Kreis in Richtung Ausgang schlossen.

„Aber ... wie hast du versucht, die Leiche zu entsorgen? Wie hast du sie geschleppt?", rief ich. Denn wenn er weiterredete, konnte ich näher bestimmen, wo er war. Wenn er redete, konzentrierte er sich nicht darauf, uns zu finden.

„Mit einem Seil und einer Plastikfolie unterm Körper. War leichter so, Jörg zu ziehen. Die Treppen hoch und nach draußen. Doch dann musste Delia ja zurückkommen. Ich habe ihr Auto gehört, als ich schon draußen war und viel zu offensichtlich im Vorgarten stand. Also hab ich die Leiche auf den Schuppen gezerrt. Habe sie hinter dem Tor aufs Dach gezogen ... und dabei ist das Seil gerissen. Und dann kam Delia und hat alles abgeschlossen und ... und die Leitern waren natürlich auf dem Grundstück, das ich nicht mehr betreten konnte. Und ich hatte keine und ich konnte die blöde Leiche nicht wieder vom Schuppen herunterbekommen. Also dachte ich: Hey, ich mach das erst in der nächsten Nacht, man kann sie von keinem Fenster aus sehen. Aber dann mussten *Sie* die Leiche ja finden!"

„Ja, das war blöd von mir", gab ich laut zu, meine Stimme nun fast ein Schreien. Immer noch nicht sicher, ob der Hall ihn daran hinderte, meine genaue Position zu bestimmen. Doch so lange ich mich bewegte, so lange hatte ich das Gefühl, etwas Kontrolle über diese Situation zu besitzen. Obwohl das wahrscheinlich nur ein Trugbild war, denn ...

Moment? Was war das? Da war ein Poltern. Definitiv Schritte ...

„Lou? Lou, bist du hier unten?"

Erleichterung durchströmte mich und trieb das Blut so rasch in meinen Kopf, dass mir einen Moment lang schwindelig wurde. Das war Josh! Joshs Stimme.

„Oh, zur Hölle", fluchte Emil, und im nächsten Moment erklang ein Klatschen. Hatte er sich auf den Boden fallen lassen?

Ach, es war mir egal. Josh war hier!

„Ja!", brüllte ich zurück. „Ich bin hier unten, aber Josh, ich bin nicht allein!" Meine Stimme hallte hundertfach von der gewölbten Decke wider. „Eva-Maria ist auch hier ... und Emil ... mit einem Messer." Hastig schob ich mich weiter vor. Denn wenn Josh an der Kellertür war, konnte Emil es nicht mehr sein.

„Wirklich?", fragte Josh gedehnt. Seine Stimme so laut, dass er bereits im Eingang stehen musste.

Zitternd atmete ich aus, während ich Eva-Maria mit mir zog, aus dem Fässer-Wald heraus, und Josh in mein Blickfeld rückte, der mit Waffe im Anschlag in der Tür stand und wachsam über die Fässer hinwegsah. Als er mich entdeckte, legte er einen Zeigefinger an die Lippen, bevor er uns zu sich heranwinkte.

Ich nickte, kroch etwas weiter nach vorn, wagte es aber nicht, mich aufzurichten. Oder in die Weinlache zu robben.

„Hallo, Emil?", rief Josh laut. „Wo genau stecken Sie? Wenn Sie sich ergeben und gestehen, dann könnte ich mit dem Richter vielleicht einen Deal aushandeln."

„Als ob!", kam es zurück.

Josh hob eine Schulter und trat langsam vor. Vorsichtig, sodass seine Schritte nicht zu hören waren. „Ja, Sie haben recht. Das war gelogen. Sie sind zu klug für mich.

Allerdings, na ja, sind Sie wirklich so klug? Ich habe mir ungefähr zusammengereimt, was passiert ist, aber was ich einfach nicht verstehe: Warum den Wein bei den Baumanns abladen?"

„Weil es die Spur von mir abgelenkt hat."

„Hat es das?", fragte Josh zweifelnd und glitt hinter das erste Fass.

„Ja! Weil Frau König die Theorie hatte, dass die Baumanns schuldig sind, und ich dachte, ich könnte alles wie ein Spiel aus Rache aussehen lassen, wenn ich auch eine Art … nun, Anschlag auf sie verübe. Sie schaden uns, wir schaden ihnen. Niemand hat es auf Jörg per se abgesehen, sondern nur auf das Weingut."

„Ah, das war eine dumme Idee, Emil, das muss ich schon sagen", bemerkte Josh mit einem derartig spöttischen Unterton, dass er selbst mich auf die Palme brachte. Dabei redete er gar nicht mit mir.

Ungläubig sah ich ihn an. Was *tat* er? Warum machte er Emil absichtlich wütend?

„Sie haben neue Beweise gestreut. Der Wein, der heute abgepumpt wird, wäre verloren gewesen, wenn Sie ihn nicht, und somit weitere Hinweise, verschenkt hätten. Wenn Sie darauf verzichtet hätten, Emil, dann wären wir wahrscheinlich alle nicht hier."

„Das ist nicht wahr!", rief er zornig und sprang im nächsten Moment hinter einem der Fässer hervor. „Es war ein sehr guter Mord, niemand hat mich auch nur verdächtig! Niemand –"

Er kam nicht dazu, zu Ende zu sprechen. Wie mir jetzt klar wurde, hatte Rispo nur darauf gewartet, dass er unvorsichtig wurde. Denn er stand bereits hinter ihm, und bevor ich auch nur blinzeln konnte, nahm er ihm mit dem Fuß den Halt, entwand ihm das Messer und presste ihn keinen Wimpernschlag später gegen eines der Fässer.

„Nein!", brüllte Emil und versuchte sich zu wehren, doch er war machtlos gegen Josh.

„Wow", bemerkte ich und wagte es endlich, mich vom Boden aufzurappeln. „Wenn ich nicht schon heillos in dich verliebt wäre, würde ich dich gerade sehr, sehr heiß finden."

Rispo schnaubte, hob jedoch einen Mundwinkel. „Aber jetzt tust du es nicht?"

„Doch, doch", versicherte ich ihm ernst. „Aber ich finde dich eigentlich fast *immer* heiß, es ist also absolut nichts Besonderes."

„Könnten Sie mir vielleicht mal helfen, anstatt zu flirten?", beschwerte sich Frau König, die noch immer auf dem Boden lag.

„Oh, klar." Ich reichte ihr die Hand und zog sie auf die Füße. „Alles in Ordnung?"

„Nein! Mein ganzer Boden ist mit Wein versaut."

Ach ja, das. Wenn es weiter nichts war.

„Sie können mich nicht festnehmen! Sie ist die wahre Kriminelle", rief Emil zornig, während Josh ihn in Richtung Ausgang bugsierte.

„Tut mir leid. Ein furchtbarer Charakter ist nicht strafbar", meinte er entschuldigend.

Frau König schnappte nach Luft.

Rispo ignorierte sie. Stattdessen ließ er den Blick prüfend an mir hinabwandern. „Da musstest du mir mal wieder den ganzen Spaß nehmen, was?"

Ich lachte nervös. „Nicht den *ganzen.*"

Kopfschüttelnd sah er mich an. *„Hab einen Schrei aus dem Keller gehört. Ich geh gucken? Dein Ernst?"*

„Ich dachte, es ist besser als nichts", sagte ich atemlos.

„Es war ein Herzinfarkt per SMS!"

„Ja, sorry."

Josh seufzte nur, bevor er leise und ernst fragte: „Geht es dir gut?"

Ich schluckte und nickte. „Doch, alles okay. Aber ich würde gern hier raus." Ich deutete zur Lache aus Leichenwein.

„Verständlich. Nun, dann folge doch einfach mir und diesem Mörder nach oben."

Und das tat ich.

# Kapitel 20

Innerhalb weniger Minuten wimmelte es auf dem Grundstück der Königs von Polizeiautos und Krankenwagen.

Frau König wurde von einem Notsanitäter untersucht, den sie bereits nach wenigen Minuten für seine Inkompetenz verurteilte und als Zugabe noch ein wenig anschrie.

Ernsthaft, sie hatte noch immer keine Angst. Viel eher würde ihr Herz heute noch vor Wut platzen. Und wenn nicht heute, dann sehr bald, sollte sie nichts an ihrem Lebensstil ändern.

Delia, die mit Rispo gekommen war, saß aschfahl neben ihr, Tränenspuren auf ihren Wangen, und nickte einfach nur alles ab, was ihre Mutter sagte. Sie zumindest stand unter Schock.

Josh war drinnen, wahrscheinlich um die Leute von der Spurensicherung zu beaufsichtigen oder den anderen Beamten zu sagen, was sie zu tun hatten.

Und ich? Ich wurde ebenfalls untersucht. Von einer freundlichen Sanitäterin, die Frau König andauernd giftige Blicke zuwarf, weil sie ihren Kollegen so schlecht behandelte.

„Haben Sie das Gefühl, Sie stehen unter Schock?", wollte sie wissen und leuchtete mir mit einer kleinen Taschenlampe in die Augen. „Die Kollegen meinten, sie wüssten, wie sich das anfühlt."

Ich seufzte. „Nein, mir geht es gut. Ich werde gerade nur sehr müde, weil das Adrenalin abflaut."

Sie nickte und trat einen Schritt zurück. „Ich hoffe sehr, die andere *Patientin* wird auch gleich müde", murmelte sie und nickte zur Seite.

Ich lächelte gequält. „Ich glaube, es wird erst schlimmer werden, bevor es besser wird", bemerkte ich – und stöhnte laut, als zwei Autos auf dem Parkplatz vorfuhren, aus denen sich dreiviertel der Familie Baumann sowie Paul falteten.

„Bin ich entlassen?", fragte ich hoffnungsvoll. Denn dann erreichte ich sie vielleicht noch, bevor sie eine Szene veranstalteten.

„Ja, sind Sie. Aber Sie, ebenso wie Frau König, sollten den Rest des Abends eher ruhig angehen lassen. Keine körperliche Anstrengung mehr. Keine Aufregung, damit –"

„Aha! Seht ihr! Das faule Ei lag in eurem Nest, nicht in unserem", machte Herr Baumann die Worte der Sanitäterin zunichte und verschränkte die Arme vor der Brust, während er auf Eva-Maria zustolzierte. „Ich erwarte eine Entschuldigung von euch!"

„Die wirst du erst bekommen, wenn ich neben Jörg verrotte", erwiderte Frau König kalt und sprang vom Wagen des Sanitäters.

„Oh, Gott", murmelte Delia deutlich hörbar und verbarg ihr Gesicht in den Händen. Sie sah genauso erschöpft aus, wie ich mich fühlte.

„Oh, wenn du so weitermachst, kommt der Tag früher, als du denkst", konterte Herr Baumann mit rotem Gesicht. „Es wundert mich überhaupt nicht, dass gerade jemand versucht hat, dich umzubringen."

„Papa, das geht zu weit!", meinte Julian kopfschüttelnd und sah betreten zu Delia, dann auf seine Füße, dann wieder zu Delia.

„Ich bestimme, was zu weit geht!", polterte sein Vater. „Zu weit geht es, den eigenen Sohn zu mir zu schicken, um –"

„Okay, es reicht jetzt!", griff ich ein, lief in langen Schritten zu den Streithähnen und schwenkte die Arme über meinem Kopf hin und her. Damit auch wirklich alle mir ihre Aufmerksamkeit schenkten. „Ernsthaft, können Sie sich nicht einmal *heute* Mühe geben, nett zueinander zu sein? Furchtbare Dinge sind passiert, und es ist offensichtlich, dass Ihnen noch etwas aneinander liegt."

Frau König schnaubte laut und Herr Baumann sagte: „Pah!"

Ich ballte die Hände zu Fäusten und baute mich vor ihnen auf. „Sie brauchen gar nicht so zu tun! Frau König, bei Ihnen hängt noch immer ein Bild ihrer beider Familien im Flur, und Sie Herr Baumann, Sie haben noch immer ein Foto der Königs in der Schreibtischschublade liegen. Herr Baumann hat die Freundschaft mit Ihnen scheinbar tief geschätzt", setzte ich an Frau König hinzu.

„Was?" Eva-Maria zog verblüfft die Augenbrauen hoch. „Wirklich?"

„Woher wissen Sie, was in meiner obersten Schreibtischschublade liegt?", fragte Herr Baumann bissig.

Oh, Mist. Das war jetzt nicht die Info, die er aus meiner Minirede hatte mitnehmen sollen.

„Sag mal, spazieren Sie immer überall dort rein, wo sie nicht erwünscht sind?", fragte Julian ungläubig. „Hätte ich Sie doch anzeigen sollen?"

„Nein, nein." Hastig hob ich die Hände. „Ich versuche hier, etwas Gutes zu tun. Und ich habe, wie versprochen, niemandem verraten, dass –" Gerade rechtzeitig brach ich ab. „Ich habe es niemandem verraten", schloss ich etwas lahm.

„Was verraten?", fragte sein Vater irritiert.

Ich schloss den Mund und schwieg. Delia jedoch nicht.

„Oh, Gott, Julian, es tut mir so leid", wisperte sie. Im nächsten Moment eilte sie an mir vorbei und fiel ihrem Freund um den Hals.

„Nein, mir tut es leid", erwiderte er erleichtert und zog fest die Arme um sie. „Natürlich warst du gestresst und wütend, weil Paul einen Job bei uns annehmen wollte. Ich verstehe das."

„Aber ich hätte niemals sagen dürfen –"

„Was zur Hölle passiert hier?", krächzte Eva-Maria entgeistert. „Paul? Du wolltest einen Job bei den Verrätern annehmen?"

„Julian, führst du etwa eine Beziehung mit dieser ... dieser Frau?", rief Herr Baumann entgeistert. Seine und Frau Königs Worte überlappten sich, vermengten sich zu einem aggressiven Sirenengesang, der nicht auch nur einen einzigen Seemann anlocken würde.

„Ich habe nur nach einem anderen Job gesucht, weil hier zu arbeiten unerträglich ist!", meinte Paul zornig.

„Paul, ihr Herz", sagte Delia gequält.

„Zu dir, junge Dame, komme ich gleich!", fuhr Frau König sie an. „Wie kannst du dich mit dem Feind verbünden?"

„Er ist nicht der Feind", rief Delia verzweifelt. „Er ist der beste Mann, den ich kenne. Er ist gütig und witzig und er macht mich glücklich."

„Julian!", bellte Herr Baumann. „Ist das wahr? Wie kannst du es wagen, jemanden aus der Familie der Königs glücklich zu machen?"

Julian lachte trocken auf. „Indem ich mich verliebt habe, Papa! Und es ist mir langsam wirklich egal, was ihr denkt. Ich will Delia heiraten und Kinder mit ihr kriegen und ... und ihr könnt sagen, was ihr wollt."

Tränen traten in Delias Augen. „Wirklich?"

„Aber natürlich", flüsterte er und umfasste ihr Gesicht mit den Händen. „War das nicht klar?"

„Delia!"

„Julian!", riefen die Eltern.

„Oh, jetzt lass sie doch", fuhr Paul wütend dazwischen. „Ernsthaft, du kannst nicht aller unser Leben kontrollieren, Mama!"

„Ich kann, was ich möchte, und –"

„Was ist denn jetzt schon wieder los?", übertönte eine Stimme sie alle.

Rispo, natürlich. Er war aus dem Haus gekommen und sah nun ungläubig von Streithahn zu Streithahn.

„Ein Familienduell, aber nicht so freundlich wie das aus dem Fernsehen", erklärte ich knapp.

„Gott, kann sich denn heute niemand so benehmen, wie man sich an einem Tatort zu benehmen hat?", fragte er ungläubig.

Alle ignorierten ihn, was bei Josh wirklich eine Seltenheit war.

Frau König fing eine Rede über Integrität und Verpflichtungen an, während Herr Baumann davon sprach, dass junge Liebe nichts wert war, weil sie falsche Gefühle hervorrief und früher oder später erlöschen würde.

Es war alles sehr poetisch und schrecklich zugleich.

Paul fauchte Beleidigungen, die sich gegen seine gesamte Familie richteten, Delia und Julian versuchten verzweifelt, sich zu verteidigen, während Herr Baumann und Frau König diverse Anschuldigungen durcheinanderschrien, die von Familienverrat bis zu lasterhaftem, gottlosem Verhalten reichten.

Und ich stand da, starrte mit offenem Mund zu Rispo, der mit ebenso offenem Mund zurückstarrte und exakt dasselbe zu denken schien wie ich: Unsere Familien waren ein Kindergeburtstag im Vergleich zu dem hier.

Mehrere Beamte sammelten sich um das Spektakel, und als ich hinter mir hörte, wie Frau Königs Sanitäter seiner Kollegin zumurmelte, dass er wohl besser den Defibrillator herausholte, falls jemand einen Infarkt erlitt, hatte ich genug.

Das hier war *lächerlich*! Und toxisch. Und einfach nur falsch.

Und zum ersten Mal in meinem Leben verstand ich, woher die Redewendung *Mir platzt der Kragen* kam. Denn die Venen an meinem Hals pochten so heftig, dass mein T-Shirt mir auf einmal schmerzhaft dort hineinschnitt.

„Es reicht jetzt!", brüllte ich wütend, stemmte die Arme in die Seiten und kanalisierte meine innere Gitti Manu. „Haltet *alle* die Klappe!"

Meine Stimme verlor sich im Himmel, doch mein scharfer Unterton fruchtete wohl. Denn die Baumanns und Königs verstummten mit einem Mal.

„Das hier ist ja nicht auszuhalten! Um Himmels willen, Sie benehmen sich allesamt einfach nur *furchtbar*! Gott, ich hätte wirklich nicht gedacht, dass gerade *ich* das mal sagen würde, aber manchmal ist es besser, einfach still zu sein und zuzuhören!", fuhr ich sie an, während das Blut in meinen Ohren rauschte und meiner Stimme neues Volumen gab. Scheiße, fühlte Josh sich immer so, wenn er richtig wütend war? Das war unfassbar anstrengend!

Ich atmete tief durch, bevor ich jeden einzelnen der Umherstehenden mit meinem Blick fixierte und schließlich auf Frau König zum Liegen kam. „Sie sind gerade beinahe umgebracht worden, Frau König, und Sie haben noch den Nerv, ihre Tochter dafür zu verurteilen, in wen sie sich verliebt? Wie kann irgendetwas davon in dieser Situation relevant sein? Und Sie, Herr Baumann: Halten Sie es wirklich für eine so gute Idee, eine Frau anzubrüllen, die gerade mit einem Messer bedroht wurde und deren Vorgeschichte von Herzkrankheiten geprägt ist? Und überhaupt: Ihrem Sohn ist es verboten, jemanden *glücklich* zu machen? Was ist denn das für eine Aussage! Sie sollten stolz auf ihn sein. Dass er mutig genug ist, so tief zu lieben, dass es ihm vollkommen egal ist, was Sie davon halten. Gott, wie können in Ihren Köpfen nicht jegliche Alarmglocken losgehen, wenn Sie hören, dass Ihre Kinder zu große Angst vor Ihnen haben, um Ihnen zu verraten, welche Wünsche sie antreiben. Wen sie lieben. Was sie wollen. Und ganz ehrlich, Frau König", ich schnaubte, „können Sie wirklich wütend auf die Entscheidung Ihres Sohnes sein, woanders arbeiten zu wollen, nachdem einer Ihrer Mitarbeiter Jörg umgebracht hat, weil er zu verängstigt war, Ihnen gegenüber einen Fehler zu gestehen?" Ich neigte den Kopf und zog eine Grimasse. „Okay, das lastet vielleicht nicht gänzlich auf Ihren Schultern. Emil war auch sonst etwas durch den Wind und vielleicht ein wenig psychopathisch, aber trotzdem! Es hat seiner geistigen Gesundheit sicher nicht geholfen. Sie beide", ich gestikulierte von Herrn Baumann zu Frau König, „Sie zwei! Sie waren mal Freunde! Für eine *lange* Zeit. Und jetzt behandeln Sie sich wie den Dreck unter Ihren Schuhen. Nur wegen einem einzigen Missverständnis. Aber ganz ehrlich, wenn Sie sich hassen wollen: nur zu. Aber lassen Sie Ihre Kinder nicht darunter leiden." Ich stieß einen Schwall Luft aus und nickte fest. „Das wars. Mehr wollte ich nicht sagen. Sie können jetzt weiterbrüllen."

Doch niemand brüllte mehr.

Frau König sah aus, als hätte sie in eine Zitrone gebissen. Herr Baumann hatte die Lippen so fest zusammen-

gekniffen, dass er eine Zitrone gut hätte pressen können. Pauls Blick war unergründlich, Delia und Julian
hatten ohnehin nur Augen füreinander.

Ich hatte keine Ahnung, ob die Familien sich meine
Worte zu Herzen nehmen oder sie morgen schon wieder vergessen haben würden. Es war mir auch egal. Ich
hatte erreicht, dass sie still waren – und damit hatte ich
für heute genug getan. Also nickte ich ihnen noch einmal zu, bevor ich an ihnen vorbei zu Josh ging, der anerkennend eine Augenbraue hob.

„Hübsche Rede", meinte er.

Ich lächelte schief. „Danke. Es kam so über mich", erwiderte ich, bevor ich mich vorbeugte und wisperte:
„Musst du noch hierbleiben ... oder können wir gehen?"

„Ich muss zur Wache, Emil vernehmen, den Fall
schließen, aber ja, es ist eine fantastische Idee, zu gehen. Wir haben unsere eigenen Familienprobleme."

„Eben. Und es sieht nicht aus, als würden sie sich umbringen wollen."

„Und wenn doch, sehe ich mir ihre Leichen morgen
an", murmelte er, legte einen Arm um meine Schultern
und lief mit mir zum Parkplatz.

Ich sank dankbar in seine Berührung, drapierte den
Arm um seine Mitte und schloss einige Sekunden lang
die Augen. Ließ mich von ihm führen. Denn das war ein
wirklich anstrengender Tag gewesen.

„Also", murmelte Josh, als wir die Parkplätze erreichten, „nicht auf einem Weingut heiraten?"

Ich lachte. „Auf *gar keinen Fall* auf einem Weingut heiraten!"

„Mhm, weißt du, ich hab nachgedacht und hätte eine Idee für einen Kompromiss", sagte er, ließ mich los und lehnte sich seitlich gegen mein Auto.

„Was für ein Kompromiss?"

„Na ja, was hältst du von den Event-Räumlichkeiten im Zoo? Finn arbeitet da und die Hälfte der Mitarbeiter schuldet uns noch einen Gefallen, wegen des Falls damals ... Und direkt nebenan ist die Flora, sodass du an unserem Hochzeitstag an so vielen Blumen riechen kannst, wie du willst, und wir vielleicht sogar passable Fotos hinbekommen, die sich unsere Eltern auf den Kaminsims stellen können."

„Hm", machte ich, neigte den Kopf und studierte Joshs Gesicht. „Das ist eine sehr gute Idee", stellte ich dann verblüfft fest.

Er hob amüsiert die Mundwinkel. „Mir wird nachgesagt, dass ich ab und zu mal welche habe. Und es passt irgendwie, oder? Weil unser Leben doch ohnehin ein Affenhaus ist."

Ich grinste. „Das hast du schön gesagt, du kleiner Romantiker."

„Ich weiß." Er fuhr mit den Händen in meine Haare und zog mich auf die Zehenspitzen. „Also ist das abgemacht? Wir müssen nur noch gucken, ob sie einen Termin freihaben."

„Ja", sagte ich überrascht.

„Wunderbar." Er küsste mich. „War gar nicht so schwer, oder?"

„Nein. Und ... oh mein Gott: Wir haben uns auf etwas geeinigt." Ehrfürchtig weitete ich die Augen.

Josh lächelte verschmitzt. „Gib uns ein paar Tage, wir finden schon wieder was Neues, worüber wir streiten können."

Ich musste lachen und küsste ihn gleich noch einmal. Das stand außer Frage. Und ich freute mich drauf.

# Kapitel 21

Immer, wenn ich einen Mordfall gelöst hatte, war ich am nächsten Tag unglaublich müde. Als wäre mein Kopf die Extraarbeit, die er in den vergangenen Tagen hatte verrichten müssen, einfach nicht gewöhnt. Da passte es mir ganz gut, dass es ein relativ verkaufsarmer Mittwoch war und ich nicht viel zu tun hatte, außer hier und da einen Blumenstrauß zu binden, mir von Leonie von den neuesten K-Pop-Bands erzählen zu lassen, die „voll angesagt" *und* „megacool" waren – und mich ein wenig deprimierten, weil ich nur eine davon kannte, somit nicht *voll angesagt und megacool* war –, und mir Emilys neuestes Ultraschallfoto anzusehen.

„Sie ist jetzt so groß wie ein Apfel", sagte sie stolz.

„Pink Lady oder Boskop?", wollte Trudi wissen, die hier war, weil es heute kein Bingo im Seniorenzentrum gab und sie sich schrecklich gelangweilt hatte. „Das ist nämlich schon ein Unterschied."

„Ähm ... keine Ahnung", erwiderte Emily und blinzelte verwirrt. „Die Ärztin hat mir keine Apfelsorte genannt. Mir ist es auch egal, solange es ein Mädchen wird. Finn und ich haben nämlich eine Wette am Laufen."

„Das Baby ist ein süßer Apfel", meinte ich und steckte mir einen Keks in den Mund. „Mehr müssen wir nicht wissen." Denn ich hatte keine Lust auf eine Diskussion, davon hatte ich die letzten Tage genug gehabt. Allein der Gedanke daran frustrierte mich, sodass ich direkt nach Keks Nummer zwei griff.

„Louisa!", sagte Emily in warnendem Tonfall, den ich in meinem Kopf mittlerweile ihre *Ich übe es, Mama zu sein*-Stimme nannte.

„Emily!", gab ich im selben Ton zurück.

„Zucker ist schlecht für dich. Du solltest wirklich weniger Kekse essen. Und wenn du doch mehr isst, zumindest direkt danach die Zähne putzen. Der Zustand deiner Milchzähne bestimmt, wie deine bleibenden Zähne werden."

Ich verdrehte die Augen und griff aus Protest direkt nach dem dritten Keks. „Ich *habe* meine bleibenden Zähne bereits, Emmi."

„Trotzdem hilft es, wenn du lernst, Regeln zu befolgen und –"

„Emily, lass das", sagte ich verärgert. „Es reicht, dass du mit Trudi dein Sozialexperiment machst, ich möchte kein Teil davon sein, okay?"

„Was?" Trudi sah auf. „Sozialexperiment?"

Ich zog zerknirscht eine Grimasse und führte die Hand zum Mund. „Ups."

Meine Schwester sah mich böse an. „Oh, zur Hölle, Lou! Was soll der Scheiß, kannst du nicht ein Mal deine verdammte Klappe halten?"

„Sorry!" Abwehrend hob ich die Hände. „Es ist mir so rausgerutscht ... aber hey: Du fluchst wieder?" Verwundert sah ich sie an.

„Na ja, das Baby hat zwar Ohren, aber wirklich verstehen kann es uns wohl doch nicht, hab ich gelesen", meinte sie und winkte ab. „Ich werde die nächsten Monate also dafür nutzen, noch mal richtig viele schlimme Wörter zu benutzen, bevor ich es ein paar Jahre nicht mehr darf."

„Von was für einem Experiment habt ihr geredet?", wollte Trudi noch immer wissen.

Emily seufzte schwer, doch sie sah wohl ein, dass sie es der älteren Dame erklären musste. „Also, Finn, Leonie und ich haben in den letzten Tagen Ratschläge und Tipps aus einem Babybuch an dir ausprobiert, Trudi", gab sie kleinlaut zu und sah überzeugend zerknirscht aus. „Wir wollten gucken, ob die Regeln und Vorschläge darin funktionieren, und schon einmal üben ... nun, Eltern zu sein."

Verblüfft öffnete Trudi den Mund. Dann trafen sich ihre Augenbrauen über der Nasenwurzel. Eine Sekunde später lächelte sie breit. Und im nächsten Moment wollte sie neugierig wissen: „Und? Wie hab ich abgeschnitten?"

Überrascht sah Emmi sie an. „Ähm, fantastisch. Du warst das beste Baby, das wir je erzogen haben."

Trudi lief babybelrot an. „Ach, das sagst du doch jetzt nur so!"

„Nein! Wirklich. Du hast all unsere Tests mit Bravour gemeistert. Besser als Lou warst du auf jeden Fall."

„Oh, danke!" Trudis Strahlen ließ die Sonne erblassen. „Sorry, Lou. Das muss deprimierend sein, schlechter abzuschneiden als ein so alter Haufen Knochen wie ich."

Ich kniff die Lippen zusammen, sagte jedoch nichts. Ich wollte Trudi nicht ihren Triumph nehmen, indem ich ihr verriet, dass es wahrlich keine Errungenschaft war, mit über siebzig erfolgreich dieselben Aufgaben wie ein Baby zu bestehen – und sich von vorne bis hinten manipulieren zu lassen.

Sie war glücklich, Emily war glücklich, ich hatte meine Kekse. Was gab es zu beanstanden?

Leonie, Trudi und Emily redeten den Rest des Tages darüber, wie leicht man Babys anlügen konnte und welcher Apfel der beste war, und als ich am Abend den Laden schloss, war ich erschöpft, aber irgendwie auch … glücklich.

Wenn mir die letzten Horrortage etwas gezeigt hatten, dann dass ich wirklich sehr zufrieden mit meiner Familie und meinen Freunden sein konnte. Wir waren zwar alle etwas verrückt, aber zumindest wünschten wir einander nicht den Tod oder hatten zu viel Angst voreinander, um uns unsere Geheimnisse anzuvertrauen. Und wenn wir uns mal stritten, ging niemand mit einem Korkenzieher auf den anderen los.

Ich schüttelte mich bei dem Gedanken daran und weil das frische Bild der Leiche in meinem Kopf das Bedürfnis nach mehr Harmonie auslöste, stahl ich mir noch ein paar Rosen aus dem Verkaufsraum, die ich Josh als weiteren Kompromiss für unsere Hochzeit mitbringen würde, bevor ich zur Eingangstür lief.

Mein Handy vibrierte mit einer Nachricht, als ich hinaus in die kühle Abendluft trat, und ich zog es aus der Tasche. Sie war von Ariane.

*Gehe heute noch mal mit Marvin aus. Wünsch mir Glück – und wehe, du findest noch eine Leiche!*

Grinsend schrieb ich zurück, dass ich ihr viel Spaß wünschte und mir Mühe geben würde, dann zog ich die Tür des Ladens zu. Zeit, nach Hause zu gehen.

Der Geruch nach gebratenem Gemüse und geschmolzenem Käse schlug mir entgegen, als ich unsere Wohnungstür aufschloss, und wohlig seufzte ich auf.

Josh stand in der Küche und lugte gerade in den Ofen, in dem dem Geruch nach zu urteilen irgendein Auflauf brutzelte. Es war mir auch vollkommen egal, *was* für ein Auflauf es war – das Einzige, was mich interessierte, war, dass ich ihn nicht hatte kochen müssen.

„Das riecht köstlich", stellte ich fest und schlüpfte aus Jacke und Schuhen. „Dass du schon hier bist und kochst: Heißt das, du hast den Fall heute offiziell abgeschlossen und kannst dich erst mal wieder etwas entspannen?"

„Jup", meinte er lächelnd, schloss den Ofen und kam um die Kücheninsel herum. „Und dass du schon hier bist und mir beim Kochen zusiehst: Heißt das, du hast heute ausnahmsweise keine Leiche gefunden?"

Ich wiegte den Kopf von der einen auf die andere Seite. „Nein, nicht heute. Aber ich habe mir auch extra keine Mühe gegeben. Für dich."

„Ich Glücklicher", bemerkte er trocken, doch er lächelte immer noch.

„Bist du!", bestätigte ich. „Aber du wirst gleich noch glücklicher sein, denn ich habe dir was mitgebracht." Ich küsste ihn zur Begrüßung und reichte ihm dann die Rosen, die ich mir selbst gestohlen hatte.

Josh nahm sie entgegen, fuhr mit dem Zeigefinger über die Blüten und roch dann daran. „Mhm. Das riecht nach einer Entschuldigung."

„Nein, es riecht nach einem Kompromiss und einer symbolischen Geste", korrigierte ich. „Es gibt schließlich keine Regel, die besagt, dass es immer der Mann sein muss, der die Blumen mitbringt. Und es ist eine symbolische Geste dafür, dass ich Rosen bei unserer Hochzeit okay fände."

„Wirklich?", fragte Josh gedehnt und sah überrascht aus.

„Ja." Ich winkte ab. „Ich kann jeden Tag Dutzende andere Blumen betrachten. Da macht es mir nichts aus, an meinem Hochzeitstag Rosen mit mir herumzutragen. Sie sind wirklich schön."

„Finde ich auch", bestätigte er. „Und danke." Er zog eine Vase aus einem Küchenschrank, füllte sie mit Wasser und gab den Rosen ein neues Zuhause. „Und da du gerade von symbolischen Gesten sprichst ... Ich habe auch etwas vorbereitet." Er trat um die Mücheninsel herum, nahm meine Hand und zog mich in die Mitte des Raumes zwischen Sofa und Anrichte.

„Bist du bereit?", fragte er ernst und legte seine andere Hand an meine Taille.

„Wofür?", fragte ich verblüfft.

„Für unsere Hochzeitstanz-Vorbereitungen. Wenn du unbedingt einen willst, dann kriegst du einen. Ich werde allerdings keine Tanzstunden nehmen, aber von mir aus hier mit dir üben. Das Lied hab ich schon rausgesucht."

Verblüfft sah ich zu ihm hoch und drückte seine Finger. „Okay. Welches?"

„Moment …" Er zog sein Handy aus der Tasche, verband es mit der Musikbox auf dem Tresen und drückte eine Taste.

Entspannter Reggae scholl aus dem Lautsprecher und dann erklang:

*„I shot the sheriff, but I didn't shoot no deputy, oh no! Oh!*

Ich lachte laut. Das war *Bob Marley*. „Es ist nicht unbedingt ein Liebeslied", sagte Josh nah an meinem Ohr, während er mich im Takt der Musik wog. „Aber ich finde, es passt irgendwie zu uns."

„Hallo, ich hab dich nie angeschossen!", sagte ich lachend. „Und deinem Deputy hab ich zu einer Freundin verholfen." „Ah, sag niemals nie", murmelte er. „Aber das Lied handelt davon, dass sich jemand ganz aus Versehen in kriminelle Machenschaften verstrickt. Kommt dir das bekannt vor? Und seien wir ehrlich: Es würde deine Mutter aufregen, wenn wir dieses Lied nehmen. Viel zu albern. Es ist also ein Gewinn für alle.

Mein Lachen wurde lauter und ich ließ meinen Kopf auf seine Schulter sinken. Ein Slow Dance zu *Bob Marley*... Ach, ich hatte schon verrücktere Dinge getan. Also ließ ich mich grinsend tiefer in Joshs Umarmung sinken, küsste seinen Hals und wiegte mich zu: „Read it in the news! (I shot the sheriff) Oh, Lord! (But I swear it was in self-defense) Where was the deputy? (Oh, oh, ooh)"

„Der Deputy war auf einer Weinprobe", murmelte ich. „Sehr romantisch."

„Ja, oder nicht?", erwiderte Josh und stellte die Musik etwas leiser, bevor er seinen Kopf an meinen lehnte und sich langsam mit mir drehte. Ohne mir dabei auf die Füße zu treten oder aus dem Takt zu kommen.

„Du tanzt gar nicht so schlecht", stellte ich fest.

„Ja ... ich hab einen Tanzkurs belegt. Mit vierzehn. Meine Mutter hat mich gezwungen und Mo war meistens mein Tanzpartner, weil er zu schüchtern war, eines der Mädchen zu fragen."

Ich lachte und sah zu ihm auf. Seine Miene war wundervoll verdrießlich. „Das hätte ich gern gesehen. Die harten, unnachgiebigen Rispo-Brüder, die zusammen Walzer tanzen."

„Ah, ich bin mir sicher, dass es ein Bild für die Götter war", murmelte er, während er mit den Fingern durch meine Haare fuhr und sie aus meinem Gesicht strich. „Und ich bin sehr froh, dass es kein Fotomaterial von damals gibt ... Ich wäre übrigens noch besser im Tanzen, wenn du mich führen lassen würdest", fügte er dann hinzu, als ich ihn unterbewusst mit einem Bein weiter in Richtung offener Küche drängte. Wahrscheinlich weil meine Nase näher zu dem Essensgeruch hinwollte.

Ich grinste und sah zu ihm auf. „Sorry. Ich gebe mir Mühe. Aber meine Füße wehren sich."

Er lachte leise und die weichen, dunklen Töne flossen wie warme Berührungen meine Wirbelsäule hinab. „Das merke ich. Also ist es in Ordnung? Wenn wir keinen Tanzkurs machen, sondern hier üben?"

Ich nickte. „Mehr als in Ordnung. Das Lied jedoch ..."

„Überlegen wir uns noch."

„Ja." Ich lächelte und drückte seine Hand, strich sacht über seine Fingerknöchel, während wir so eng tanzten, wie Josh und Mo es damals hoffentlich nicht hatten tun müssen. Eine Weile wogen wir uns einfach zur Musik, und ich spürte, wie mein ganzer Körper sich entspannte. Wie all der Stress und die Aufregung der letzten Tage von mir abfiel und Josh mich irgendwann mehr durch den Raum trug, als drehte.

Doch mit der Entspannung kamen auch die Gedanken, die ich von mir geschoben hatte, während ich gestresst gewesen war. Und ich war einfach nicht der Typ, um sie allzu lang für mich zu behalten.

„Josh?", wisperte ich. „Ist es ein schlechtes Zeichen, dass wir so unterschiedliche Meinungen haben?"

Einige Momente lang antwortete er nicht. Doch dann legte er sacht die Hände um mein Gesicht, strich mit den Daumen über meine Wangen und hob mein Kinn, sodass ich ihn ansehen musste.

„Ich *liebe*, dass du mit mir diskutierst, Lou. Dass du mir ins Gesicht sagst, was ein Problem für dich ist. Was du willst und was du brauchst. Kein Paar ist immer einer Meinung. Aber viele sprechen einfach nicht darüber. Und", er zögerte, bevor er hinzufügte: „Nun, vielleicht ist es dir ja schon aufgefallen, aber ich bin kein Mann mit einer Menge Einfühlungsvermögen oder der Fähigkeit, besonders gut zu kommunizieren ... aber dein Einfühlungsvermögen und dein Kommunikationsbedarf reichen für uns beide. Wie könnte es dann etwas Schlechtes sein, dass wir miteinander *reden*." Er küsste sacht meine Wangen, meine Nase, meine Lippen ...

Ich musste lächeln. „Schon. Aber wir haben so viele verschiedene Vorstellungen."

„Natürlich. Weil wir *verschieden* sind. Aber das ist nichts Schlechtes. Es sorgt dafür, dass du mich immer wieder überraschst und uns nicht langweilig wird, und seien wir ehrlich: Langeweile wäre unser beider Tod."

Mein Lächeln wurde breiter. Er hatte recht. Wir waren nicht für Langeweile geschaffen. Warum sonst jagten wir beide so gern Mördern nach? „Okay", flüsterte ich dann und küsste ihn meinerseits. „Abgesehen davon passen wir einfach sehr gut zusammen. Du redest nicht gern über Emotionen, ich führe niemals endende Monologe darüber. Du bist ein wenig bitter, ich bin lieblich."

Er schnaubte amüsiert. „Ist das so?"

„Ja." Ich nickte ernst. „Wie ein guter Wein."

„Aber guter Wein ist trocken."

„So wie mein Humor."

Er lachte leise. „Es ist ein Wunder, dass du dich noch nicht wortwörtlich um Kopf und Kragen geredet hast."

Ja, damit hatte er womöglich recht. „Ich gebe mir Mühe. Und hey ... die Sache mit dem Namen –"

„Natürlich kannst du deinen Namen behalten, wenn du willst", unterbrach er mich.

„Aber?"

„Aber ich finde, wir sollten es spannend machen."

„Was meinst du mit spannend?", fragte ich argwöhnisch.

Er hob die Schultern. „Na ja, wir beide wissen, dass es eine weitere Leiche geben wird ... oder irgendeine andere Art von Fall. Diesmal warst du ein Ticken schneller als ich mit der Lösung. Aber das wird mir nicht noch einmal passieren."

„Ah, da wäre ich mir nicht so sicher. Ich habe jetzt nämlich auch Supernase Emily auf meiner Seite."

„Das wird nicht reichen. Ich arbeite mit Auf-Wolke-Sieben-Marvin zusammen, der heute plötzlich neues Selbstbewusstsein gefunden zu haben scheint."

„Puh, das ist natürlich eine starke Waffe", gab ich zu.

„Eben. Und falls dieser nächste Fall – in weiter Zukunft! – kommt, warum einigen wir uns nicht darauf, dass derjenige, der ihn schneller löst, den gemeinsamen Namen bestimmen darf?"

Mit großen Augen sah ich ihn an. „Ermutigst du mich gerade ernsthaft dazu, einem Mörder nachzujagen?"

Er seufzte schwer. „Lou, ich werde dich niemals *ent*mutigen können, also mache ich das Beste daraus."

„Okay." Ich dachte einige Momente lang über seine Worte nach und nickte dann. Doch, das klang witzig. „Aber was ist, wenn der Fall erst nach unserer Hochzeit kommt?"

„Namen kann man auch noch nach der Hochzeit ändern lassen."

„Gut." Ich nickte und grinste. „Ja, das klingt gut. Scheint, als würde es spannend bleiben."

Josh grinste. „Mit dir? Immer."

# ENDE

Milton Keynes UK
Ingram Content Group UK Ltd.
UKHW040734310723
426074UK00005B/431